BÄRBEL BÖCKER

Mit 50 hat man noch Träume

DIE ZWEITE HALBZEIT Bea, Ulrike, Bruni und Caro aus Köln, alle um die 50, stellen sich die Frage aller Fragen: Soll das jetzt etwa alles gewesen sein? Im lieblichen Ahrtal wagen sie einen Neustart. In dem kleinen Ort Altenahr erfüllen sie sich einen lang gehegten Traum und pachten voller Tatendrang ein kleines Restaurant. Doch treffen sie nicht nur auf ländliche Idylle, sondern auch auf eine eingeschworene Dorfgemeinschaft, die sie am liebsten wieder in Köln sähe. Als sich die vier Frauen auch noch mit einer wenig beliebten chinesischen Großfamilie anfreunden, wird ihr Restaurant boykottiert und die Freundinnen sind drauf und dran, in die Großstadt zurückzukehren. Die Wende kommt erst, als sie beschließen, im örtlichen Frauenfußballverein mitzumischen. Die Frauen entscheiden sich, zu bleiben und mit allen Mitteln zu kämpfen: Für den Verein, die Akzeptanz von Fremden, für Frauen und damit auch für sich selbst.

Bärbel Böcker, geboren in Wolfsburg, ist Sinologin, Germanistin und Publizistin. Sie arbeitete über mehrere Jahre in Berlin, Köln und Bonn als Journalistin und PR-Spezialistin. Seit Mitte der 90er Jahre ist sie Mitinhaberin einer Film-, Fernseh- und Videoproduktionsfirma in Köln. Mit dem erfolgreichen Köln-Krimi »Henkersmahl« gab sie im Frühjahr 2010 ihr Debüt als Romanautorin.

Bisherige Veröffentlichungen im Gmeiner-Verlag:
Zirkus Mortale (2012)
Henkersmahl (2010)

BÄRBEL BÖCKER

Mit 50 hat man noch Träume

Roman

Original

GMEINER

Ausgewählt von
Claudia Senghaas

Personen und Handlung sind frei erfunden.
Ähnlichkeiten mit lebenden oder toten Personen
sind rein zufällig und nicht beabsichtigt.

Besuchen Sie uns im Internet:
www.gmeiner-verlag.de

Im Ehnried 5, 88605 Meßkirch
Telefon 07575/2095-0
info@gmeiner-verlag.de

2. Auflage 2013

Lektorat: Claudia Senghaas, Kirchardt
Herstellung/Korrekturen: Julia Franze / Doreen Fröhlich
Umschlaggestaltung: U.O.R.G. Lutz Eberle, Stuttgart
unter Verwendung eines Fotos von: © Murat Subatli - Fotolia.com
Druck: GGP Media GmbH, Pößneck
Printed in Germany
ISBN 978-3-8392-1149-6

Für Gerd

»Der Kopf ist rund, damit das Denken die Richtung wechseln kann.« (Francis Picabia)

1

Normalerweise blickte sie nie zurück, doch heute war das anders. Nachdem Beatrice Knoll mit Nachdruck die schwere Tür hinter sich zugezogen hatte, so, als ob sie sich vergewissern wollte, dass sie auch wirklich geschlossen blieb, drehte sie sich noch einmal um und hielt inne. Hinter dieser Tür hatte sie den Großteil der letzten 15 Jahre verbracht. Hier hatte sie Erfolge gefeiert, Kämpfe geführt, Durchhaltevermögen trainiert. Hier hatte sie gelacht und gestritten. Sie war den Tränen nahe gewesen und hatte Wutanfälle bekämpft. Beatrice Knoll, ihre Freunde nannten sie Bea, seufzte, dann straffte sie sich, kehrte der Tür den Rücken und heftete ihre Augen auf das Treppenhaus. Das vertraute Rot des Sisalteppichs, der die Stufen bekleidete, schien ihr heute blasser als sonst, und sie bemerkte, dass ihre Beine ein wenig schwerer waren als üblich. Sie legte ihre Hand auf das hölzerne Treppengeländer, strich kurz darüber und musste lächeln. Dies war die Geste des Abschieds. Eine kleine Liebkosung, ein letzter Kontakt.

Mit ihren 49 Jahren würde es nicht leicht werden, einen beruflichen Neuanfang zu starten, aber Frank hatte es definitiv auf die Spitze getrieben. Ihr Zug bei *Best Promotion* war abgefahren, endgültig. Bea warf den Kopf in den Nacken. Als sie die Kündigung eingereicht hatte, war sie unsicher gewesen, aber die Entscheidung war absolut richtig, davon war sie überzeugt. Ihr Chef Frank Flick hatte ihr einen neuen Miteigentümer präsentiert, und zuvor hatte er nicht ein einziges Mal gefragt, ob nicht *sie* die Anteile kaufen wollte.

15 Jahre hatte sie Werbekampagnen für Sportschuhhersteller, Autohäuser, Babybrei, Shampoos und Rasierseife entwickelt, und sie hatte ihren Job als Kreativ- und Etatdirektorin geliebt. Dabei hatte sie viel zu häufig ihre Tochter Johanna vernachlässigt, die ohne Vater aufgewachsen war. Jetzt fragte sie sich, ob ihre Karriereorientiertheit und ihre Arbeitswut wirklich dafür gestanden hatten, oder ob sie über Jahre hinweg langsam aber sicher die wichtigsten Zeichen übersehen hatte, und ob sie sie vielleicht gar nicht hatte sehen wollen.

Über Beas Gesicht glitt ein schiefes Lächeln. Vermutlich hatte Frank sie übergangen, weil er einen Mitinhaber ins Boot holen wollte, der ihm in wichtigen Firmenangelegenheiten nicht widersprach, seine Entscheidungen mittrug und aller Wahrscheinlichkeit nach weniger anstrengend war als sie es jemals als Mitinhaberin sein würde.

Bea schüttelte den Kopf, wie um ein lästiges Insekt zu verscheuchen. Mit forschen Schritten trat sie hinaus auf den Eifelplatz, benötigte jedoch einen Moment, um sich zu orientieren. Wo hatte sie ihren Wagen abgestellt? Es war eigentlich sowieso ein Ding der Unmöglichkeit, hier einen Parkplatz zu finden, aber heute Morgen hatte sie nicht mit der Bahn fahren und fremden Menschen ihr Gesicht preisgeben wollen.

Unter dem Scheibenwischer ihres Autos steckte ein Strafzettel. Ohne ihn eines weiteren Blickes zu würdigen, zerriss sie ihn und warf die Schnipsel weg. Der heutige Tag, ihr letzter Arbeitstag, war bedeutsam genug, und sie fand, dass nichts anderes als ihr Entschluss, der Agentur ein für allemal Adieu zu sagen, die geringste Beachtung verdiente.

Sie schloss ihr Cabrio auf und schwang sich hinein. Es versprach ein unerwartet schöner Tag zu werden, die Sonne strahlte verlockend. Bea überlegte, ob sie das Verdeck öffnen sollte, und entschied sich nach einem ersten Zögern dafür. Es war zwar noch ziemlich frisch draußen, und je älter sie wurde, desto empfindlicher wurde sie, aber wozu gab es Sitzheizungen und Schals? Sie packte sich warm ein, drückte auf den Knopf und schob eine CD von Leslie Mandoki in den Player. Dann warf sie einen kritischen Blick in den Rückspiegel und war beruhigt, ihre braunen Augen waren klar, nicht die Spur einer verräterischen Röte. Sie fuhr sich mit der schmalgliedrigen Hand durchs halblange dunkelbraune Haar, startete, drehte die Musik laut auf und gab Gas.

Es hatte alles auch etwas Gutes. Sie war frei, endlich wieder frei. Und der Plan, der in ihrem Kopf seit ihrer Kündigung immer mehr Gestalt angenommen hatte, war unglaublich verlockend.

2

Die Tatsache, dass sie die Anzeige in genau jenen Tagen gelesen hatte, in denen sie sich mit dem Gedanken trug, ihren Job bei *Best Promotion* zu kündigen, sprach für sich.

Bea hatte das Restaurant in Altenahr durch Zufall im letzten Sommer entdeckt, als sie mit ihrer Tochter Johanna einen Ausflug an die Ahr gemacht hatte und nach einem langen Spaziergang auf dem Rotweinwanderweg dort eingekehrt war. Es befand sich gegenüber der Kirche, und es lag direkt am Fluss. Nach hinten hinaus, an der Uferpromenade, gab es einen idyllischen Garten, wo ein paar Tische und Stühle herumstanden, und sie hatten es sich trotz der unübersehbaren Schmuddeligkeit des Betriebs bei einem Glas Wein und einer Schinkenplatte gut gehen lassen. Der Platz war einfach herrlich, und nun suchte das ›Ahrstübchen‹ einen neuen Pächter. Es musste so etwas wie Vorsehung sein.

Bea hatte mit ihren Freundinnen gesprochen, denn Grund genug, etwas Neues zu beginnen, hatte jede von ihnen. Aus der Idee, ihr Leben in Köln hinter sich zu lassen und gemeinsam das Ruder noch einmal herumzureißen und etwas völlig Neues zu planen, war innerhalb weniger Wochen Ernst geworden.

»Wow!«, hatte Bruni voller Verve gerufen, als sie alle zusammen das ›Ahrstübchen‹ besichtigt hatten. »Da kann man was draus machen.« Es war, als habe sie schon lange nur auf den nötigen Impuls zur Veränderung gewartet. Als Dozentin für Philosophie an der Uni Köln musste sie mangels Lehraufträgen hin und wieder von Hartz IV leben, was dazu führte, dass sie sich schon seit Längerem mit dem Gedanken trug, beruflich noch einmal etwas anderes zu versuchen. »Mit 50 sollte jede Frau noch einmal neu durchstarten. Ich freue mich aufs Landleben!«, erklärte sie überschwänglich jedem, dem sie von dem Vorhaben berichtete.

Ulrike, die seit der Geburt ihrer zwei inzwischen erwachsenen Söhne nicht mehr in ihrem Beruf als Hotelfachfrau gearbeitet hatte und im Augenblick von ihnen allen am schlechtesten dran war, weil ihr Mann sie offenbar jahrelang betrogen und belogen hatte, sah im ›Ahrstübchen‹ die Chance, Abstand zu gewinnen. Zu Claus zurückzukehren schien ihr momentan unvorstellbar. Unwillkürlich musste Bea seufzen. Immerhin waren ihre beiden Söhne erwachsen. Ulrike tat ihr unendlich leid.

Sie und die Freundinnen hatten hin und her gerechnet, wie sie das Projekt ›Ahrstübchen‹ finanziell stemmen könnten, und Bea, die über das meiste Geld verfügte, hatte sich bereit erklärt, 50 Prozent der Investitionskosten zu übernehmen. Caro trug 35 Prozent der Kosten und Ulrike 10 Prozent. Sie kündigte einen alten Sparvertrag, von dem ihr Mann nichts wusste, und war heilfroh, ihn vor Jahren ›für den Notfall‹ einmal abgeschlossen zu haben. Bruni stieg mit nur 5 % in das Projekt ein, aber da sie von dem wenigen, das sie verdiente, in den Semesterferien immerhin noch Fernreisen nach Asien unternahm, hatte sie nicht allzu viel zurückgelegt. Die anderen störte es nicht. Der Traum, gemeinsam noch einmal neu durchzustarten und auf die Frage *Soll das etwa alles gewesen sein?*, die so viele Frauen um die 50 beschäftigte, eine einhellige Antwort gefunden zu haben, ließ jedes Ungleichgewicht zur Lappalie werden.

Sie hatten nicht lange um den Pachtzins feilschen müssen und waren sich mit dem Eigentümer, einem wohlhabenden Weinbergbesitzer aus Altenahr, schnell einig geworden. Dann hatten sie ihre Angelegenheiten in Köln geregelt, einen Vertrag mit einer Bierbrauerei aus der Eifel geschlossen, und als alles unter Dach und Fach war, konnten sie damit beginnen, sich um die Einrichtung des ›Ahrstübchens‹ zu kümmern. Mittlerweile kannten sie beinahe jedes Möbelhaus in Köln und in der Eifel, und die schlichten Eichentische und Holzstühle, die sie schließlich für den Gastraum ausgesucht hatten, waren inzwischen bereits geliefert worden.

Und jetzt war es so weit. Der Tag des Umzugs war da. Der Schlüssel vom ›Ahrstübchen‹ baumelte am Rückspiegel von Beas mit Koffern voll beladenem Cabrio im Fahrtwind hin und her, und sie fühlte sich so frei und glücklich wie schon lange nicht mehr. Jeglicher Erkältungsgefahr zum Trotz fuhr sie mit offenem Verdeck die B 257 entlang und genoss die Aussicht. Der Geruch von Kuhmist stieg ihr in die Nase. Sie war immer schon der Meinung gewesen, dass es mit zu den schönsten Dingen im Leben zählte, beim Cabriofahren die Welt zu riechen. Bea sog die Luft tief in ihre Lungenspitzen. Während die Eifellandschaft an ihr vorbeizog, kamen ihr Bilder aus Köln in den Sinn.

Der Abschied war keiner von ihnen allzu schwer gefallen. Außerdem waren 65 Kilometer keine unüberwindbare Entfernung, und wenn sie vom Landleben zwischendurch genug haben sollten, waren sie mit dem Auto in einer Stunde in Köln.

Sie dachte an ihre Tochter Johanna, der sie die Tiefkühltruhe noch bis unter den Rand gefüllt hatte. Sie wohnte jetzt allein in ihrem Bungalow im Rodenkirchener Malerviertel, und obwohl Johanna gerne aß, kochte sie nur ungern. Die Uni und ihre vielen Freunde nahmen sie voll in Anspruch. Bea lächelte. Sollte sie ihre Jugend nur genießen. Ein bisschen beneidete sie sie darum, vor allem um die Unbeschwertheit und die Neugier, mit der sie dem Leben begegnete.

Ihre Gedanken wanderten von ihrer Tochter zu Bruni. Sie hatte es von den Freundinnen wohl am leichtesten gehabt, sich zu verabschieden. Von jeher ungebunden und kinderlos, brauchte sie für ihre 2-Zimmer-Mietwohnung in Ehrenfeld nur einen Untermieter zu suchen, und das hatte sich schnell erledigt. Eine Kollegin von der Uni war bei ihr eingezogen, ebenfalls Dozentin, und so hatte Bruni die wichtigsten Schriften über feministische Philosophie gesammelt, kistenweise Bücher gepackt und ganz zum Schluss einen kleinen Koffer mit Klamotten zusammengestellt, dessen Inhalt sie nicht sehr interessierte. Sie legte wenig Wert auf Kleidung, und noch weniger Wert legte sie auf Männer, die sie mit hoch geschlossenen Rollis und schlabberigen Sweatshirts auf Abstand hielt. Praktisch musste ihre Kleidung sein, ebenso praktisch die Haare, die sie ausschließlich aus diesem Grunde igelkurz trug. Ihrer Mischlingshündin Sappho allerdings hatte sie für jeden Abend ein ausschweifendes Leben auf dem Land versprochen, und Bea fragte sich gerade, was das für Bruni wohl bedeuten mochte. Soweit sie wusste, betrachtete sie ihr gemeinsames Projekt als Experiment und stellte sich vor, dass das schlichte Leben sie zu geistigen Höhenflügen und neuen Artikeln inspirieren würde.

Caro war da ganz anders als Bruni. Bei dem Gedanken an die Freundin, die sie schon seit der Schulzeit kannte, wurde Bea warm ums Herz. Sie sah sie mit ihrem blonden, halblangen Haar und ihren stahlblauen Augen vor sich, sie, die mit 50 die Blicke der Männer immer noch auf sich zog.

Bea nahm kurz die Hand vom Lenkrad, um sich eine Haarsträhne hinters Ohr zu klemmen. Caro war eindeutig die Selbstbewussteste von ihnen allen, und auch die Spontanste. Sie verdiente ihren Lebensunterhalt als selbständige Physiotherapeutin und hatte sich von *ihren* Fußballern vom 1. FC Köln mit einem lachenden und einem weinenden Auge verabschiedet. Sich und den Freundinnen hatte sie eine einjährige sexuelle Abstinenz geschworen. Bea musste lächeln. Sie bezweifelte, dass Caro das durchhielt. Normalerweise war sie nie länger als zwei Wochen solo. Vielleicht sollte sie mit ihr eine Wette abschließen. Allerdings, Caro hatte gesagt, dass Männer sie in letzter Zeit beunruhigend wenig interessierten und sie hatten sich gefragt, warum. Schließlich waren sie übereingekommen, dass es eine Folge der Hormonumstellung sein musste, die sich langsam bei ihnen bemerkbar machte. Bis auf die Fußballer und ihre 23-jährige Tochter hatte sich Caro, soweit Bea wusste, in Köln von niemandem persönlich verabschiedet, was typisch für sie war. Sie wollte sich nie zu eng binden, keine Verpflichtungen eingehen, nicht abhängig sein, und als bewiese sich ihre Unabhängigkeit darin, meldete sie sich manchmal bei ihren Freunden wochenlang nicht. Bea hatte selbst schon ihre Erfahrungen damit gemacht. Für sie war Caro der Inbegriff des Schmetterlings: bunt schillernd und einfach nicht zu halten.

Sie fuhr in Altenahr ein, drosselte die Geschwindigkeit und passierte langsam das Rathaus, das mit seinem grünen Anstrich irgendwie sympathisch wirkte. Jetzt war sie hier, und ein neues Leben lag vor ihr. Unverrückbar. Ein historischer Moment. Ihr Herz machte einen kleinen Sprung.

Sie sah sich um und es war, als winke ihr die Zukunft sonnig und unbeschwert aus allen Fenstern zu. Bea fuhr noch langsamer, und schließlich steuerte sie ihr Cabrio geschickt durch die enge Toreinfahrt, die zum ›Ahrstübchen‹ führte, doch als sie auf den Hof kam, schrie niemand ›hurra‹. Stattdessen hockten Bruni und Ulrike vor einem Schutthaufen auf ihren Koffern und blickten ihr schlecht gelaunt entgegen.

3

Bea parkte den Wagen, fingerte den Schlüssel vom Rückspiegel und sprang heraus. »Willkommen im Paradies!«, rief sie.

»Das Paradies ist leider heute dicht«, antwortete Bruni griesgrämig und erhob sich von einer Bücherkiste.

»Warum hockt ihr hier draußen? Was ist los?« Bea deutete auf den Steinberg.

»Der Eigentümer hat mal kurz entschieden, den Hof neu zu pflastern.«

»Ist doch nicht schlecht«, Bea lachte.

»Im Prinzip ja. Nur dass das Paradies bis eben noch die Hölle war. Ein Bagger war da, um neu auszuschachten, und vermutlich werde ich spätestens morgen an einer Staublunge sterben.«

»Und seit mehr als einer Stunde warten wir auf Caro, die hat den anderen Schlüssel«, tönte Ulrike.

»Aber Madame lässt sich nicht blicken, und über Handy ist sie nicht zu kriegen. Dich konnten wir leider auch nicht erreichen.«

Bea dachte daran, dass sie beim Cabriofahren selten das Klingeln hörte, die Fahrgeräusche waren einfach zu laut.

Bruni ging auf Bea zu und gab ihr zur Begrüßung einen Kuss auf die Wange. Sie war mindestens 1,80 Meter groß, ihre Augen blitzten.

Ulrike gab Bea nun auch einen Kuss. Neben Bruni sah sie, obwohl sie weder klein noch schmächtig war, regelrecht zierlich aus.

»Gott sei Dank bist du da, und wir können jetzt rein. Ich komme um vor Durst.«

»Ein Bier wäre die Rettung«, brummte Bruni und schüttelte sich den Staub aus der Kleidung. Bea bemerkte, wie ihr das Wasser im Mund zusammenlief. Sie warf Ulrike einen prüfenden Blick zu und stellte fest, dass sie heute erstaunlich gut aussah. Die Freundin trug Jeans, dazu helle Sneaker und ein dunkelblaues T-Shirt, das ihre Locken noch blonder erschienen ließ, als sie eh schon waren. Bea tippte auf ›L'Oréal Hellblond‹ und hoffte, dass die Zeit der Tränen nun vorbei war. Ulrike hatte genug geweint, fand sie, und im Grunde war jede einzelne Träne, die sie um Claus vergossen hatte, eine zu viel. Sie griff sich einen der Koffer und schloss auf. Im Innern des Restaurants war es dunkel. Sie machte Licht, und Ulrike öffnete sofort die schweren Fensterläden, um frische Luft in den Raum zu lassen, während Bruni ihre Koffer die Stiege nach oben schleppte, wo sich die Privaträume befanden.

»Spinnen gibt es hier in rauen Mengen, ich glaub', da ist sogar eine Kreuzspinne dabei«, hörten Bea und Ulrike sie rufen. »Ein Prachtexemplar!«

»Eine Kreuzspinne?«, Ulrike wurde blass. »Mach sie platt!«

»Ich doch nicht.« Brunis Gesicht erschien über der Treppe. »Ich töte keine Spinne.«

Sie kam grinsend die Stufen hinunter, in der einen Hand hielt sie einen Bierdeckel, in der anderen ein umgestülptes Glas, darunter saß erstarrt eine dicke Spinne. Bea und Ulrike konnten das aus Punkten zusammengesetzte Kreuz auf ihrem Rücken deutlich erkennen.

»Jede Kreatur hat das Recht auf Leben, oder will mir etwa jemand widersprechen? Und das hier ist eine harmlose Gartenkreuzspinne, die tut nichts. Sie frisst höchstens ihren Mann.« Herausfordernd blickte sie Ulrike an. »Gleich nach erfolgter Paarung.«

Ulrike bewahrte Abstand. »Guck mich nicht so an. Sex und Hopp ist nichts für mich. Beeil dich mit deiner Befreiungsaktion, ja? Hier scheint es ein ganzes Nest zu geben«, stöhnte sie und deutete auf zwei weitere Exemplare, die sie an der Wand entdeckt hatte.

Inzwischen war es dunkel geworden. Die drei Freundinnen hatten mehrere Biere intus, die vom letzten Pächter offensichtlich im Kühlschrank vergessen worden waren, und obwohl das Haltbarkeitsdatum bereits abgelaufen war, war es ihnen so vorgekommen, als gäbe es nichts Köstlicheres als ein Bit. In der Eifel trank man kein Kölsch, sondern mit Vorliebe Bitburger, aber zur Einstimmung war es genau das Richtige. Sie saßen im Restaurant an einem Tisch, die leeren Teller hatten sie von sich geschoben. Auf dem Tisch brannte eine Kerze, die Bea in irgendeiner Ecke aufgestöbert hatte, und sie fühlten sich satt und müde. Ulrike hatte ihnen schnell ein paar Gnocchi in Salbeibutter gebraten. Sie war schon immer eine leidenschaftliche Köchin gewesen.

Bea räumte gerade die Teller ab, als sie auf dem Hof das Geräusch eines einfahrenden Autos hörten. Einen Moment später flog die Tür auf. Im Rahmen stand Caro, das halblange blonde Haar zu einem Pferdeschwanz gebunden, in jeder Hand einen Koffer. Ihre blauen Augen strahlten, und während sie in den Raum stürzte, rief sie außer Atem: »Ich hoffe, ihr habt nicht auf mich gewartet? Sorry, aber es kommt immer anders als man denkt. Manuel kam heute Nachmittag vorbei, und da ist es dann etwas später geworden.«

»*Etwas* später?« Bruni verdrehte die Augen und warf einen Blick auf ihre überdimensional große Armbanduhr. Wenn sie ärgerlich war, schien sie einen halben Meter zu wachsen und ihre Stimme nahm einen überraschend tiefen Klang an. »*Sechs* Stunden später!«

»Tut mir leid, aber es ließ sich wirklich nicht ändern. Ich konnte ihn einfach nicht nach Hause schicken.«

»Ach, nein? Normalerweise gehorchen dir die Männer doch aufs Wort.« Bea zwinkerte mit den Augen. »Und welcher Manuel? Manuel Ciguera?«

»Genau der, der Spanier.« Caro ließ sich auf einen Stuhl fallen, griff nach einer Flasche Bier und schenkte sich ein Glas ein. »Er stand plötzlich vor meiner Tür. Ich hatte völlig vergessen, dass ich mit ihm verabredet war.«

»Das kann auch nur dir passieren.« Bea lächelte.

»Er ist wirklich ein Schatz, aber ich bin froh, dass jetzt Ruhe einkehrt. In letzter Zeit wurde er mir ein bisschen zu anstrengend.«

»Wieso?«

»Ich glaube, er hat sich in mich verliebt.«

»Der arme Bub«, sagte Bea.

»Ja, deswegen habe ich ihm auch die neue Adresse nicht gegeben, ich möchte vermeiden, dass er hier noch auftaucht. Er soll sich ruhig mal nach einer Frau umgucken, die in seinem Alter ist.«

»Hättest du uns nicht wenigstens anrufen und Bescheid geben können?«, blaffte Bruni sie an.

»Ja, natürlich, wollte ich auch, aber mein Akku war leer und der Festnetzanschluss ist bereits abgemeldet.«

»Und Manuel, ist der sogar zu jung für ein Handy? Hättest du nicht seins benutzen können?«

»Nun lass doch mal gut sein, Bruni«, mischte Ulrike

sich beschwichtigend ein. »Hat ja alles noch gut funktioniert.«

Bruni murmelte ärgerlich etwas Unverständliches vor sich hin.

»Dafür hat sie jetzt schlechte Karten bei der Zimmerwahl«, sagte Bea, und auf ihren Wangen zeichneten sich kleine Grübchen ab.

»O.k., ich hab's verdient.« Caros Stimme klang weder geknickt noch beleidigt. Im Gegenteil, sie machte nach wie vor einen fröhlichen Eindruck.

Man sah ihr an, dass sie viel Sport trieb, ihr Körper war durchtrainiert und muskulös. Sie trug einen halblangen Rock, den sie etwas hochgeschoben hatte, ihre Beine waren lang und immer noch ansehnlich. Etwas anderes als einen Hauch Puder und hellen Lippenstift benutzte sie selten. Bea seufzte leicht. Wenigstens ließ sie sich einmal im Jahr wie sie selbst die Besenreiser wegspritzen.

»Und du bekommst nicht nur das kleinste, sondern auch das dunkelste und muffigste Zimmer von allen«, versetzte Bruni streng.

Caro grinste. »Dann werde ich der Krachbude gleich mal etwas Leben einhauchen.« Entschlossen griff sie sich ihre Koffer und stiefelte nach oben.

4

Bea schlief schlecht in ihrer ersten Nacht in Altenahr, sie musste sich erst noch an die neue Umgebung gewöhnen. Nachdem sie einige Stunden unruhig geträumt und sich von einer Seite auf die andere geworfen hatte, war sie nun endgültig wach. Ihr Herz raste, sie überlegte einen Moment und tastete dann nach ihrem Puls. Er war zu hoch, 110 Schläge die Minute, normal war ein Wert um die 80. Vielleicht hätte sie doch besser den Rat ihrer Kölner Internistin befolgen und sich Betablocker verschreiben lassen sollen. Wenn sie in Köln geblieben wäre und noch immer bei *Best Promotion* arbeiten würde, hätte sie das vermutlich getan. Aber so nicht. Das Landleben würde über kurz oder lang seine beruhigende Wirkung entfalten. Bea überlegte, ob die innere Unruhe von dem Alkohol herrühren könnte, den sie gestern getrunken hatte. Vielleicht, dachte sie und überlegte, dass sie in den letzten Jahren immer weniger vertrug. Vielleicht lag es aber auch an der Aufregung, den vielen Dingen, die bedacht werden mussten. Früher hatte sie Stress ganz anders weggesteckt.

Vor dem Zubettgehen hatten sie noch den Arbeitsplan für den nächsten Tag aufgestellt. Die Wiedereröffnung des ›Ahrstübchens‹ sollte am 02. Mai stattfinden, es blieben also nur noch zwei Wochen Zeit, und es gab viel zu tun. Bea setzte sich auf. Als Erstes musste der Geröllhaufen weg, sie würde gleich heute deswegen mit dem Verpächter telefonieren. Es musste so schnell wie möglich neu gepflastert werden und sie hoffte, dass er zuverlässige Handwerker engagiert hatte. Sie mussten streichen, das Haus gründlich putzen, die Speisekarte endgültig festlegen, Terrassenmöbel besorgen, den Kräuter-, Gemüse- und Blumengarten bepflanzen und zu guter Letzt die Lebensmittel kaufen und einige Gerichte vorbereiten. Glücklicherweise war der Handelshof in Rheinbach nur etwa 15 Kilometer entfernt, dort bekamen sie alles, was sie brauchten, selbst frischen Fisch.

Es kam häufiger vor in letzter Zeit, dass sie nachts wach wurde, eine seltsame innere Unruhe hielt sie vom Schlafen ab, aber inzwischen hatte sie sich fast daran gewöhnt. Wenn es gar nicht anders ging, nahm sie eine hohe Dosis Baldrian, 600 bis 900 Milligramm, das wirkte, eine halbe Stunde später schlief sie dann fest. Sie sollte sich unbedingt wieder eine Schachtel besorgen. Bea knipste die kleine Lampe an, die auf dem Nachttisch stand, und sah auf den Wecker. 3:15 Uhr, viel zu früh, um aufzustehen. Kölner Bilder geisterten durch ihren Kopf. Der Rhein, ihr gemütliches, helles Haus. Ihr leer geräumter Schreibtisch bei *Best Promotion*, Frank Flick. Die Gedanken an ihn wischte sie schnell wieder beiseite, sie wollte ihnen jetzt keinen Raum geben, nicht in diesen Zwischenstunden, dem Übergang der Nacht zum Tag, in denen die Gedanken grau waren und keine Eindeutigkeit mehr besaßen. Sie kannte das: Die Gespenster, die sich um diese Zeit wie unheilvolle Vögel in ihrem Kopf einnisteten und ihre Eier legten, machten ihr Angst, denn sie ließen sich auch am Tag nur schwer vertreiben. Bea seufzte. Auf einmal tauchte das Bild ihrer Gynäkologin vor ihr auf, die sie kurz vor ihrer Abreise aus Köln noch konsultiert hatte. Die Ärztin hatte ihr das Ergebnis ihres Hormonstatus' mitgeteilt. Im Labor war zwar ein verminderter Östradiolspiegel nachgewiesen worden, aber das hormonelle

Ungleichgewicht schien harmlos. Noch. Trotz der Schlafstörungen und der gelegentlichen Hitzewallungen. Bea atmete tief durch. Bei der Vorstellung, vielleicht in naher Zukunft schon unter Schweißausbrüchen zu leiden und unfruchtbar zu sein, schnürte sich ihr die Brust zusammen. Abrupt setzte sie sich auf und fuhr sich schnell mit der Zunge über die Lippen. Es sei eine physische wie psychische Wandlung, die Frauen da durchmachten, hatte die Gynäkologin gesagt, vergleichbar mit der Pubertät. Unbewusst ballte sie die Hände. Vielleicht blieb sie ja auch ganz die Alte, von den Falten einmal abgesehen. Ein schiefes Lächeln glitt über ihr Gesicht, und sie fragte sich, ob sie sich demnächst das Geld für die Antifaltencremes nicht besser sparen sollte. Die Wirkung war sowieso umstritten. Immerhin besaß jeder Mensch ein unverwechselbares Ich, eine Seele, die ihn ausmachte und nicht nur ein Gesicht, das irgendwann den Zauber der Jugend verlor. Wenn sie sich erst einmal an ein Leben ohne Frank Flick und ohne die Werbeagentur gewöhnt hatte, würde sie entspannter sein. Sie freute sich auf ihr zukünftiges Leben, in dem sie Flanellhemden und bequeme Hosen statt eines Kostüms tragen würde, und sie freute sich auf flache Laufschuhe statt Pumps. Sie dachte an Bruni, die ohnehin die Meinung vertrat, dass ein einfaches Leben und ein ausgeglichener Seelenzustand die beste Medizin war. Für alles. Und vermutlich hatte sie recht.

Bea verschränkte die Arme hinter dem Kopf und starrte aus dem Dachfenster hinaus in den Himmel, an dem schräg der Mond hing, umgeben von unendlich vielen Sternen. Im Vergleich zu Köln mussten es Millionen sein.

Wie es Johanna wohl ging? Sie sagte sich, dass Johanna längst alt genug war, um allein zurechtzukommen. Sie hatte nie viel von ihrer Mutter gehabt, das war Bea bewusst, aber sie hatte immer ihr Bestes getan, um Johanna das Gefühl zu geben, behütet aufzuwachsen. Dass ihr Vater sich kaum um sie gekümmert hatte, blieb allerdings ein Stachel, der eine tiefe Wunde in ihrem Herzen hinterlassen hatte. Seit Sven wieder verheiratet war, meldete er sich noch seltener bei ihnen als zuvor.

Bea erwog einen Moment, in ihre Arbeitskleidung zu steigen und mit dem Streichen zu beginnen, verwarf den Gedanken aber wieder, es war noch zu dunkel, und bei elektrischem Licht strich man sowieso nicht ebenmäßig. Vor Jahren, als sie das Haus in Rodenkirchen gekauft hatte, hatte sie es einmal versucht, aber es hatte natürlich überhaupt nicht funktioniert.

Das helle Licht der Sterne blendete sie und sie nahm sich vor, demnächst eine Schlafbrille zu besorgen. Kurz entschlossen schwang sie die Beine aus dem Bett, zog den Bademantel über und öffnete leise die Tür. Im Flur erkannte sie Sappho, deren Augen in der Dunkelheit rot leuchteten, und die schwanzwedelnd angeschlichen kam. Zusammen mit Brunis Hündin schlich sie die Treppe hinunter und hinaus in den Garten, wo sie fröstelnd die Arme um sich schlang. Sie horchte auf das murmelnde Geräusch der Ahr, die vor dem Grundstück floss, und auf die Stimmen von Tieren, die sie nicht kannte. Dann legte sie den Kopf in den Nacken und starrte lange nach oben.

Noch nie war der Himmel so nah.

5

Lao Wang blickte auf den Absender des ungeöffneten Briefes, der neben ihm auf der Arbeitsplatte in der großen Restaurantküche lag. *Verbandsgemeindeverwaltung Altenahr.* Bislang hatte er von der Gemeinde noch nie Post mit guten Nachrichten erhalten, und so verspürte er auch jetzt keine Eile, den Brief zu öffnen. Das hatte Zeit. An seinen Händen klebten Gemüsereste, und er wollte die Arbeit nicht unterbrechen. Lao Wang presste die Lippen aufeinander. Als vor drei Wochen der letzte Brief von der Gemeinde eingetroffen war, war er dazu aufgefordert worden, die chinesischen Schriftzeichen über dem Lokal zu entfernen. Begründung: Die Zeichen störten das Ortsbild. Um das Erscheinungsbild eines typischen Ahr-Touristenortes nicht zu gefährden, sei es nötig, auf optische Einheitlichkeit und Authentizität zu achten. Zähneknirschend hatten Lao Wang und Wang Yi, sein Erstgeborener, der auch Geschäftsführer ihres Betriebs war, die Anweisung befolgt. Widerstand wäre zwecklos gewesen, denn was der Gemeinderat beschloss, war Gesetz. Lao Wang wusste, seine Familie war so manchem hier ein Dorn im Auge, und das, obwohl sie reichlich Steuern zahlten und sich auch ansonsten nichts zuschulden kommen ließen.

Er schob den Brief mit dem Ellbogen noch ein kleines Stück weiter von sich weg und dachte: *Auch der hellste Tag hat seine Schatten.*

Einen Moment hielt er inne und betrachtete Wang San, den Drittgeborenen, dem er und seine Frau heute in der Küche zur Hand gingen. Ihr Zweitgeborener war kurz nach seiner Geburt gestorben, und Lao Wang verspürte auch nach so vielen Jahren noch tiefe Trauer, wenn er daran dachte.

Wang San hatte mittlerweile in der Küche das Sagen, und er machte seine Sache gut, denn er war ein ausgezeichneter Koch. Er hatte viel von seinem Vater gelernt.

Lao Wang hatte sich mit seinen 72 Jahren weitestgehend aus dem Betrieb zurückgezogen und widmete sich nun, so oft es ging, seiner Leidenschaft, der Kalligrafie. Wenn allerdings sehr viele Gäste erwartet wurden, legte er den Pinsel beiseite und half Wang San, gemeinsam mit dessen Mutter Zhang Liu, in der Küche.

Jetzt waren sie alle damit beschäftigt, Jiaozi zu formen, kleine Teigtäschchen, in die sie die unterschiedlichsten Füllungen steckten, von gemischtem Gemüse über gehacktes Schweinefleisch bis hin zu Garnelenpüree, gewürzt mit Ingwer. Sie sollten als Vorspeise serviert werden, mehrere 100 Stück davon mussten sie fertigen, und Lao Wang widmete sich wieder ganz der Arbeit. Für ihn verhielt es sich mit Jiaozi wie mit der chinesischen Seele: nach außen einfach, nach innen vielfältig.

Durch die geöffnete Küchentür drang das Gezwitscher seiner Singvögel, die in einem Vogelkäfig an einem Baum leicht im Wind hin und her schaukelten, und während er weiteren Teig ausrollte, lauschte er den hellen Stimmen. Sie wirkten angenehm beruhigend auf ihn.

»Sieh mal, da!«, sagte seine Frau Zhang Liu, die er vor mehr als 50 Jahren geheiratet hatte, aufgeregt in seine Gedanken hinein. Neugierig reckte sie den Kopf, sah aus dem Fenster und deutete auf das Haus gegenüber. »Da sind sie. Die Neuen! Sie scheinen fleißig zu sein.«

Lao Wang nickte, blickte auf und sagte versonnen: »Zhen de hen nuli.« (*Wirklich sehr fleißig.*)

»Sie machen alles selbst, oder siehst du irgendwo Helfer?«

Lao Wang schüttelte den Kopf.

»Was sie in ihrem Restaurant wohl auftischen?«, stellte Liu als Frage in den Raum. »Als gäbe es nicht schon genug Lokale hier.« Ihre Stimme klang beunruhigt.

»Mach dir keine Sorgen, Mutter. Irgendetwas typisch Deutsches kommt da drüben auf den Tisch.« Wang San, ihr Sohn, rümpfte die Nase und sagte: »Riesige Winzerschnitzel, Hirschbraten mit Rotkohl und Kroketten und Pommes frites, Entenkeulen mit Rosenkohl … für uns ist das bestimmt keine Konkurrenz.«

Liu lächelte süß. Nein, sicher nicht, Wang San hatte recht. Niemand hier im Ort konnte ihnen auch nur ansatzweise das Wasser reichen. Außerdem bestand der Großteil ihrer Kundschaft sowieso aus Chinesen, und die mochten es eben chinesisch. Die deutsche Küche empfanden sie als barbarisch. Es war einfach abstoßend zu sehen, welch riesige Fleischlappen da auf die Teller kamen und wie viel davon die Deutschen gierig in sich hineinstopften als gäbe es kein Morgen. Und sie aßen Käse, was nichts anderes war als verdorbene Milch! Zhang Liu schüttelte sich. Ihren Landsleuten hatten sie ihren enormen Umsatz zu verdanken, niemand anderem. Zwar freute sich die Familie auch über jeden deutschen Touristen und jeden Einheimischen, der sich in ihr Lokal verirrte, und begrüßte ihn überschwänglich, aber dank der genialen Idee ihres Erstgeborenen, Wang Yi, waren sie auf deutsche Gäste glücklicherweise nicht angewiesen. *Nicht mehr*. Zhang Liu lächelte stolz. Vor drei Jahren hatte ihre Tochter Mei Ling dann dafür gesorgt, dass in den Prospekten eines chinesischen Reiseunternehmens, zu dem sie freundschaftliche Beziehungen pflegten, Altenahr als *typisch deutsches Städt-*

chen angepriesen wurde. Seither florierte das Geschäft. Den Gebäudekomplex, in dem sich ihr Restaurant samt Hotel befand, hatten sie im letzten Jahr vom Eigentümer gekauft. Sie hatten viel dafür bezahlt, aber die Investition würde sich rechnen, denn die Pacht war hoch gewesen. Zhang Liu überlegte, dass sich die Geldausgabe in fünf Jahren schon amortisiert haben könnte. Fast täglich trafen Reisebusse voller Chinesen ein, die mittags und oft auch abends bei ihnen aßen, nämlich dann, wenn sie hier übernachteten.

Im Grunde genommen waren ihre Kapazitäten noch zu knapp, überlegte sie. Ihre Landsleute liebten Altenahr, den romantischen Flusslauf, das alte Fachwerk der Häuser, die Burg Are und natürlich den Wein, den sie in großen Mengen bei der Winzergenossenschaft einkauften. Sie dachte, dass die Gemeinde ihrer Familie eigentlich zu großem Dank verpflichtet war. Davon war aber leider nichts zu spüren. Bekümmert schüttelte sie den Kopf. Schließlich hatten die Wangs und niemand anderes dafür gesorgt, dass Altenahr neben dem Münchner Hofbräuhaus, dem Brandenburger Tor und dem Kölner Dom mit zur festen Reiseroute eines chinesischen Veranstalters gehörte. Sie selbst war jedenfalls *sehr* dankbar. Zhang Liu lächelte vor sich hin. Ihre Kasse klingelte jeden Tag. Morgen würde sie wieder zur Bank gehen, um die Einnahmen der letzten Tage einzuzahlen. Ihr Sohn lieferte das eingenommene Geld jeden Abend bei ihr ab.

»Ich habe gegenüber noch keinen einzigen Mann gesehen«, bemerkte sie nun und reckte den Kopf.

Lao Wang blinzelte.

»Haben sie denn keine *Ehemänner*?« Lao Wangs Frau pürierte noch etwas Fisch. Ihr ehemals tiefschwarzes Haar war inzwischen grau geworden, mittlerweile trug sie es kurz. »Und wo sind die Kinder?«

»Vielleicht sind sie längst erwachsen und gehen ihre eigenen Wege, und vielleicht kommen die Männer ja noch«, mischte Wang San sich ein. Er achtete seine Mutter und seinen Vater, aber es nervte ihn auch, wie sehr sie den alten chinesischen Vorstellungen verhaftet waren. Eine Frau ohne Mann war in ihren Augen mehr als verdächtig. Entweder hatte sie keinen abbekommen, weil sie zu hässlich war, sie war geschieden, oder sie war ein Flittchen. Eins war schlimmer als das andere, in jedem Fall gefährdete eine Frau ohne Mann die Familienehre, es sei denn, sie war hoch betagt und Witwe.

Wang San dachte an seine Schwester Mei Ling, die ebenso wie er selbst nicht im Entferntesten an eine Heirat dachte. Sie waren in Deutschland geboren und aufgewachsen, und nach und nach hatten sie sich von der traditionellen chinesischen Vorstellung von Familienglück distanziert. Zum Leidwesen seiner Eltern, das wusste er. Sie hatten die Hoffnung nicht aufgegeben, dass er irgendwann doch noch, und er war immerhin schon 40 Jahre alt, eine Chinesin heiraten und für Nachwuchs sorgen würde. Unbeirrt hielten sie für ihn und auch für seine Schwester im Köln-Bonner Raum bei befreundeten chinesischen Familien nach geeigneten Ehepartnern Ausschau, und so sahen sie über seine gelegentlichen Treffen mit deutschen Frauen stillschweigend, aber deswegen nicht weniger missbilligend, hinweg.

Wang San reckte nun auch den Kopf und sah aus dem Fenster. Auf der anderen Straßenseite kletterten zwei Frauen mit Farbeimern und Farbrollern auf das Gerüst vor dem ›Ahrstübchen‹ und machten sich daran, die Fassade zu streichen. Beide waren blond. Wang San lächelte. Blondes Haar war für ihn wie für fast alle Chinesen der Inbegriff westlicher Schönheit, und er spürte, wie sein Herz begann, schneller zu schlagen.

6

Die Räder der beiden Einkaufswagen ratterten über den Boden des Baumarktes. Bruni und Caro schoben mühsam die voll beladenen Gefährte vor sich her, während Ulrike und Bea immer wieder in den Gängen zwischen irgendwelchen Regalen verschwanden.

»Was suchen sie denn jetzt noch?« Mit einer ungeduldigen Kopfbewegung wies Bruni in einen Gang, in dem sie Bea und Ulrike vermutete. Ihrer Stimme war anzumerken, dass Shopping im Baumarkt nicht zu ihrer Lieblingsbeschäftigung gehörte.

Caro warf einen Blick in ihren Wagen, in dem sich bereits Bretter, Schrauben, Papiertischdecken, Kerzen und Kerzenhalter, Klebemittel, Sitzkissen, Servietten und Fußabtreter befanden. »Glühbirnen oder Energiesparlampen«, antwortete sie. »Die haben wir noch nicht. Ist dir nicht aufgefallen, dass die Hälfte aller Lampen im ›Ahrstübchen‹ nicht funktioniert?«, fragte sie.

»Mein Leselicht am Bett tut's.« Bruni blieb stehen und stemmte eine Hand in den Rücken. »Sag mal, hast du auch solche Schmerzen? Ich fühle mich wie 80«, ächzte sie. »Außerdem habe ich einen verspannten Nacken, ich glaube, du musst mich heute Abend mal massieren.«

Caro lachte: »Einverstanden, aber da gewöhnst du dich dran. Wenn du ein paar Wochen lang geräumt, geschrubbt und Wände angestrichen hast, fühlst du dich, als seiest du in einen Jungbrunnen gefallen. Gut für die Muskulatur.«

Bruni bedachte sie mit einem skeptischen Blick.

Ulrike und Bea kamen um die Ecke, in den Händen hielten sie Holzöl für die Terrassenmöbel, die sie im Baumarkt bestellt hatten, sowie diverse Bastkörbe.

»Für Brot«, erklärte Ulrike und ließ die Sachen in Caros Wagen plumpsen. »Fehlen nur noch kleine Deckchen.«

»Windlichter brauchen wir auch noch«, sagte Bea und es dauerte keine zehn Sekunden, da waren sie und Ulrike schon wieder verschwunden.

Bruni verdrehte die Augen. Bei ihr zu Hause in Köln kam das Brot immer ohne Deckchen im Korb auf den Tisch, und ob Windlichter für die Terrasse des ›Ahrstübchens‹ wirklich nötig waren, wagte sie zu bezweifeln. Aber nicht sie und Caro, sondern Ulrike und Bea hatten in Einrichtungsfragen das Sagen, so war es ausgemacht, und deswegen hielt sie es für klüger, sich jeglichen Kommentars zu enthalten. Langsam gingen sie und Caro den beiden hinterher.

»Wie fühlst du dich eigentlich hier?«, fragte Caro. »Angekommen in der Eifel?«

»Na ja, ich hatte mir alles ein bisschen einfacher vorgestellt.« Bruni grinste. »Im Vergleich zu meinem Kölner Leben ist es das absolute Kontrastprogramm. Ich betrachte es ein bisschen auch als Experiment.«

»Wie, du betrachtest uns als Experiment? Und am Schluss gibt's dann einen Laborbericht für deine feministische Zeitschrift?«, grinste Caro.

»Schöne Idee« erwiderte Bruni. »Aber ich weiß nicht, ob es wirklich Interessenten gibt für Überschriften wie ›Vier Frauen im Baumarkt‹ oder ›Das Café auf dem Kaff‹.«

»Ich würde ja eher ›Kleine Räume – große Träume‹ drüber schreiben.« Caro dachte daran, was sie selbst sich vom ›Ahrstübchen‹ erhoffte, und im Grunde war die Antwort ganz einfach. Nach fast 30-jähriger Tätigkeit als Physiotherapeutin wollte sie sich einer neuen beruflichen Herausforderung stellen, außerdem wollte sie sich endlich den Dingen in ihrem Leben widmen, denen sie bislang zu wenig Platz darin eingeräumt hatte. Und das waren Pflanzen, keine Männer. Freundinnen. Mehr Ruhe. Geteilte Verantwortung. Sie fand, dass sie mit 50 alt genug war, sich diesen Traum vom selbstbestimmten Leben zu erfüllen. Nicht nur mit 17 hat man noch Träume, dachte sie und erinnerte sich an den Schlager von Peggy March, den sie in ihrer Kindheit so gern geträllert hatte.

»Ich schreibe höchstens ein Tagebuch statt journalistischer Artikel«, sagte sie und lachte. »In jedem Fall birgt das ›Ahrstübchen‹ tolle Chancen.«

Bruni nickte etwas abgelenkt. Mit den Augen suchte sie nach Bea und Ulrike. »In jeder Hinsicht, aber hast du nicht auch den Eindruck, dass die Einheimischen einen Bogen um uns machen? Mehr als einen knappen Gruß habe ich bislang noch von niemandem gehört.«

Caro überlegte einen Moment. »Ich auch nicht, aber ich hoffe, das legt sich bald. Am Tag der Eröffnung findet sich sicher der halbe Ort bei uns ein, allein schon aus Neugier.«

»Na klar«, tönte es gut gelaunt von der Seite. »Und sie werden begeistert sein.« Ulrike tauchte neben ihnen auf, und hinter ihr kam Bea zum Vorschein. Beide luden eine Fülle von Artikeln in die Einkaufswägen, Türstopper, doppelseitiges Klebeband, diverse Schrauben.

»Wir brauchen auch noch …«, sagte Bea, aber bevor sie den Satz zu Ende bringen konnte, fiel Bruni ihr ins Wort. »Ihr ladet hier auf, als gäb's das Zeug geschenkt.«

»Naja, immerhin gibt's 20 Prozent auf alles …«

»… außer auf schlechte Laune«, ergänzte Ulrike. »Die

kommt dich teuer zu stehen, du zahlst gleich den Kaffee, meine Liebe.«

Bruni grinste. »Den Kaffee kauft ihr euch schön selber, aber vielleicht gebe ich ’ne Runde Zucker aus.«

7

Christine Schäfer wirkte verblüfft. Mit ihrem Apfelkuchen in der Hand betrachtete sie aufmerksam die Fassade des ›Ahrstübchens‹. Offensichtlich hatten sich die vier Frauen aus Köln in den letzten Tagen ordentlich ins Zeug gelegt. Vor Kurzem waren sie erst angekommen, aber die Außenwand des Restaurants erstrahlte bereits in sonnigem Gelb, und die Fensterläden glänzten in dunklem Grün.

»Kommen Sie doch herein.« Schwungvoll öffnete sich die Tür, und auf der Schwelle stand Bea.

Christine Schäfer trat einen Schritt vor und lächelte. »Willkommen in Altenahr.« Sie streckte Bea den Kuchen entgegen. »Ein kleiner Willkommensgruß. Gebacken mit hiesigen Äpfeln. Es ist zwar noch ein bisschen früh, aber ich hoffe, er schmeckt trotzdem schon.«

Bea bekam große Augen. »Wie nett!« Sie bedankte sich herzlich und nachdem sie einander vorgestellt hatten, führte sie Christine Schäfer ins Restaurant, das diese sofort neugierig in Augenschein nahm. Insgeheim kam ihr der Besuch ungelegen, denn sie war gerade im Begriff, zusammen mit Bruni und Ulrike die Restaurantküche auf Vordermann zu bringen, aber nun musste die Arbeit eben noch etwas warten. Sie rief die Freundinnen herbei und machte sich daran, hinter der Theke Kaffee aufzusetzen.

»Am 02. Mai ist also Eröffnung?«, fragte Christine Schäfer und Bea nickte.

»Da bleibt nicht mehr viel Zeit, aber toll sieht es hier schon aus!«

Im Gegensatz zu den anderen Restaurants im Ort hatten die Freundinnen auf moderne Schlichtheit gesetzt. Die alten Hirschgeweihe hatten sie abgenommen und in eine große Kiste auf dem Dachboden verbannt. Die Wände waren vanillefarben gestrichen, und inzwischen hingen dort abstrakte Landschaftsbilder, die sie bei einer einheimischen Künstlerin gekauft hatten. Die vergilbten Stores vor den Fenstern hatten sie entsorgt, an den Seiten hingen jetzt nur noch luftige Schals, und die angestaubten Blumentöpfe mit den verkümmerten Pflanzen darin hatten sie von den Fensterbrettern zunächst in den Garten verfrachtet. Inzwischen standen im Gastraum schlichte Eichentische, und auf den einfachen, dazu passenden Holzstühlen lagen dank Ulrikes Beharrlichkeit rote Sitzkissen, die dem Ganzen die nötige Wärme und auch etwas Lebendigkeit verliehen.

»Unser Verein kommt zur Eröffnung.«

Die Freundinnen sahen Christine Schäfer erfreut an.

»Na ja, vielleicht nicht alle, aber 20 werden wir sein. Schöne Plakate haben Sie übrigens gedruckt.«

Bea lächelte. Für das Layout und den Text war sie verantwortlich gewesen. Seit gestern hingen die Plakate, die die Wiedereröffnung ankündigten, in ganz Altenahr und Umgebung. Bei der Gestaltung hatte sie viel an ihre Arbeit bei *Best Promotion* denken müssen, aber die aufkommende Wehmut hatte sie schnell beiseite geschoben.

»Was für ein Verein ist es denn?«, fragte Bea nach.

»Der Landfrauenverein«, antwortete Christine Schäfer und fügte erklärend hinzu: »Früher haben wir uns alle zwei Wochen im ›Ahrstübchen‹ getroffen, aber nachdem das Essen hier so schlecht geworden ist, haben wir uns etwas anderes gesucht, aber richtig zufrieden waren wir damit auch nicht. Vielleicht können wir ja wieder an die ›Ahrstübchen-Tradition‹ anknüpfen …«

»Sehr gern«, sagte Bea und strahlte über das ganze Gesicht.

»Was machen Sie in Ihrem Verein eigentlich?«, hakte Bruni interessiert nach, während Bea Kaffee einschenkte und Ulrike den Kuchen aufschnitt. Geschickt hievte sie große Stücke auf die Teller.

»Ach, wir halten Vorträge über die Vereinbarkeit von Beruf und Familie, machen gemeinsame Ausflüge und führen Fortbildungen durch.«

»Hört sich gut an«, lobte Bruni mit einem kleinen ironischen Unterton.

Christine Schäfer nickte stolz. »Ich bin stellvertretende Vereinsvorsitzende. Vor vier Wochen haben wir eine Selbsthilfegruppe für Frauen initiiert, die nach Jahren wieder zurück ins Berufsleben wollen.«

»Und wie viele Frauen sind in der Gruppe?«

»Na ja, ehrlich gesagt noch nicht allzu viele, erst einmal nur drei. Aber ich denke, mit der Zeit werden es mehr. Das muss sich erst einmal herumsprechen, und dann müssen sich die Frauen auch trauen.«

Bruni nickte und Ulrike schob Christine Schäfer noch ein Stück Apfelkuchen auf den Teller. Der feine Zimtgeruch, der ihr in die Nase stieg, erinnerte sie an Weihnachtsplätzchen. Sie musste sich beherrschen, um die Mandelblättchen, die auf der Kuchenplatte lagen, nicht mit den Fingern aufzustippen, aber der Gedanke an ihre immer noch etwas mollige Figur hielt sie zurück. In den letzten Wochen hatte sie zu ihrer heimlichen Freude einige Kilos verloren, ein positiver Nebeneffekt zur Trennung von Claus. Aber es durften ruhig noch ein paar mehr Pfunde schmelzen. Claus hatte immer gern gegessen, er liebte es, wenn sie kochte, denn sie kochte gut, aber wenn sie beim Essen nicht in dem Maße zulangte wie er selbst, bekam er schlechte Laune. »Es verdirbt mir den Appetit, wenn du isst wie ein Spatz«, hatte er oft gesagt, und so hatte sie nicht zuletzt seinetwegen ihre guten Vorsätze oft genug fahren lassen. Leider. Ihr Faible für Schokolade hatte auch die eine oder andere Speckrolle begünstigt.

»Natürlich tauschen wir auch Rezepte aus und veranstalten Bastelabende, insbesondere zu Festen wie Ostern oder Weihnachten. Aber eben nicht nur.«

»Bastelabende?« Bruni musste husten und verschluckte sich fast.

»Ja, wir basteln Oster- und Weihnachtsschmuck. Wenn Sie wollen, können Sie in diesem Jahr gern mitmachen.«

Bruni stützte ihren Kopf in die Hand und betrachtete Christine Schäfer nachdenklich. Schließlich sagte sie: »Da komme ich wahrscheinlich drauf zurück.« Sie wusste nicht, was sie von diesem Landfrauenverein halten sollte. Einerseits hielten die Mitglieder Vorträge über ein aktuelles Thema und initiierten eine Selbsthilfegruppe, andererseits veranstalteten sie Bastelabende, was sich irgendwie antiquiert anhörte. Sie musste daran denken, wie sie und ihre Freundinnen in den 80ern strickend beieinander gesessen hatten, in einer der vielen Südstadtkneipen Sekt tranken, über Wolf Biermanns Ausbürgerung, Robin Norwoods Bestseller ›Wenn Frauen zu sehr lieben‹ und über Alice Schwarzers feministische Zeitschrift ›Emma‹ diskutierten. Die Alleinerziehenden unter ihnen waren in der Mehrzahl gewesen. Bruni lächelte. Damals hatte es beinahe zum guten Ton gehört, ohne Mann zu leben. Sie selbst hatte nur selten einen Freund gehabt, denn irgendwie hatte sie mit Männern noch nie etwas Richtiges anfangen können. Bis heute waren ihr die meisten Männer zu laut und zu unsensibel, doch was sie besonders an ihnen störte, war der Hang zur Egozentrik. Waren Männer halbwegs erfolgreich, hörten sie überhaupt nicht mehr auf, sich selbst über den grünen Klee zu loben, das hatte sie oft genug erlebt, ob an der Uni oder im Freundeskreis. So war sie froh, wenig mit ihnen zu tun zu haben, denn sie arbeitete vor allem mit Frauen zusammen, wenn sie nicht allein hinterm Schreibtisch saß und schrieb. Außerdem war sie fest davon überzeugt, dass sich am männlichen Imponiergehabe auch in Zukunft nichts ändern würde.

Auf jeden Fall waren Freundinnen damals schon für sie wichtiger gewesen als jeder Mann, gefolgt von Büchern, Stricknadeln, Sekt und schließlich den Kindern. Brunis Züge wurden weich. Es war eine schöne Zeit gewesen. Wie oft war sie im ›Filos‹ versackt, und wie oft hatte sie spät abends in der ›Opera‹ die Kinder von anderen auf dem Schoß gehabt. So ähnlich stellte sie sich auch die Treffen der Mitglieder vom Landfrauenverein in Altenahr vor, nur dass sie vermutlich längst nicht so viel Sekt tranken, ihre Kinder ordentlich zu Bett brachten und keine Schals oder Pullis strickten, sondern Weihnachtssterne und Osterhasen bastelten. Sie fragte sich, über welche Bücher die Landfrauen von heute wohl diskutierten. Und sie überlegte, warum so viele Frauen, egal, wo sie lebten, immer schon diese Zeitschriften verschlungen hatten, in denen es von Rezepten und Bastelanleitungen für Blumentopfdekore und anderen wichtigen Dingen des täglichen Bedarfs nur so wimmelte. Die Antwort lag vermutlich darin, dass die farbenfrohen Gärten, edlen Landhäuser und schicken Outfits der Frauen, die abgebildet waren, die große Sehnsucht nach Romantik befriedigten, die sich im Leben der meisten Frauen längst davongeschlichen hatte, und dadurch jede Bastelanleitung legitimierten. Und: Sie hielten ihre Träume lebendig.

Auf einmal kam Bruni eine Idee. Warum sollte sie nicht den nächsten Artikel in der Fachzeitschrift *Philosophisches Seminar* über Frauen und ihre Vorstellung von Glück schreiben? Gab es so etwas überhaupt? Ein frauenspezifisches Glück? Sie hielt einen Augenblick inne, bevor sie dachte: Waschen, Bügeln, Putzen gehört jedenfalls nicht dazu. Macht nur Rückenschmerzen. Und das ist alles andere als Glück.

In ihre Gedanken hinein hörte sie Ulrike sagen: »Ihr Kuchen ist köstlich, das Rezept hätte ich gern.«

Christine Schäfer strahlte über das ganze Gesicht. »Ich bringe es Ihnen zur Eröffnung mit, reicht das?«

Ulrike nickte.

»Die Äpfel stammen von unserer Obstwiese. Wir haben einen Hof, wissen Sie, einen Familienbetrieb, da müssen alle mit anpacken, mein Mann genauso wie die zwei Jungen. Und hinterm Haus steht noch ein Weinberg, um den wir uns kümmern müssen, der macht auch viel Arbeit.«

Bruni sah auf, sie spürte, wie die Fantasie mit ihr durchging. Vor sich sah sie auf einmal das Bild eines glücklichen Ehepaars, das inmitten spielender Kinder auf der Obstwiese vergnügt vor sich hin arbeitete, ein Lied vor sich hinträllernd.

»Das hört sich ja richtig idyllisch an.« Sie selbst hatte Kinder allerdings nie vermisst. Glücklicherweise war sie nie in die Situation geraten, schwanger zu sein, sodass ihr die Entscheidung für oder wider eine Abtreibung erspart geblieben war.

Christine Schäfer stutzte einen Moment, bevor sie

sagte: »Ich will mich nicht beklagen. Uns geht's gut und ich bin froh, dass ich hier lebe. In einer Großstadt wäre ich bestimmt nicht glücklich.«

Während sie versonnen schwieg, versuchte Bruni, die Frau einzuordnen. Ihre direkte, offene Art gefiel ihr. Sie schien anpacken zu können, und sie war offensichtlich völlig uneitel. Ihr kurz geschnittenes braunes Haar war dauergewellt. Sie schätzte sie auf Anfang 30.

»Was hat Sie eigentlich hierher verschlagen?«, wollte Christine Schäfer wissen.

Die Freundinnen sahen sich an, und Bea ergriff das Wort: »Ein gemeinsames Ziel. Wir wollen zusammen etwas auf die Beine stellen.«

»Das können Sie doch auch in Köln.«

»Da gibt es aber kein ›Ahrstübchen‹.«

Christine Schäfer lachte. »Na, dann toi, toi, toi.« Sie überlegte kurz, bevor sie weitersprach, und plötzlich begannen ihre Augen zu strahlen. »Kennen Sie den Frauenfußballverein ›Eintracht Neuenahr‹?«

Die Freundinnen schüttelten den Kopf.

»Die haben demnächst wieder ein Spiel, wenn Sie wollen, kommen Sie doch mit. Meine Cousine Miriam ist Stürmerin im Mittelfeld.«

Bruni, Ulrike und Bea sahen sie interessiert an.

»Sind die nicht auch in der Bundesliga?«, fragte Bea und sagte: »Ich würde gern einmal mitgehen, und unsere Freundin Caro sicher auch, sie kennt den Verein bestimmt. In Köln massiert sie hin und wieder die Fußballer des 1. FC.«

»Ehrlich?« Christine Schäfer war völlig perplex. »Mein Mann ist FC-Fan«, sagte sie und fügte hinzu: »Da wird er Ihre Freundin sicher ausquetschen, wenn er die Gelegenheit dazu bekommt. « Sie schmunzelte. »Für das Spiel am

09. Mai im Apollinarisstadion in Bad Neuenahr kann ich übrigens Freikarten besorgen.«

»Gegen wen spielen sie denn?«, fragte Bea.

»Gegen den 1. FFC Frankfurt.«

»Zwei Karten wären toll«, sagte Bea, die große Lust verspürte, sich nach langer Zeit einmal wieder ein Frauenfußballspiel anzusehen. »Caro interessiert das sicher auch, und was ist mit euch?«

»Wir halten hier die Stellung«, lachte Bruni und Ulrike nickte zustimmend. Fußball war nicht so ihr Ding.

»O.k. Dann kümmere ich mich um die Karten«, versprach Christine Schäfer und lächelte.

Draußen auf der Straße wurde es laut, und sie hoben die Köpfe, um aus dem Fenster zu sehen. Aus dem Restaurant gegenüber strömten Chinesen. Viele von ihnen schleppten Kartons, und es war unschwer zu erkennen, dass sich darin Wein befand. Einige gingen Richtung Parkplatz, andere steuerten kichernd auf das alte Fachwerkhaus mit dem Glockenspiel zu. Es dauerte nicht lange, und die Melodie erklang.

»Bitte nicht schon wieder«, seufzte Ulrike. »Wir kennen inzwischen jeden Ton. Geht denen nicht endlich mal das Kleingeld aus?«

»Die Chinesen stehen halt drauf. So etwas gibt es dort wohl nicht«, beschwichtigte Christine Schäfer.

Sie beobachteten, wie sich einige von ihnen vor dem Fachwerkhaus, an dem der kleine Automat befestigt war, in Positur stellten und synchron in die Fotoapparate ihrer Freunde strahlten.

»Jeden Tag das Gleiche«, kommentierte Christine Schäfer, dann sagte sie leise: »Um die Mittagszeit rauschen sie in den Bussen an, dann essen sie bei den Wangs und los geht's mit der Sightseeingtour. Dabei machen sie meistens einen Riesenkrach.«

»Stimmt.« Das war den Freundinnen auch schon aufgefallen.

»Ich hab' nichts gegen Chinesen, wirklich nicht. Die kaufen viel ein, Wein und Souvenirs, und das ist gut. Aber es sind einfach viel zu viele.« Sie beugte sich über den Tisch und sagte lachend: »Aber wissen Sie was? Die Krönung ist, dass in den chinesischen Reiseprospekten vor unserem fetten, barbarischen Essen gewarnt wird, auch heißt es, der hiesige Service sei schlecht, das weiß ich von den Wangs. Sie können sich vorstellen, die Gastronomen hier hören das gar nicht gern. Die klettern schon auf die Barrikaden …«

»Da werden wir uns wohl anstrengen müssen«, seufzte Bea und fügte hinzu: »In jeder Hinsicht.«

8

Leise trat Ulrike hinaus in den Garten, der direkt an der Uferpromenade lag, und ließ sich vorsichtig auf eine Bank sinken. Sie beobachtete, wie Caro, die an diesem warmen Frühlingstag einen Sonnenhut aufgesetzt hatte, mit bloßen Händen in der Erde grub. Sie zieht nicht einmal Handschuhe an, dachte sie, so kann man sich täuschen. Ulrike hatte Caro noch nie bei einer anderen Arbeit als in ihrer Praxis gesehen, und irgendwie hatte sie immer geglaubt, dass sie viel zu hübsch war, um sich schmutzig zu machen. In ihrem weißen Massagekittel hatte Caro einfach immer nur engelhaft rein ausgesehen, aber sie musste momentan ja auch niemanden massieren, und da kam es nicht darauf an, ob ihre Hände von der Gartenarbeit rissig wurden und die Fingernägel Trauerränder trugen. Behutsam setzte sie die Kräuter, die sie am Morgen gekauft hatte, nacheinander in kleine Pflanzlöcher. Salbei, Zitronenthymian, Oregano, Liebstöckel, Rosmarin, Minze und Estragon; besonders die Minze verströmte in der Sonne einen zarten Duft. Ulrike kräuselte die Nase und schloss die Augen. Wieder, nahezu ohne Unterbrechung in letzter Zeit, musste sie an Claus denken.

Vor 20 Jahren hatten sie geheiratet, und ihre Flitterwochen verbrachten sie in der Toscana. Sie waren glücklich gewesen damals, überglücklich sogar, denn sie war im vierten Monat schwanger gewesen, und sie hatten sich unbändig auf die Zwillinge gefreut. Als die Jungs dann da waren, hatten sie eine glückliche Ehe geführt. Zumindest hatte sie das geglaubt. Doch sie hatte sich ganz offensichtlich getäuscht, der Albtraum war wahr.

Wann hatte es angefangen? Warum hatte sie nichts bemerkt? Sie könnte sich ohrfeigen für ihre Blindheit. Seine Beteuerungen, dass er sie liebe und ohne sie nicht leben könne, sollte er sich an den Hut stecken, sie glaubte ihm kein Wort. Der Vertrauensbruch saß tief. Ulrike biss sich auf die Unterlippe. Es tat höllisch weh, so hintergangen worden zu sein. Immer noch hatte sie eine derartige Wut im Bauch, dass sie ihn am liebsten erdolchen würde, aber mindestens einmal am Tag fühlte sie sich auch wie das heulende Elend und wollte ihn zurück. Ulrike atmete tief ein und hielt die Luft an, bis es wehtat, dann atmete sie die Luft mit einem Stoß wieder aus. Ob sie ihm verzeihen könnte? Sie wusste keine Antwort darauf.

Sie beobachtete, wie Caro Rindenhumus und Erde mischte und alles um die Wurzeln der Kräuter herum festdrückte.

Sie musste daran denken, dass sie, nur wenige Tage vor ihrem 50. Geburtstag, wie in einem Groschenroman in seiner Manteltasche die Rechnung eines Juweliers entdeckt hatte. Natürlich hatte sie geglaubt, das Collier sei für sie bestimmt, und sie hatte sich wahnsinnig darüber gefreut. Als Claus ihr dann morgens beim Geburtstagsfrühstück lediglich einen Gutschein für ein gemeinsames Abendessen in einem Sternelokal überreichte, hatte sie vermutet, das Schmuckstück würde am Abend auf ihrem Kopfkissen liegen. Wenn alle Gäste gegangen und sie wieder allein waren. Doch das Kopfkissen blieb leer. In den nächsten Tagen hatte sie sich eingeredet, er warte sicher nur auf den passenden Moment, aber dieser Moment war nicht gekommen. Sie hatte vergeblich gewartet, und eine Woche später hatte sie endlich begriffen. Ihr Magen zog sich zusammen, als sie daran dachte. Es hatte einen Rieseneklat gegeben. Sie hatte die Rechnung vor seinen Augen in tausend Stücke gerissen und mit Scheidung gedroht. Wenigstens hatte er nicht versucht, es abzustreiten, aber dass die Wahl ausgerechnet auf seine Sekretärin gefallen war, empfand Ulrike als schlechten Witz. Seine Sekretärin! Welch ein Klischee.

Ihre Jungs, die Zwillinge, waren genauso entsetzt wie sie.

»Du bekommst noch einen Sonnenbrand!« Mit diesen vorwurfsvollen Worten riss Caro sie aus ihren Gedanken, und Ulrike setzte sich auf. »Glaube ich nicht. Ich bin vorgebräunt.«

»Dann kriegst du eben Falten.« Caro musterte sie eindringlich. »Zu viel UV-Licht lässt die Haut schneller altern.«

»Ich fühle mich sowieso schon wie 100, da machen ein paar Falten mehr oder weniger den Kohl nicht fett.«

»Hast du dich wenigstens eingecremt?«

»Jetzt hör aber auf«, Ulrike seufzte. »Sonne tut gut!«

»Ja, der Seele.« Caro lächelte, kam herüber, stülpte Ulrike ihren Hut über und ließ sich neben sie auf die Bank fallen. Sie streckte ihre Beine aus, blickte zufrieden um sich und sagte: »Herrlich ist es hier, nicht? Und diese Stille. Du ahnst nicht, wie ich es genieße. Kein Großstadtlärm, keine Termine und nur Frauen um mich herum. Mein Gott, sind diese Männer anstrengend. Egal, ob die vom 1. FC oder andere. Nachher pflanze ich Tomaten.« Ein wenig kam es ihr so vor, als habe mit der Entscheidung, das ›Ahrstübchen‹ zu pachten, das erste Stadium einer Entpuppung eingesetzt, auf die sie unbewusst schon lange hingearbeitet hatte. Als würde ihr wahres Wesen erst in der zweiten Lebenshälfte zum Vorschein kommen. Sie sah Ulrike gut gelaunt an, aber etwas in ihrem Gesicht ließ sie auf einmal ernst werden. »Vermisst du ihn sehr?«, fragte sie leise.

Ulrike überlegte einen Moment, bevor sie antwortete. »Ja und nein. Bastian und Peter vermisse ich, und meinen Hund. Die Wohnung auch, aber Claus? Ein harmonisches, glückliches Leben vermisse ich, aber das war sowieso nur Illusion. Soll er doch mit dieser Bettina glücklich werden.«

Caro runzelte die Stirn. »Vermutlich ist er es sowieso nicht.«

»Aber sie schlafen zusammen.«

»Das eine hat mit dem anderen nicht unbedingt etwas zu tun.«

Ulrike schwieg eine ganze Weile, und schließlich sagte sie: »Wenigstens habe ich mich auf Barbados auch gut amüsiert.«

»Erzähl.«

Ulrike nickte und fing an zu grinsen. »Ich hatte eine Affäre mit einem Rastamann. Schwarz wie die Nacht.«

»Du?« Caro zog erstaunt die Augenbrauen hoch.

»Ja, und er hatte ganz viele Goldzähne im Gesicht.«

Caro lachte, dann wurde sie wieder ernst. »Also auf jeden Fall hast du dich erst einmal gerächt«, sagte sie.

»Ja.« Die Antwort kam ohne Zögern. Ulrike blinzelte. »Es war eine ganz neue Erfahrung, stell dir vor …«

»Ja?«

»Er war mindestens 10 Jahre jünger als ich.«

»Ist ja nicht das Schlechteste«, sagte Caro wissend.

»Wenn du blond bist, kannst du auf Barbados fast jeden haben. Ich glaube, selbst dann, wenn du schon 70 bist.«

»Du meinst, wir sollten auswandern?« Auf Caros Wangen erschienen Grübchen.

Ulrike zuckte mit den Schultern. »Hier wirst du doch mit

50 als Frau schon kaum mehr wahrgenommen, zumindest nicht von Gleichaltrigen. Die stehen auf Jüngere. In letzter Zeit habe ich Unmengen von Kontaktanzeigen gelesen, und das war aufschlussreich. Die 60-Jährigen suchen Frauen bis maximal 45, die 70-Jährigen bis 40, und die 80-Jährigen wollen am liebsten eine um die 30 herum haben, die optimalerweise auch gleich noch Rotkreuzschwester ist.«

Caro lachte. »Weißt du, was mir neulich für eine Anzeige in die Hände gefallen ist?«

»Hm?«

»Im Zeit-Magazin. Da hieß es in einer Kontaktanzeige: *Das kann doch nicht alles gewesen sein! Einsame Sie, 89 Jahre, wünscht sich einfühlsamen, verständnisvollen Partner. Wer schreibt mir? Nur Mut!*

Caro sah Ulrike mit blitzenden Augen an. »Ist das nicht stark? Mit 89 Jahren noch voller Hoffnung und Träume. *Die* Frau würde ich gern einmal kennenlernen.«

»Und ich bin erst 50 und habe das Gefühl, als sei mein Leben bereits zu Ende.« Ulrike strich sich sanft über den Arm, wie um sich selbst zu trösten, und Caro bemerkte eine Träne in ihrem Augenwinkel.

»Komm, das wird schon wieder«, sagte sie und nahm die Freundin in die Arme. »Warte ab, in ein paar Wochen weißt du, wie es weitergeht. Entweder bist du dann ein glücklicher Single so wie ich, oder du fängst noch mal von vorn mit ihm an. Erzähl mir ein bisschen mehr von Barbados«, sagte sie aufmunternd. »Die Insel hat doch bestimmt mehr zu bieten als nur Rastamänner ...?«

Ulrike fummelte ein Taschentuch aus ihrer Hose, putzte sich die Nase und lächelte. »Zuckerrohrplantagen, viel Rumpunsch und Reggaemusik. Minimokes, mit denen du über die Insel düst, ein türkisblaues, warmes Meer und kilometerlange weiße Strände, über die quer ganz viele Krabben laufen.«

»Das Paradies?« Caro seufzte sehnsüchtig. Sie dachte an ihre schon lang zurückliegenden Urlaube, die sie oft zusammen mit Bea und ihren Töchtern verbracht hatte. Als die Mädchen noch klein gewesen waren, hatten sie die Ferien jahrelang zusammen auf den ägäischen Inseln verbracht, und erst seit Lilly und Johanna ohne die Mütter ihren Urlaub machten, hatten sie die langen Flugstunden auf sich genommen und in Kanada Vancouver Island und Nova Scotia bereist, doch inzwischen sehnte sie sich wieder nach lauen Urlaubsabenden im Mittelmeer oder auch in der Karibik.

»Ja, es war das Paradies. Irgendwie schon«, sagte Ulrike in ihre Gedanken hinein. »Zumindest für ein paar Wochen.«

Sie schwiegen einen Moment. Schließlich fragte Caro: »Meinst du, du könntest auch ohne Claus glücklich werden?«

»Ich denke die ganze Zeit darüber nach.«

Caro nickte.

»Aber ich weiß es noch nicht.«

9

Stehen wie ein Baum.

Es war 6 Uhr morgens, und Wang San stellte sich vor, er stünde fest auf einem steinigen Felsvorsprung hoch über dem Meer. Der Wind zerrte an ihm, und er schwankte ein bisschen hin und her, aber eben nur ein bisschen. Seinen Körper überließ er ganz der Luft, die um ihn herum wirbelte und aus unberechenbar verschiedenen Richtungen kam, mal aus dem Norden, dann wieder von Osten. Der Wind und er waren Freunde. Er wusste, dass er ihm nicht schaden würde, wenn er nachgiebig blieb, sich nicht verhärtete. Wichtig war die Bodenhaftung. Was machten schon ein paar abgeknickte Äste und verlorene Nadeln? Da sie auf den Boden fielen, wo er wurzelte, blieb er mit ihnen in Kontakt. Er war stark, genauso stark wie der Wind.

Plötzlich hörte er hinter sich eine Frauenstimme, die ihm einen ›Guten Morgen‹ wünschte. Er erstarrte. Wer wagte es, ihn bei seinen Qi-Gong-Übungen zu stören, die er Morgen für Morgen verrichtete und die ihm heilig waren? Er wollte seine Lebensenergie, die in den Leitbahnen des Körpers, den Meridianen, kreiste, im Fluss halten. Sie schützte ihn vor geistiger, seelischer und körperlicher Krankheit. Wang San ließ die Arme sinken und korrigierte seine Ausgangsposition: die Beine etwas weiter auseinander und fester auf die Erde. So.

Unwillig drehte er sich um und sah eine große Frau mit sehr kurzem dunkelblondem Haar in langer, schlabberiger Sporthose auf sich zukommen.

»Was halten Sie von *Hände reiben und ins Tor des Lebens atmen?*,« fragte sie, als sie dicht vor ihm stand.

Wang San starrte die Frau an und rang mit sich. Am liebsten hätte er sie in die Wüste geschickt, aber dann lächelte er und fragte höflich: »Sie praktizieren auch Qi Gong?«

»Ja. Ich habe in Köln ein paar Kurse besucht. Im Helfta Haus in der Südstadt. Kennen Sie das?«

Obwohl Wang San noch nie davon gehört hatte, nickte er, denn er wollte sich nicht länger mit Worten aufhalten.

»Wenn Sie wollen, können Sie mitmachen.«

»Gern.« In Köln war Bruni manchmal frühmorgens zum Rheinufer gefahren, im Morgengrauen, wenn die Stadt gerade erwachte. Dort hatte sie ihre Qi-Gong-Übungen gemacht, und egal, ob sie die eine oder andere der Brokatübungen praktizierte, die den Namen trugen, weil sie so kostbar waren wie Brokat, oder aus dem Spiel der 5 Tiere übte, die gleichmäßige, tiefe Atmung, die Konzentration in Verbindung mit den verschiedenen Körperhaltungen in Bewegung oder auch Ruhe kamen einer Meditation gleich. Hinterher fühlte sie sich jedes Mal wie erfrischt und voller Energie. Auch war sie sicher, dass Qi Gong die Blutzirkulation verbesserte und das Immunsystem stärkte, denn seit sie es praktizierte, war sie viel seltener krank gewesen.

Bruni nahm die Ausgangsposition ein und Wang San stellte fest, dass sie den richtigen Stand hatte, nicht zu steif und nicht zu locker in den Hüften.

»Lassen Sie uns am *inneren Lächeln* arbeiten und die Hände vor dem Körper zusammenreiben, während wir ausatmen.«

Langsam und konzentriert führte er die Bewegung vor, und er beobachtete Bruni genau dabei, wie sie sie nachmachte. Sie war begabt, das musste er zugeben.

Nach einer halben Stunde schweigsamer Konzentration, in der sie einander gegenüber gestanden und verschiedene Übungen gemacht hatten, ruhig und bedacht, griff Wang San nach seinen Schuhen. Er überlegte immer noch, woher er die Frau kannte, und plötzlich fiel es ihm ein. Sie gehörte zum ›Ahrstübchen‹ und damit zur potenziellen Konkurrenz. Ihm kam eine Idee, das war *die* Gelegenheit, sie ein wenig auszuhorchen. Seine Mutter würde sich freuen. Wang San lächelte über das ganze Gesicht.

»Wie wäre es mit einem chinesischen Frühstück? Kommen Sie doch mit, dann kann ich Ihnen gleich meine Familie vorstellen, nun, da wir Nachbarn sind.« Die Übungen hatten ihn entspannt. Schade, dass sie kein goldblondes Haar hatte wie die beiden anderen, aber ihm gefielen ihre olivgrünen Augen, die ihn klar und ruhig anblickten. »Es gibt Sojamilch und dazu Baozi«, erklärte er.

»Baozi?« Bruni konnte mit dem Wort nichts anfangen. »Was ist das?«

»Eine Art Mantou, chinesisches Brot. Die Baozi sind unterschiedlich gefüllt, heute mit süßer roter Bohnenpaste.«

Bruni musste sich unwillkürlich schütteln. »Rote Bohnenpaste?« Sie zögerte kurz, dann lachte sie. »Wieso nicht? Ich nehme die Einladung gern an.« Insgeheim hoffte sie, dass sie diese Teile überhaupt herunterbekommen würde.

Gemeinsam schlenderten sie die Ahrpromenade entlang und sie musterte ihn heimlich. Er sah ungewöhnlich gut aus. Er war groß gewachsen, nicht so klein und schmächtig wie die, die sie sonst gesehen hatte, in Chinarestaurants oder vor dem Kölner Dom. Sein Haar war dicht und schwarz, er hatte tiefbraune Augen und unter dem T-Shirt, das er trug, ließ sich ein muskulöser Oberkörper erahnen. Seine Gesichtshaut war ungewöhnlich glatt, aber das passte zu dem, was Bruni gelesen hatte. Demnach besaßen die Chinesen genetisch bedingt nur einen sehr spärlichen Bartwuchs. Unauffällig sah sie genauer hin und stellte fest, dass tatsächlich keine einzige Bartstoppel sein Gesicht zierte.

Nachdem sie überschwänglich von Wangs überraschter Familie begrüßt worden war, die sich bereits um den Frühstückstisch versammelt hatte, musste sie mehrfach den lebhaften sechs- und achtjährigen Kindern von Wang Sans älterem Bruder, die sie aus großen Augen musterten und hinter vorgehaltener Hand tuschelten, ihren Namen vorsagen. Es dauerte eine ganze Weile, bis sie ihn halbwegs richtig aussprachen und es sich nicht mehr allzu sehr nach *Bluni* anhörte. Schließlich biss sie beherzt in ihr Baozi. Sie fand es gewöhnungsbedürftig, verzog aber keine Miene. Es war das erste Mal, dass sie mit Chinesen in deren Privaträumen an einem Tisch saß. Wang Sans Mutter bot ihr ein weiteres Stück an, aber Bruni wehrte höflich mit den Worten ab, sie sei schon satt. Sie hielt sich an die Schale mit heißer Sojamilch, die ihr entschieden besser schmeckte. Lao Wang und seine Frau Zhang Liu schmatzten und schlürften, was das Zeug hielt.

Irgendwann begann Zhang Liu damit, Bruni und ihre Freundinnen mit breitem Lächeln für ihren Fleiß zu loben, und bald schon wollte sie wissen, was im ›Ahrstübchen‹ auf der Speisekarte stand.

Bruni runzelte die Stirn und grübelte, denn sie wusste es nicht. In den letzten Tagen hatte sie die Küchenangelegenheiten weitgehend Bea und Ulrike überlassen und sich ihrem Artikel über Frauenglück gewidmet. Sie hatte deswegen Stress mit Bea gehabt, die sie gedrängt hatte, wenigstens die Einkäufe zu erledigen, aber letztendlich hatte sie sie in Ruhe gelassen. Sie hatte den Eindruck, dass die Nerven der

Freundin in letzter Zeit ungewöhnlich oft blank lagen, aber sie erklärte es sich mit der Aufregung rund um die Eröffnung des ›Ahrstübchens‹, die immer näher rückte.

Aus Essen hatte Bruni sich noch nie allzu viel gemacht. In Köln ernährte sie sich überwiegend von Reis und Gemüse, was sie praktisch fand, weil es sich schnell zubereiten ließ und gesund war. Sie gab es ohne Umschweife zu: Sie brauchte keine Garnelen und erst recht keinen Kaviar, und von dem Geld, das sie verdiente, konnte sie sich sowieso keine teuren Lebensmittel leisten. Bruni seufzte. Da sie selbst zwischendurch immer mal wieder von Hartz IV leben musste, weil sie keinen ihrer Artikel losgeworden war oder gerade keinen Lehrauftrag an der Uni hatte, wurde sie wenigstens nicht in Versuchung geführt.

Zhang Liu wiederholte ihre Frage noch einmal und Bruni zuckte zusammen. Irgendwie fand sie diese Neugier irritierend. Sie murmelte ausweichend etwas von Flammkuchen und Forellen, und Zhang Liu fragte weiter, ob sie Kinder hätte.

»Nein, und ich bin auch nicht verheiratet«, antwortete sie vorausschauend.

Liu sah sie an, als käme sie von einem anderen Stern. Die Antwort machte sie zu einem Wesen, das Lebensglück gar nicht kennen konnte und dessen Daseinszweck völlig verfehlt war.

»Meine Freundin Caro lebt ebenfalls allein, sie hat eine Tochter, und die ist unehelich«, erzählte Bruni in einem Anflug von Schadenfreude. Sie holte noch weiter aus. »Die andere Freundin, Bea, hat ebenfalls eine erwachsene Tochter, ist aber seit Ewigkeiten schon geschieden.« Lächelnd sah sie Zhang Liu an. »Interessiert es Sie vielleicht, in welchen Familienverhältnissen unsere Freundin Ulrike lebt?«

Zhang Liu nickte.

»Sie hat zwei erwachsene Söhne, aber da ihr Mann sie betrogen hat, überlegt sie gerade, sich von ihm zu trennen. Möchten Sie sonst noch etwas wissen? Fragen Sie ruhig.« Brunis Stimme klang zuckersüß.

Zhang Liu schüttelte den Kopf und widmete sich ganz ihrer Sojamilch. Wang San und seine Schwester Mei Ling, die Bruni auf Ende 20 schätzte, nahmen jeder noch ein Baozi, allerdings bemerkte Bruni, dass Mei Ling sie heimlich anlächelte.

Dann ging alles ganz schnell. Die Wangs schoben geräuschvoll ihre Stühle zurück und erhoben sich beinahe gleichzeitig vom Tisch. Die Kinder bekamen Kunststoffdosen mit Reis und gedünstetem Chinakohl für die Schule in die Hand gedrückt und verabschiedeten sich kichernd von ›Bluni‹, indem sie ihr mit gespreizten Fingern eine lange Nase zeigten. Dann winkten sie ihr enthusiastisch zu und waren auch schon verschwunden.

»Was bedeutet das?«, fragte Bruni erstaunt.

Wang San entschuldigte sich, beschämt über die Unhöflichkeit der Kinder. Schnell erklärte er ihr, dass die meisten Nicht-Asiaten für Chinesen Langnasen sind und die Kinder es lieben, sich über sie lustig zu machen. Auch das abrupte Ende des Frühstücks war ihm etwas unangenehm, und so klärte er sie darüber auf, dass seine Landsleute normalerweise nur so lange zusammen am Tisch sitzen, wie sie essen. Ist das Mahl beendet, gibt es auch keinen Grund mehr, noch länger sitzen zu bleiben. Bruni runzelte die Stirn, in diesem Moment war sie froh, Deutsche zu sein. Sie verabschiedete sich von allen und Wang San begleitete sie zur Tür. »Wenn Sie Lust haben, könnten wir morgen früh zusammen *Auf das Jadekissen klopfen*«, sagte er vorsichtig.

Auf das Jadekissen klopfen? Bruni war irritiert. Dann hatte sie verstanden und auf ihrem Gesicht erschien ein Lächeln. »Gern. Wie heute, um 6 Uhr an der Ahrpromenade?«

Wang San nickte.

»Ich kenne die Übung aber nicht.«

»Macht nichts. Ich zeige Sie Ihnen, Sie sind eine gute Schülerin.«

So, so, dachte Bruni, und das mit fast 50. Aber sie freute sich über das Kompliment, und der Blick in seine dunklen Augen führte dazu, dass sie sich so beschwingt fühlte wie schon lange nicht mehr. Sie war gerade im Begriff, ihm den Rücken zuzukehren, da hörte sie ihn auf einmal sagen: »Und vielleicht bringen Sie auch Ihre Freundinnen mit!«

10

Hubertus Hohenstein fragte sich, ob irgendwann einmal irgendjemand auch etwas Positives zu sagen hatte. Seit er Bürgermeister der Verbandsgemeinde Altenahr war, hielt er Donnerstags von 11 bis 13 Uhr eine Bürgersprechstunde ab, und seit er sein Amt verrichtete, waren ihm fast nur Beschwerden zu Ohren gekommen. Die Vereine, gut, sie hatten gelegentlich Ideen, die dem Gemeinwohl nutzen konnten, auch wenn die Inhalte Geschmacksache waren. Der Bürgermeister lehnte sich in seinem Stuhl zurück, der bei jeder Bewegung knarrte, als würde er gleich auseinanderbrechen und der dringend einmal erneuert werden sollte. Was der Landfrauenverein in der letzten Zeit für Fortbildungen anbot, fand er zweifelhaft, aber ihm sollte es egal sein. Solange der Verein kein Geld von der Gemeinde forderte, war ihm gleich, was die Frauen veranstalteten. Er schüttelte den Kopf. Als ob Seminare zur Wiedereingliederung arbeitsloser Bäuerinnen und geschiedener Frauen in den Beruf etwas bringen würden. Die meisten waren über 40 und hatten auf dem Arbeitsmarkt doch sowieso keine Chance mehr. Hinter dem Fortbildungsprogramm und den Selbsthilfegruppen steckte, wie er von seiner Frau Marianne, die 1. Vorsitzende war, wusste, ihre Stellvertreterin. Sie war mit ihren Themenvorschlägen bei den Mitgliedsfrauen auf große Resonanz gestoßen. Er mochte Christine Schäfer im Grunde genommen ganz gern, aber zum Glück war er nicht mit ihr verheiratet. Sie hatte Haare auf den Zähnen, und seiner Meinung nach zu Hause auch die Hosen an. Hubertus Hohenstein schürzte die Lippen. Vermutlich konnte sie sogar mit Stäbchen essen. Er erhob sich, ging hinüber zum Fenster und schob die Gardine beiseite. Auf der Straße war es ruhig. Noch. Der Bürgermeister schaute auf die Uhr. Gleich 11. Jeden Moment würden die chinesischen Reisebusse einrollen.

Im letzten Jahr hatte er noch überlegt, mit seiner Frau eine Reise zur chinesischen Mauer zu machen, doch dabei war es geblieben. Seit die Wangs zu einer immer größeren wirtschaftlichen Macht in Altenahr wurden und viele Bürger fürchteten, dass sie und ihre Landsleute durch ihre Omnipräsenz das traditionelle Brauchtum des Ortes gefährden könnten, war es klüger, woanders hin zu fahren. Man wusste nie, wie eine Reise nach China im Gemeinderat und von den einflussreichen Leuten im Ort aufgenommen werden würde. Thailand lag auch in Asien und sollte über tolle Strände verfügen. Nach der Sprechstunde würde er einfach einmal entsprechende Urlaubsangebote googeln.

Während er auf die Straße hinaussah und auf die Ankunft der Busse wartete, fragte er sich, ob er am 02. Mai wirklich ins ›Ahrstübchen‹ gehen sollte. Er hatte eine persönliche Einladung zur Eröffnung erhalten, aber anstatt sich darüber zu freuen, betrachtete er sie eher als Affront, denn die Kölnerinnen hatten ihm übel mitgespielt. Hubertus Hohenstein ballte unwillkürlich die Fäuste. Er war kein guter Verlierer, das wusste er, aber dass ihm diese *Frauen aus Köln* das ›Ahrstübchen‹ vor der Nase weggeschnappt hatten, würde er ihnen so schnell nicht verzeihen. Kreuzten mit ihrem Cabrio hier auf und glaubten, sie könnten in Altenahr etwas werden.

Je länger er darüber nachdachte, desto deutlicher wurde ihm bewusst, dass er sich in seiner Funktion als Bürgermeister der Verbandsgemeinde zur Wiedereröffnung wenigstens einmal kurz im ›Ahrstübchen‹ blicken lassen musste, es führte kein Weg daran vorbei, auch wenn es ihm noch so schwer fiel. Wichtig war es, die Souveränität zu wahren, er durfte sich nichts anmerken lassen, und schließlich brauchte er ja nicht lange zu bleiben.

Marianne, seine Frau, würde auf jeden Fall mit ein paar Vereinsfreundinnen hingehen. Sie hatte ihm davon berichtet, dass der Landfrauenverein in Erwägung zog, seine allwöchentlichen Mitgliedertreffen wieder im ›Ahrstübchen‹ abzuhalten, und allein der Gedanke daran führte dazu, dass er nervös wurde und mit einem Stift aufs Fensterbrett klopfte. Wenn er sich vorstellte, dass Marianne *sein* Geld zu den Kölnerinnen trug, bekam er schlechte Laune.

Langsam ging er wieder hinüber zum Schreibtisch und setzte sich. Was glaubten sie eigentlich, wer bei ihnen einkehren würde? Die Einheimischen sicher nicht, und auch nicht die chinesischen Touristen, die aßen nur, was sie kannten. Ebenso wenig die deutschen Touristen. Sie wollten seiner Erfahrung nach von der hiesigen Gastronomie einen Wildbraten oder eine Gänsekeule serviert bekommen, die es auch als Seniorenteller mit einer kleiner bemessenen Portion gab. Hubertus Hohenstein blies kraftvoll einen Schwall Luft aus der Nase. Die Touristen, die herkamen, waren meist älter als 50, und er wusste, dass es wichtig war, das touristische Angebot auch für die Jugend und junge Familien attraktiv zu gestalten. Aber wie sollte es aussehen? Er hatte bislang noch keine zündende Idee gehabt. Im Herbst gab es die Weinfeste, die die Jüngeren anzogen, und auch das Ahrrock-Festival, das meist in den Räumlichkeiten des Winzervereins stattfand, aber ansonsten war das touristische Angebot eher mager.

Der Bürgermeister hob lauschend den Kopf. Schon bevor er sie sah, hörte er das dumpfe Donnern der heranrollenden Reifen, und ungewollt verzog er schmerzlich das Gesicht. Da waren sie wieder, die Chinesen. Ein Fluch und ein Segen. Was die Steuereinnahmen betraf, ein Segen, was ihre Anwesenheit in Altenahr anging, für viele ein Fluch. Wie die Heuschrecken überschwemmten sie täglich den Ort. Kein Mensch verstand, was sie sagten, ihr Englisch war schlecht und Deutsch sprachen sie sowieso nicht. Sie wuselten über die schmalen Bürgersteige, sodass keiner mehr an ihnen vorbeikam. So viel ostasiatisches Flair an der Ahr schreckte ab, nicht nur die Einheimischen, sondern auch die deutschen Touristen, die es unbedingt zu halten galt.

Es klopfte an der Tür. Bevor der Bürgermeister den ersten Besucher hereinbat, schwor er sich, das Problem in den Griff zu bekommen. Egal wie.

11

Er stand schon eine geraume Weile so. In den Schatten der Mauer gedrückt, umgeben vom summenden Ton einer Biene, die über seinem Kopf einen Tanz aufführte. Ihr Summen störte auf lästige Art die Friedlichkeit des Bildes, das sich ihm bot, doch er traute sich nicht, sie zu vertreiben, denn jede Bewegung konnte Aufmerksamkeit erregen und ihn verraten.

Er wollte schauen, ihr einfach nur zuschauen. Die Art, wie sie die Pflanzen wässerte, so behutsam darauf bedacht, kein Blatt mit unnötig hartem Strahl zu treffen, erinnerte ihn an etwas, doch er wusste nicht, an was.

Im Verborgenen sah er zu, wie sie die Gießkanne absetzte, den Strohhut vom Kopf nahm und sich dann völlig unerwartet langsam auf den nackten Boden gleiten ließ. Der Strohhut kullerte ins Beet, und sie ließ ihn davonrollen, so als führe er ein eigenes Leben und gehöre schon nicht mehr zu ihr. Sie streckte sich lang aus, die Arme und Beine weit vom Körper gespreizt.

Atemlos stand er still. Sie lag einfach da und rührte sich nicht, ihr blondes Haar glänzte in der Abendsonne. Sie sah aus, als wolle sie die Kraft der Erde in sich aufsaugen, den schweren, mineralischen Duft atmen und eins werden damit.

Ich kann doch jetzt nicht ewig dorthin starren, dachte er, aber sie ist so voller Licht, wie sie da liegt, und das ist schön. Hätte er nicht die Bewegung ihrer Finger bemerkt, die vorsichtig über den Boden strichen, hätte er geglaubt, sie wäre eingeschlafen.

»Du kannst ruhig herüberkommen.« Ihre Stimme klang klar und ruhig.

Meinte sie *ihn?* Er hielt den Atem an und rührte sich nicht vom Fleck. Auch sie blieb still liegen.

»Ich weiß, dass du da bist«, sagte sie.

Er schwieg.

Langsam setzte sie sich auf und stützte ihren Oberkörper mit den Armen ab. An ihrem Rücken mussten Erdkrumen haften. Sie sah zu ihm herüber, direkt in seine Augen.

»Ich heiße Caro.«

Er räusperte sich verlegen. »Und ich Ben.«

»Hi, Ben.«

»Hi.«

»Bist du da drüben festgewachsen?«

»Nein.« Er spürte, wie ihm die Röte ins Gesicht schoss.

»Nun komm schon her.«

Zögernd ging er zu ihr hinüber.

»Setz dich.« Einladend klopfte sie auf den Boden neben sich und Ben ging in die Hocke.

»Tut mir leid, ich wollte Sie wirklich nicht …«, stotterte er.

Aufmerksam sah Caro ihn an. »Schon gut. Wohnst du hier?«

»Ja, neben der Winzergenossenschaft.«

»Und bist gerade auf dem Nachhauseweg?«

»Nein, auf dem Weg zum Training.«

Caro bemerkte die Sporttasche, die noch an der Mauer stand.

»Fußballtraining. Wir kicken um diese Zeit immer.«

Caro überlegte, wie alt er wohl sein mochte. Sie schätzte ihn auf 16, höchstens 17. Sein Gesicht trug noch kindliche Züge.

»B-Jugend, Regionalliga. Nichts Besonderes.« Die Beine begannen, ihm weh zu tun, die Hocke war unbequem, und so setzte er sich neben sie auf den Boden, der sich um diese Tageszeit schon wieder abkühlte und sich feucht anfühlte. »Sind Sie vom ›Ahrstübchen‹?«

Caro nickte. »Wenn du magst, bist du zur Eröffnung herzlich eingeladen. Deine Familie und deine Freunde natürlich auch.«

»Ich glaube, meine Eltern haben am 02. Mai schon etwas vor.« Ben dachte an das Gespräch heute Morgen am Küchentisch. Seine Mutter war gar nicht gut auf die Frauen aus Köln, die dem Bürgermeister das Restaurant vor der Nase weggeschnappt hatten, zu sprechen gewesen. Sie wusste, dass sie Dieter Schmitz, dem Eigentümer des größten Weinbergs der Gegend und auch des ›Ahrstübchens‹, schöne Augen gemacht hatten. Das hatte zumindest Ines erzählt, seine Frau, und sich furchtbar darüber aufgeregt. Inzwischen kannte bereits der ganze Ort die Geschichte.

Ben fragte sich, ob es wohl stimmte.

»Schade, dass deine Eltern keine Zeit haben, aber du und deine Freunde? Ihr könntet doch ruhig kommen.«

In Bens Gesicht stieg wieder eine leichte Röte. »Ich frage mal, vielleicht haben sie ja Lust. Aber wir haben vor, nach Köln zu fahren und ein Spiel vom 1. FC zu sehen. Gegen Freiburg. Und hinterher wollen wir noch um die Häuser ziehen.«

Caro nickte und lachte. »Da kann natürlich ein ›Ahrstübchen‹ nicht gegen an. Wo geht ihr nach dem Spiel hin?«

»Irgendwo in die Altstadt, da gibt's ja genug Kneipen.«

»Und jede Menge Kölsch«, sagte Caro sachverständig. Oft genug war sie mit Freunden oder ihren Fußballern in der Altstadt unterwegs gewesen, und natürlich wurden alle Verwandten, die von weit her kamen, als Erstes dorthin geführt. Die Kölschen Köbesse, Röggelchen und Hämchen hatten eben alles, was man zum Auftakt eines feuchtfröhlichen Abends benötigte. »Du kannst mich übrigens ruhig duzen, wenn du magst.«

Ben wurde schon wieder rot.

Herrje, dachte Caro, was hat er denn? Da gebe ich mir alle Mühe, ihm Vertrauen einzuflößen, aber der Junge ist so schüchtern, als hätte er noch nie mit einer Frau geredet. »Wann beginnt denn dein Training?« fragte sie, um ihn zurück auf vertrautes Terrain zu führen.

Ben warf einen raschen Blick auf die Uhr. »Schon 6!« Seine Augen weiteten sich. »Ich muss sofort los, bin viel zu spät dran, das gibt Ärger.«

Er sprang auf, und während er sich eilig seine Sporttasche griff, sagte er: »Falls wir für das Spiel in Köln keine Karten mehr bekommen, kommen wir zu Ihnen.«

»Zu dir!«, erwiderte Caro.

»Was?«

»Du sollst doch *du* sagen!«

»O.k.« Ben lachte und setzte sich in Bewegung. Plötzlich drehte er sich noch einmal um, und rückwärts stolpernd wiederholte er den Satz, jedes einzelne Wort betonend: »Wenn wir nicht nach Köln fahren, kommen wir zu *dir!*«

Das war exakt, was Ines Schmitz hörte, als sie mit ihrer Freundin Marianne Hohenstein hinaus auf die Ahrpromenade trat, um einen kleinen Abendspaziergang zu machen und den neu angelegten Garten des ›Ahrstübchens‹ zu inspizieren.

12

Den 02. Mai 2010 würden sie nie vergessen. Ein Alptraum, ein böses Geschwür. Dabei hatte alles so gut angefangen.

Der Himmel strahlte in einem Blau, das tiefer und makelloser nicht sein konnte. Kein Wölkchen weit und breit, nur ein schmaler Kondensstreifen, der sich wie die Schleppe eines Hochzeitskleides über den Himmel zog. Es war einer dieser Frühlingstage, die zu schön waren, um wahr zu sein. Meisen flogen mit Sapphos Haarbüscheln, die Bruni extra für die Vögel ausgelegt hatte, aufgeregt zwischen Terrasse und Nistkasten hin und her und bauten sich daraus ein Luxusnest, die Ahr floss kristallklar im Sonnenschein dahin, und im ›Ahrstübchen‹ bereiteten sich Bea, Ulrike, Caro und Bruni voller Elan auf den Ansturm der Gäste vor. Um 11 Uhr hatten sie zu einem Empfang eingeladen, sie erwarteten alle, die im Ort Rang und Namen hatten. Den Bürgermeister Hubertus Hohenstein samt Frau Marianne, einige Winzer, darunter Dieter Schmitz mit Gattin, Repräsentanten des Eifelvereins, des Tourismusbüros sowie des Junggesellenvereins und viele mehr, so auch Christine Schäfer und weitere Mitglieder des Landfrauenvereins. Wang San, mit dem Bruni inzwischen jeden Morgen Qi Gong machte, und seine Schwester Mei Ling hatten ihr Kommen ebenfalls zugesagt. 70 Personen waren eingeladen, und ab 12 Uhr sollte die Tür des ›Ahrstübchens‹ dann auch für alle anderen Gäste geöffnet sein.

Der Sekt stand kalt, die Kanapees waren geschmiert, und es mussten nur noch einige Braten, Salate sowie diverse Süßspeisen auf dem Buffet arrangiert werden. Bea und Ulrike hatten die Tische mit kleinen Traubenhyazinthen-Sträußen geschmückt, und auf der Theke stand ein riesiges Bund Maiglöckchen. Bruni zapfte probehalber Bier und versuchte, ihm schöne, steife Schaumkronen aufzusetzen, und Bea gab zwei Aushilfskellnerinnen Anweisungen darüber, was auf den Tabletts mit Begrüßungsgetränken stehen sollte.

Sie ließ die Augen prüfend umherschweifen und setzte sich einen Moment. Sie fühlte sich aller Vorfreude zum Trotz ein wenig schwach und wackelig, so als stünde sie auf tönernen Füßen. Die letzten Tage waren anstrengend gewesen, und die kleinen Reibereien mit Bruni machten ihr mehr zu schaffen, als ihr lieb war. Während sie die Freundin beim Zapfen beobachtete, dachte sie an die von ihnen vereinbarte Arbeitsteilung, wie sie sie in Zukunft praktizieren wollten. Caro sollte für den Service zuständig sein und Bruni würde hinter der Theke für die Getränke sorgen. Ulrike war für die Küche verantwortlich und Bea für das Gesamtmanagement. Allerdings würde sie auch überall dort einspringen, wo es gerade nötig war.

Der 02. 05. 2010. Ein Datum, rund und klar. Es sah gut aus und fühlte sich gut an. Bea betrachtete die Zahlen, die sie auf einen Bierdeckel gemalt hatte. Sie hatten es geschafft. Termingerecht hatten sie das Lokal neu hergerichtet, und das Ergebnis konnte sich sehen lassen. Während sie sich nun auf der Bank zurücklehnte und ihr Blick erneut über Tische, Bänke, Theke und Buffet glitt, spürte sie, wie stolz sie auf sich und ihre Freundinnen war. Sie hatten viel geleistet in den letzten Tagen und trotz Schlafmangels sahen sie heute durchaus passabel aus, fand sie. Caro hatte sich für ein auf Figur geschnittenes, buntes Kleid mit großen geometrischen Mustern entschieden, dazu trug sie eine lange

Ethnokette. Bea blickte an sich herab und strich über ihr hellgelbes Etuikleid, dessen Stoff unter ihren Händen leicht knisterte und sich angenehm kühl anfühlte. Sie fühlte sich wohl darin. Ihr Blick glitt hinüber zu Ulrike, die einige Platten auf dem Buffet arrangierte. In den vergangenen Tagen war sie regelrecht aufgeblüht, sie hatte viel häufiger gelacht als noch zu Beginn und Bea hatte den Eindruck, dass die Trennung von Claus ihr unglaublich gut tat. In ihrem wippenden braunen Rock und der hellen Bluse, die gut zu ihren haselnussbraunen Augen passte, strahlte Ulrike eine ungeheuere Energie aus, die sie einige Jahre jünger wirken ließ. Selbst ihre blonden Locken wirkten beschwingt. Wenn die Trennung vom Ehemann sich so äußert, sollten viel mehr Frauen diesen Schritt wagen, dachte Bea und blinzelte.

Leider hatte es in den letzten zwei Wochen nicht nur zwischen ihr und Bruni leichte Spannungen gegeben. Die Freundin hatte jede Gelegenheit genutzt, um für ihren Artikel zu recherchieren, was zu Lasten der gemeinsamen Vorbereitungen gegangen war, und auch Caro hatte sich ihres Erachtens vor der Arbeit gedrückt, denn sie hatte mehr Zeit im Garten verbracht als nötig. Sie hatte das Gefühl gehabt, dass die meiste Arbeit auf Ulrike und ihr sitzen blieb, und irgendwann war ihr schließlich der Kragen geplatzt. Bea nahm einen Schluck Wasser und setzte das Glas vorsichtig zurück auf den Tisch. Letztendlich hatte der Streit aber auch sein Gutes gehabt. Ein reinigendes Gewitter, das neue Frische und Klarheit brachte, und hinterher hatten sie besser zusammengearbeitet als zuvor.

Sie dachte daran, wie sie sich kennengelernt hatten, vor knapp fünf Jahren. An einem drückend schwülen Sommerabend war sie mit Caro, die sie schon seit der Schulzeit kannte, am Rheinufer in Rodenkirchen joggen gewesen.

Die schwüle Luft an jenem Tag hatte das Atmen erschwert, die Gliedmaßen hatten sich angefühlt wie Blei, und der Schweiß war ihnen über Gesicht und Beine geronnen. Es war ein Abend gewesen, an dem man besser bewegungslos irgendwo im Grünen gesessen hätte, einen fruchtigen Strawberry Margherita in der Hand. Sie erinnerte sich noch genau, dass sie sich damals gefragt hatte, warum sie sich in dieser Hitze selbst quälte, doch heute war sie mehr als froh darüber. Andernfalls hätten sie Ulrike und Bruni vermutlich nie getroffen. Ein Lächeln glitt über ihr Gesicht.

Der Aufprall war so heftig gewesen, dass sie gestolpert und hingefallen war, und sie hatte Caro gleich mitgerissen. Keine von ihnen hatte die Hunde, die auf der Jagd nach einem Vogel aus dem Gebüsch geprescht kamen, kommen sehen und beinahe wäre die Situation eskaliert. Statt jedoch in einem üblen Streit zu enden, hatte sich alles auf wundersame Weise ins Positive verkehrt, und bis heute fragte sie sich, wie es überhaupt dazu gekommen war. Welcher Bruchteil einer Sekunde alles geändert hatte, wessen Blick, welches Lächeln, aber auf einmal hatten die Hundebesitzerinnen, Caro und sie auf der Terrasse im Rodenkirchener ›Kahlshof‹ gesessen, Kölsch getrunken, die Köter gestreichelt, zusammen gelacht und den Blick auf den träge dahin fließenden Rhein genossen. Und bei diesem einen Abend war es nicht geblieben.

»Langsam könnten die Gäste aber kommen.« Brunis Stimme unterbrach Beas Gedanken, sie klang nervös. Mit verbissenem Gesichtsausdruck polierte sie hinter der Theke so nachdrücklich ein Glas, dass Bea fürchtete, es würde jeden Augenblick zerbrechen. Bea sah auf die Uhr, es war bereits Viertel nach 11. »Allerdings. Wo bleiben sie denn?«

»Schätze, die haben zu viele Maibäume aufgestellt vergangene Nacht«, mutmaßte Caro.

»Die Junggesellen vielleicht, aber die anderen?«, erwiderte Ulrike.

»Sind noch in der Kirche«, sagte Caro knapp.

»Sicher nicht.« Bea sah aus dem Fenster und bemerkte eine Gruppe Menschen, die vor der Kirche stand und die Köpfe zusammensteckte. Einer von ihnen sah neugierig zu ihnen herüber. »Um 11 Uhr ist der Gottesdienst vorbei. Wer wollte, hätte längst hier sein können.«

»Sie lassen sich eben Zeit«, sagte Bruni und legte das Geschirrtuch beiseite. »So demonstriert man Gelassenheit und Unabhängigkeit. Vielleicht wollen sie uns zu verstehen geben, dass wir *so* wichtig für Altenahr nun auch nicht sind.«

»Hm.« Dieser Gedanke behagte Bea überhaupt nicht.

Bruni legte das Geschirrtuch aus der Hand und starrte aus dem Fenster. Ulrike setzte sich auf einen Barhocker und während sie nervös an einer ihrer Locken knabberte, ließen Caro und Bea sich auf eine Sitzbank fallen. Bei jedem lauteren Geräusch, das zu ihnen hereindrang, sahen sie zur Tür, aber sie blieb geschlossen. Niemand kam. Inzwischen war es 11.30 Uhr.

Um 11.45 Uhr begann Bea, sich wie in einem Vakuum zu fühlen, ihre Brust wurde eng. Es schien eine einfache und selbstverständliche Wahrheit zu sein: Die Einwohner Altenahrs interessierten sich nicht für sie.

Um kurz vor 12 öffnete sich endlich die Tür, und Caro und Bea sprangen auf. Wang San und seine Schwester Mei Ling kamen herein, mit einer Topfblume und einem großen Beutel Glückskekse in der Hand.

»Willkommen in Altenahr! Wir hoffen, dass Sie sie

mögen, auch wenn sie keine chinesische, sondern eine echt amerikanische Erfindung sind«, sagte Wang San mit einer Verbeugung, und Mei Ling lächelte dazu. Die Freundinnen hatten sie vor zwei Tagen kennengelernt, als Mei Ling ihr Motorrad vor dem ›Ahrstübchen‹ geparkt und bei ihnen einen Kaffee getrunken hatte.

»Ich liebe Glückskekse«, rief Bruni begeistert und strahlte Wang San an. »Vielen Dank.« Die morgendlichen Qi-Gong-Übungen hatten dazu geführt, dass sich eine zarte Vertrautheit zwischen ihnen angebahnt hatte, die sie auch jetzt wieder wahrnehmen konnte, obwohl sie sich immer noch siezten. Sie mochte seine sanfte, bedachte Art, und zum ersten Mal seit Langem hatte sie das Gefühl, dass Männer durchaus interessant sein konnten.

Mei Ling, die ebenso glattes schwarzes Haar wie ihr Bruder besaß und ebenso dunkelbraune Augen, beobachtete Bruni dabei, wie sie die Folie des Beutels zerriss und hinein griff.

»Mut steht am Anfang des Handelns, Glück und Erfolg am Ende«, las sie vor.

Die Freundinnen sahen sich an und brachen in hysterisches Lachen aus. »Wenn das kein gutes Omen ist!« Bruni nahm den Papierstreifen und klebte ihn demonstrativ mit Tesafilm an die Theke.

»Sind wir die Ersten?«, fragte Mei Ling, sich umblickend.

»Nein, die anderen sind schon wieder weg«, antwortete Caro und fügte schnell hinzu. »Kleiner Scherz, natürlich nicht. Außer euch ist bislang niemand gekommen.«

»Oh.« Mei Ling sah unsicher zu ihrem Bruder hinüber, der sich gerade ein Glas Orangensaft vom Tablett nahm, das eine Aushilfe in den Händen hielt.

»Nehmen Sie doch ein Gläschen Sekt«, forderte Ulrike ihn und seine Schwester auf.

Wang San schüttelte den Kopf. »Danke, nein. Wir müssen gleich wieder rüber. Unser Vater vertritt mich zwar in der Küche, und unsere Schwägerin ist für Mei Ling im Service eingesprungen, aber allzu lange können wir trotzdem nicht hier bleiben. Außerdem …« Er unterbrach sich kurz und lächelte. »Außerdem verträgt die Hälfte aller Chinesen Alkohol nicht so gut, und wir gehören leider dazu.«

»Was?«, fragte Caro mit großen Augen.

»Vielen Chinesen fehlt ein wichtiges Enzym zum Alkoholabbau. Bevor wir also mit roten Köpfen nach einem einzigen Glas Sekt hier heraus wanken, trinken wir lieber Saft«, antwortete Mei Ling.

»Sie Ärmsten«, Bea hob ihr Glas. »Dennoch, zum Wohl!«

»*Gan bei*!«, sagten Wang San und Mei Ling wie aus einem Munde. Die Worte hörten sich wie ein hoher Singsang an.

»*Gan bei?*«

»Heißt so viel wie Prost.« Wang San nickte.

Bea, Caro, Bruni und Ulrike sprachen den Ausdruck vorsichtig nach, aber offensichtlich falsch, denn er und seine Schwester bestanden darauf, dass sie ihn wiederholten, dabei amüsierten sie sich über ihre Aussprache.

»Sie müssen den richtigen Ton treffen!«, dozierte Wang San und belehrte sie: »Im Chinesischen wird jede Silbe und jedes Wort in einer bestimmten Tonlage gesprochen, insgesamt gibt es vier Töne und einen neutralen. Wenn Sie den richtigen Ton nicht hundertprozentig treffen, bekommt das Wort einen völlig anderen Sinn.«

»Oder es wird völlig sinnfrei und wir verstehen es erst

gar nicht«, ergänzte Mei Ling. »Chinesen, die verschiedene Dialekte sprechen, verständigen sich übrigens miteinander, indem sie die Schriftzeichen der Einfachheit halber in die Handfläche malen.«

Bruni und ihre Freundinnen waren beeindruckt.

»Eigentlich heißt *Gan bei* ›*leere das Glas*‹. Sie würden sagen, ›*Auf Ex!*‹, aber das nehmen wir jetzt mal nicht so genau«, Wang San lachte und sie stießen miteinander an.

Nach einem Moment wechselte Bea das Thema und wandte sich an Mei Ling. »Waren Sie das, die ich neulich auf dem Motorrad gesehen habe?«

Mei Ling nickte stolz.

»Tolle Maschine«, sagte Bea anerkennend. »Ich wollte eigentlich auch immer einen Motorradführerschein machen, habe mich dann aber nie getraut. Wie lange haben Sie sie schon?«

»Die Kawa? Seit 10 Jahren«, erklärte Mei Ling und senkte bescheiden den Blick, was *sehr* chinesisch aussah, wie Bea fand.

»Ist die nicht schwer zu halten?«

Mei Ling lächelte. »Ich lege sie ja nicht hin.«

»Meine Schwester ist eine richtige Motorradtussi und die Eifelkurven sind für sie das Schärfste«, grinste Wang San.

Bruni blieb fast der Mund offen stehen. Ihn so salopp reden zu hören, war für sie gänzlich ungewohnt, er klang auf einmal wie ein Deutscher. Sie musste lächeln, denn er hatte ihr ja erzählt, dass er und seine Schwester hier aufgewachsen waren, also drückten sie sich natürlich auch so locker aus wie Deutsche. Zumindest dann, wenn die Familie nicht dabei war.

»Als sie zum ersten Mal mit dem Motorrad nach Hause

kam, war sie 19, und es gab einen riesigen Aufstand«, erklärte er.

Mei Ling betrachtete ihren Bruder, und ihre Mundwinkel verzogen sich zu einem Lachen.

»Unsere Eltern waren geschockt«, sagte Wang San und wies damit jeden Verdacht von sich. »Eine junge Chinesin fährt Fahrrad, maximal eine Vespa.«

In Mei Lings Augen blitzten kleine Lichter. »Immerhin, kürzlich ist unser Vater zum ersten Mal mitgefahren. Er sah zwar etwas blass aus hinterher, aber ich glaube, es hat ihm trotzdem Spaß gemacht.«

Wang San lachte. »Er ist ein alter Mann, aber ein sehr mutiger alter Mann.«

Caro betrachtete Wang Sans Schwester interessiert. Die Chinesen gefielen ihr immer besser.

»Ich fahre vorsichtig.« Mei Lings Stimme klang routiniert, so als hätte sie diesen Satz schon oft gesagt. »Wenn Sie wollen, machen wir einmal eine kleine Spritztour.«

Bea reagierte sofort begeistert und fragte: »Wann?«

»Wann Sie wollen.«

»Warum waren Sie eigentlich nie bei unserer Qi-Gong-Stunde?« Wang Sans Frage kam plötzlich, und es war deutlich, dass er vor allem Caro ansah. Bruni schluckte.

Caro, Bea und Ulrike waren überrascht. »Qi-Gong-Stunde?«

Wang San nickte. »Morgens um 6, da machen Bruni und ich doch unten an der Ahr unsere Übungen. Wissen Sie das nicht?« Er lachte. »Wir tanken Kraft für den Tag.«

Bruni warf Caro und den anderen beschwörende Blicke zu. Einen Moment herrschte Stille. Schließlich räusperte Caro sich und sagte: »Doch, ja, natürlich, aber …«

Bruni fiel ihr ins Wort: »Caro meint, dass 6 Uhr ein bisschen früh für sie und die anderen ist.« Sie sah ihren Freundinnen scharf und intensiv in die Augen. »Nicht wahr? Ihr schlaft doch lieber länger?«

Die Freundinnen schwiegen. Die Pause war etwas zu lang.

»Doch, ja«, sagte Caro schließlich. »Ja, ja.«

»Viel zu früh.« Ulrike nickte bestätigend.

Bruni atmete auf, die Freundinnen hatten verstanden.

In diesem Augenblick öffnete sich die Tür und der Bürgermeister samt Frau sowie der Winzer Dieter Schmitz und seine Frau Ines traten ein.

Hubert Hohenstein zuckte unwillkürlich zusammen. Das hätte er sich denken können, die Chinesen waren also auch da. Das würde ja eine schöne Feier werden.

10 Stunden später war alles vorbei.

Bea schleuderte ihre Schuhe von den Füßen und ließ sich auf die Bank am Ecktisch sinken, wo die Freundinnen bereits saßen. Sie wusste nicht, ob sie lieber heulen oder vor Wut und Frustration schreien wollte. Nur ungefähr ein Drittel der Eingeladenen war erschienen, und die meisten schienen vor allem deswegen gekommen zu sein, weil ihr Amt es erforderte. Trotzdem hatten sie gelächelt und die Haltung gewahrt. Was wäre ihnen auch anderes übrig geblieben?

Sie betrachtete die Freundinnen, die allesamt einen matten und deprimierten Eindruck machten. Zerstreut warf sie einen Blick auf ihr Handy, das einen kurzen, dumpfen Ton von sich gab. Frank. Er hatte offenbar dreimal versucht, sie zu erreichen.

»Der einzige Lichtblick war Christine Schäfer«, sagte Ulrike mit kraftloser Stimme.

»Ja, die ist wirklich nett«, stimmte Bruni ihr zu.

»Dass sie uns einen symbolträchtigen Apfelbaum mitgebracht und auch noch an das Rezept gedacht hat, ist doch wenigstens etwas«, sagte Bea und fügte hinzu: »Immerhin eine, die uns aus der Landfrauentruppe wohlgesonnen ist.«

»Ich glaube, es gibt noch eine Zweite«, sagte Caro. Die Freundinnen sahen sie an.

»Marianne Hohenstein, die Frau vom Bürgermeister.«

»Die?«, fragte Ulrike zweifelnd.

»Ja. Es hatte den Anschein, als habe sie sich bei uns ganz wohl gefühlt«, antwortete Caro.

»Vielleicht nachdem ihr Mann weg war und sie drei Gläser Sekt intus hatte«, kommentierte Bruni lachend. »Aber du hast recht, sie wurde immer lockerer.«

»Kaum sind die Männer weg, geht's den Frauen gut«, sinnierte Caro mit einem Seitenblick auf Ulrike und fragte: »Habt ihr eigentlich bemerkt, wie Ines Schmitz uns gemustert hat?«

»Vor allem dich.« Bruni wurde auf einmal heiß und sie spürte, wie ihr der Schweiß ausbrach. Rasch stand sie auf und öffnete ein Fenster, was die Freundinnen kommentarlos hinnahmen. Sie setzte sich wieder und nahm sich vor, demnächst ein Buch über Heilpflanzentherapie in den Wechseljahren zu besorgen. Manche Pflanzen beinhalteten Östrogene und boten somit eine geeignete Alternative zur Hormonersatztherapie, die in der Regel auf synthetischer Basis beruhte und die sie strikt ablehnte, da sie den Langzeitnebenwirkungen nicht traute. Phytoöstrogene wirkten zwar in weitaus geringerem Maß, aber einen Versuch war es wert. Außerdem würde sie sich auch einmal mit bioidentischen Hormonen auseinandersetzen und dann mit ihrer Ärztin reden.

Neidisch betrachtete sie Caro, die selbst in diesem erschöpften Zustand noch ganz passabel aussah. Sie nippte an ihrem Wein. Es liegt nicht allein an ihrer Figur und den blonden Haaren, dachte sie, es liegt an ihrer Haltung. Sie hat *Anmut*. Schon als Bruni sie das erste Mal gesehen hatte, war ihr die Weichheit ihrer Bewegungen aufgefallen, die Art, wie sie sich übers Haar strich, wie sie ging. Nicht die Spur von Affektiertheit. Bruni wusste, dass sie selbst mit ihren 1,80 Meter und den langen Gliedmaßen eher ungelenk wirkte. Früher hatte sie mit ihrem eigenen Aussehen gehadert, doch inzwischen nicht mehr. Sie hatte sich mit ihrem Körper ausgesöhnt. Er war Teil ihrer Persönlichkeit, aber eben nur ein Teil. Wichtig war doch, was man im Kopf hatte.

»Als dieser Junge mit seinem Freund hereinschneite und bis über beide Ohren rot wurde, als er dich begrüßte, hat Ines Schmitz das übrigens genau registriert«, sagte Bruni und fragte: »Wer war das eigentlich?«

»Ben Stur, ein ganz süßer Junge«, antwortete Caro und sagte: »Habe ihn neulich kennengelernt. Übrigens, warum hast du uns nichts von dem Qi Gong erzählt? Wenn ich es richtig verstanden habe, hat Wang San uns doch alle zu den morgendlichen Übungen eingeladen, nicht nur dich, oder?«

Bruni nahm einen Schluck Wein. »Nun starrt mich nicht so an.« Sie senkte den Blick, und da die Freundinnen immer noch auf eine Erklärung warteten, sagte sie schließlich: »Ich werde ja wohl auch mal was ohne euch machen dürfen.«

»Du hast dich in ihn verguckt?«, fragte Ulrike und setzte sich auf. »Ich meine, ernsthaft? Findest du, er passt zu dir? Glaubst du, daraus kann etwas werden?«

Bruni blinzelte. »Warum nicht?« Dann lächelte sie die

Freundinnen an, befeuchtete den rechten Zeigefinger, rieb sich das Auge, und nach einem kurzen Moment blies sie die daran haftende Wimper kraftvoll in die Luft.

13

Lao Wang war ein Meister im Spiel der Striche. Er beugte sich über den großen, flachen Stein, der vor ihm auf dem Tisch lag, und führte mit ruhiger Hand den Pinsel. Zeit und Raum flossen ineinander, und er war erfüllt von tiefer Harmonie.

»*Alles ist von selbst, wie es ist*«, dachte er und vollendete mit einem einzigen Zug das chinesische Zeichen für Energie.

Mei Ling war leise zur Tür hereingekommen, ohne dass er es bemerkt hatte. Sie trat näher und beugte sich über die Schulter ihres Vaters. »Es ist dir wirklich gelungen.«

Lao Wang sah auf. »Findest du? Aber nein, es könnte noch vollkommener sein.« Seit seiner Kindheit übte er sich in der Kunst der chinesischen Kalligrafie, doch obwohl er als Kalligraf einen Namen besaß, schien ihm keines seiner Werke mustergültig. Die äußere Schönheit eines Bildes lebte von seiner inneren Kraft, und die war stets im Wandel.

»Ich suche einen Platz im Garten dafür«, sagte Mei Ling.

»Nein, warte noch ein bisschen. Ich male morgen ein neues.«

Mei Ling drang nicht weiter in ihn. Sie wusste, dass ihr Vater ein Perfektionist war, der bei der Betrachtung eines kalligrafischen Zeichens auf die Harmonie der Schwingungen achtete, die es in seinem Inneren auslöste. Gab es auch nur die leiseste Ahnung einer Disharmonie, begann er von vorn.

Lao Wang erhob sich. Seine Knochen taten ihm weh, er spürte täglich mehr, dass das Alter seinen Tribut forderte.

Jeden Morgen, wenn er aufstand, wunderte er sich, dass seine Beine ihn immer noch trugen. In letzter Zeit hatte er sich oft wie eine brüchige Rikscha gefühlt, die übers Pflaster schwankte.

Er deutete vor sich auf einen kleinen Tisch, auf dem ein Stapel Briefe lag. »Sieh, was sie uns wieder geschrieben haben.«

»Die Verbandsgemeinde?«

Lao Wang nickte und nahm den obersten Brief zur Hand. »Der Gemeinderat hat beschlossen, dass wir eine höhere Pacht für den Parkplatz zahlen sollen.«

»Aber er gehört doch mehr oder weniger zum Hotel und wir nutzen ihn schon seit Jahren«, wandte Mei Ling empört ein.

»Er gehört der Gemeinde, nicht uns. Wir haben ihn gepachtet, als wir das Abkommen mit dem Reiseveranstalter geschlossen haben, doch auch das ist kein Grund, der gegen eine Pachterhöhung spricht.«

»Nein, du hast recht.« Mei Ling strich sich nachdenklich über ihr halblanges, schwarzes Haar, das seidig glänzte. Ihr Mund fühlte sich trocken an, als sie fragte: »Wie viel wollen sie haben?«

»Pro Stellplatz 200 Euro statt 100 Euro.«

Ihre Augen weiteten sich. »200 Euro? Eine Erhöhung um 100 Prozent? Und die Begründung?«

»Es gibt keine. Warte mal, hier heißt es …« Lao Wang nahm den Brief zur Hand. »Infolge der gestiegenen Allgemeinkosten müssen wir den Pachtzins leider zum 01.07. von 100 Euro auf 200 Euro pro Stellplatz erhöhen.« Er legte das Schreiben zurück auf den Tisch, und Mei Ling bemerkte, dass seine Hände leicht zitterten.

»Das kann doch nicht sein.«

»Doch, so ist es.« Langsam ging Lao Wang hinüber zur Wand und setzte sich schwerfällig auf einen Stuhl. Das Fenster war geöffnet, und er beobachtete, wie ein leichter Windhauch die Papiere auf dem kleinen Tisch bewegte. »Ich habe bereits mit deinen Brüdern Wang Yi und Wang San gesprochen. Es bleibt uns nichts anderes übrig, wir müssen zahlen.«

Mei Ling kniff die Augen zusammen. »Aber warum? Bei zehn Stellplätzen sind das 2.000 Euro im Monat«, sagte sie und fügte hinzu: »Das ist Wucher.« Sie lehnte sich an den Tisch und sah ihren Vater nachdenklich an. »Wir sollten uns das nicht gefallen lassen.«

Lao Wang betrachtete seine Tochter eine Weile schweigend, doch schließlich entschied er bestimmt: »Wir werden zahlen.«

»Aber *Baba*, die Forderung ist völlig überhöht«, versuchte Mei Ling es noch einmal.

Über Lao Wangs Lippen kam ein Seufzer. »Mei Ling, hör auf damit. Es bleibt uns nichts anderes übrig.«

»Wir könnten uns wehren.«

»So? Denkst du?« Lao Wang ging zum Fenster und sah hinaus in den Garten, wo seine Singvögel in der Voliere herumturnten. »Wenn wir nicht zahlen, verpachten sie den Parkplatz an jemand anderen, die Plätze hier sind knapp, das weißt du, und dann stehen wir dumm da. Wo sollen die Reisebusse hin? Und die Gäste, die mit dem eigenen Auto zu uns kommen?«

Mei Ling seufzte. Nach einem Moment sagte sie leise: »Sie wissen genau, dass wir auf diesen Platz hier am Hotel angewiesen sind.«

Lao Wang nickte bedächtig. »Ich habe lange mit deinen Brüdern darüber diskutiert, und wir glauben, dass der Veranstalter sich bald ein anderes Ziel suchen wird, wenn die Busse mehr als einen Kilometer vom Hotel entfernt parken müssen. Deutsche Städtchen, die für Touristen aus China interessant sind, gibt es genug. Ob sie unsere Landsleute in einen Ort an der Ahr oder an die Mosel bringen, ist ihnen relativ egal.«

In diesem Moment erkannte Mei Ling, was die Gemeinde wirklich bezweckte. »Sie wollen uns hier wegekeln. Wir passen nicht ins Bild, wir gehören einfach nicht dazu. *Das ist der Grund.*«

»Wir werden nie dazugehören«, flüsterte Lao Wang und sah wieder hinaus aus dem Fenster.

Mei Ling tat es weh, ihren Vater so müde zu sehen. Sie erinnerte sich daran, dass er kürzlich erst wieder davon gesprochen hatte, in der alten Heimat sterben zu wollen, nirgendwo sonst.

»Noch gehören wir nicht dazu, aber das kann sich ändern«, sagte ihr Bruder Wang San, der unbemerkt ins Zimmer gekommen war. Sie und ihr Vater drehten sich zu ihm um.

»Sie haben die Rechnung ohne den Wirt gemacht, im wahrsten Sinne des Wortes.« Wang San trat näher und sah seine Schwester an. »Du wirst sehen, die Leute hier werden sich schon noch an uns gewöhnen.«

Mei Ling fand, dass sein Versprechen in gewisser Weise wie eine Drohung klang. Auch ihr Vater stutzte. Langsam ging er zu seinem Arbeitstisch zurück, setzte sich und griff nach einem Pinsel. Dann sah er seinen Sohn und seine Tochter lange an.

»Eins ist gewiss«, sagte er bedächtig. *»Auch der Adler fliegt nicht höher als die Sonne.«*

14

»Das ist nicht dein Ernst!« Bea und Caro ließen die Spargelmesser sinken und sahen Ulrike entgeistert an.

»Wiederhol das bitte noch einmal.«

Ulrike griff nach einer weiteren Stange und konzentrierte sich darauf, sie fein und gleichmäßig zu schälen. Die Morgensonne im Gesicht, saßen sie zu dritt auf der Terrasse vor der Küche, auf dem Tisch jede Menge Spargel, den sie heute früh schon in Rheinbach besorgt hatte. Sie hatte lange gezögert, es den Freundinnen zu erzählen, doch nachdem sie heute früh mit ihren Söhnen Peter und Bastian telefoniert hatte, und die beiden für den Nachmittag ihren Besuch angekündigt hatten, musste sie jetzt mit der Sprache herausrücken, so schwer es ihr fiel. Ulrike seufzte. Sie durfte den Freundinnen die Wahrheit nicht länger verheimlichen. Ein Frösteln überkam sie und sie dachte wehmütig an ihre Strickjacke, die wohl noch in Köln über dem Stuhl in ihrem Schlafzimmer hing. Hatte sie sich völlig falsch verhalten?

»Kannst du uns bitte erklären, wie du auf diese Wahnsinnsidee gekommen bist?« Beas Augen blitzten sie an.

Ulrike sog tief die frische Luft in ihre Lungen und hob den Blick. Die Gänsehaut kroch ihre Beine entlang hinauf bis in die Haarspitzen, wo sie die Kopfhaut zusammenzog, was ein seltsames Kribbeln auslöste. »Es war eine relativ spontane Entscheidung«, erklärte sie und sah erst Bea, dann Caro in die Augen. »Wahrscheinlich wollte ich vor allem die Auseinandersetzung mit ihm vermeiden.« Sie lehnte sich auf dem Terrassenstuhl zurück und dachte einen Moment nach. »Und ich wollte ihm eins auswischen.«

Caro und Bea ließen nun ebenfalls ihre Messer sinken.

»Claus glaubt also tatsächlich, du seist immer noch auf Barbados?«, fragte Caro entsetzt.

Ulrike nickte. »Ja.«

»Er hat keine Ahnung, dass du nur knapp 60 Kilometer von ihm entfernt eine neue Zukunft planst?«

Ulrike schüttelte den Kopf. »Ich denke nicht, nein.«

»Du hast einen Knall, weißt du das?«, sagte Caro und fügte versöhnlich hinzu: »Auf jeden Fall bist du immer wieder für eine Überraschung gut.«

Ulrike blinzelte mit den Augen. »Peter und Bastian sind eingeweiht. Sie finden es gut, dass ihr Vater, nach allem, was er mir angetan hat, nun allein zu Hause sitzt und sich den Kopf darüber zermartert, was ich auf Barbados treiben könnte. Er scheint tatsächlich eifersüchtig zu sein.« Eine leichte Genugtuung schlich sich in ihre Züge.

»Reicht dir das?«, fragte Bea.

»Nein, aber es tut trotzdem gut. «

»Hm.«

»Peter und Bastian bringen übrigens den Hund mit, und sie lassen ihn hier«, sagte Ulrike mit unsicherem Blick.

»Mr. Fred?« Bea stöhnte auf. Also hatten sie demnächst zwei Hunde, die zur Familie gehörten.

»Seit ich weg bin, frisst er kaum noch, und letzte Woche war er stundenlang verschwunden, vermutlich, um mich zu suchen. Glücklicherweise haben sie ihn im Forstbotanischen Garten wieder aufgegriffen. Ihr mögt ihn doch, oder?«, fragte Ulrike ängstlich und fügte hinzu: »Wenn es darauf ankommt, beschützt er uns auch.«

»Super«, sagte Caro und begann auf einmal zu lachen. »Der darf uns dann die Männer und die Kundschaft vom Hals halten …«

»Sei nicht blöd, denk an Sappho, die wird sich freuen«, erwiderte Bea trocken und fragte: »Und wie wollen deine Söhne Mr. Freds Verschwinden zu Hause erklären? Erst bist du weg, dann der Hund?«

Ulrike zuckte mit den Schultern. »Er ist halt wieder ausgebüxt.«

»Verstehe.« Bea spürte, wie sehr Ulrikes Verhalten ihr gegen den Strich ging.

»Wie lange willst du Claus noch vorspielen, dass du in der Karibik bist?«, fragte sie und sagte: »Über kurz oder lang wird er sowieso merken, dass es nicht stimmt.«

Ulrike griff nach einer noch ungeschälten Spargelstange und setzte das Messer an. »Meine Freundin auf Barbados steckt jede Woche eine Postkarte an ihn in den Kasten. Ich habe 20 Stück vorgeschrieben. Reicht also für 20 Wochen.«

»Oder insgesamt fünf Monate.« Bea schüttelte den Kopf und sah Ulrike an. »Eine Postkarten-Ehe. Sehr praktisch. Und geschieden wird dann per SMS? Im Ernst, ich verstehe nicht, was du damit bezweckst. Außerdem finde ich es grenzwertig, dass du hier bei uns eingestiegen bist, aber nicht mit offenen Karten gespielt hast. Meinst du es mit dem ›Ahrstübchen‹ überhaupt ernst?«

Ulrike schnitt das untere Ende der Spargelstange ab und legte die Stange in die Schale zu den anderen, bevor sie nach einer neuen griff. »Natürlich.« Sie schwieg einen Moment und fügte leiser hinzu: »Oder auch nicht, ich weiß es nicht. Es tut mir leid. Ich bin völlig durcheinander.« Sie legte den Spargel beiseite und stützte ihren Kopf in beide Hände.

»Der Laden ist noch nicht einmal eingeweiht, und die Köchin ist schon wieder auf dem Sprung. Super«, schimpfte Bea ärgerlich, obwohl sie sich bemühte, ihren Unmut ebenso wie ihre Besorgnis im Zaum zu halten, aber sie merkte, dass es sie gehörige Selbstbeherrschung kostete.

Ulrike schluckte. Ihr war klar, dass sie den Freundinnen viel zumutete. Sie warf den Kopf in den Nacken, um sich zu sammeln, und blickte in den Himmel, an dem erste Wolken aufzogen.

Irgendwo spielte Katie Melua im Radio und Caro begann, wie zur Beruhigung leise mitzusummen.

Bea spürte, dass sie es kaum aushalten konnte, atmete tief durch und zwang sich, weiter Spargel zu schälen, aber irgendwann brach es aus ihr hervor: »Die Situation ist wirklich verquer. Du bist nicht ehrlich, weder zu dir selbst noch zu anderen.«

»Ich konnte nicht anders«, erwiderte Ulrike leise.

Bea betrachtete ihr Gesicht und spürte einen Zorn in sich, der sie erschreckte. »Hoffst du, dass er eine Vermisstenanzeige aufgibt und sich nach dir verzehrt?«

Ulrike begann zu zittern. »Gut möglich.« Sie fragte sich, wonach sie sich wirklich sehnte. Nach Berührungen, die *sie* und nicht eine andere meinten? Alles zerfällt, dachte sie. Nichts bleibt. Mit leerem Blick sah sie die Freundinnen an. »Im Augenblick liegt die Lösung für mich darin, nichts zu sagen. Mich tot zu stellen. Zeit zu gewinnen.« Sie zögerte einen Augenblick, bevor sie weitersprach: »Und dann vielleicht etwas Neues zu beginnen.«

15

Die Luft um sie herum vibrierte. Das dumpfe BumBum der Trommeln schwoll an, und die Anhänger der ›Eintracht Neuenahr‹ schüttelten in nervösem Stakkato dazu die Rasseln. Bea und Caro sahen den Ball weit über das Feld fliegen, mitten hinein in den Strafraum der gegnerischen Mannschaft. Ein Aufschrei ging durch die Menge, als Miriam Schäfer, Christine Schäfers Cousine, die gegnerische Verteidigerin überlief und den genialen Pass direkt aus der Luft abnahm. Doch der Schuss strich knapp über die Torlatte, und der begeisterte Aufschrei ging in ein allgemeines, enttäuschtes *Oah* über.

»Wenn sie so weiterspielen, können sie sich nicht mehr lange in der Bundesliga halten«, sagte Lars Schäfer kopfschüttelnd zu Caro, die neben ihm auf der Tribüne im Apollinarisstadion von Bad Neuenahr saß. Seine Frau hatte die Karten besorgt, und obwohl er normalerweise nicht viel von Frauenfußball hielt, war er heute mitgekommen. Er wollte die Gelegenheit nicht versäumen, von Caroline Neumann eventuell ein paar Insiderinformationen über den 1. FC Köln zu ergattern. Allerdings hatte sie sich zu seiner Enttäuschung bislang als sehr verschwiegen erwiesen.

»Hör auf zu unken.« Christine, die rechts neben ihm auf der blauen Kunststoffbank saß, knuffte ihren Mann in die Seite. »Hey, die sind gut.«

»Was man so unter gut versteht«, brummte Lars.

»Sie spielen wirklich nicht schlecht«, sagte Caro und leistete Christine Schäfer damit Schützenhilfe. »Allerdings sind sie heute nicht in bester Form, da muss ich Ihnen recht geben«, schränkte sie ein.

»Und wir haben schon die zweite Halbzeit«, bemerkte Lars Schäfer mit einem leichten Vorwurf in der Stimme.

Um sie herum wurde es lauter. Die Spielerinnen des 1. FFC bewegten sich zielsicher auf das Tor der Bad Neuenahrerinnen zu. Mit 4:0 lagen die Frankfurterinnen weit vorn. Der Ausgang des Spiels war demnach bereits entschieden, und Bea sah auf die Uhr. Im ›Ahrstübchen‹ wurde jetzt Kaffee serviert. Ulrike, die sich nach ihrem Geständnis besonders darum bemühte, es den Freundinnen recht zu machen, hielt zusammen mit Bruni die Stellung, und obwohl Bea nach dem Stress der letzten Tage und Wochen einen freien Nachmittag mehr als verdient hatte, verspürte sie eine innere Unruhe. Eigentlich wäre sie jetzt lieber im Restaurant gewesen, um nach dem Rechten zu sehen, doch im selben Moment, in dem sie dies dachte, war ihr bereits klar, dass sie jetzt dort eh nicht gebraucht wurde. So wichtig bin ich nun auch wieder nicht, dass es nicht ohne mich ginge, dachte sie voller Selbstironie und musste grinsen. Mit fast 50 sollte ich das eigentlich wissen, dachte sie. Sie sah gen Himmel. Außerdem waren bei 17 Grad und lockerer Bewölkung weniger Touristen unterwegs als bei Sonnenschein. Die letzte Woche war nicht besonders erfolgreich gewesen, sie hatten wenige Gäste gehabt. Mittags ging es noch einigermaßen, aber abends waren in der Regel maximal drei Tische besetzt. Irgendetwas machten sie falsch. Wahrscheinlich mussten sie die Preise senken, damit sie eine Chance hatten, ein gesundes Verhältnis von Einnahmen und Ausgaben herzustellen. Bislang nahmen sie viel zu wenig ein. Die Zielgruppe war schwierig, es waren überwiegend ältere Menschen unterwegs, und die hatten nicht allzu viel

Geld. Irgendwie musste es doch möglich sein, auch eine jüngere Klientel ins Ahrtal und damit auch nach Altenahr zu locken. Sie atmete tief durch. Sie hoffte, dass der Mai sich wenigstens mit Blick auf die Außentemperaturen noch zum Wonnemonat entwickeln würde und überlegte, ob sie demnächst vielleicht das Speisenangebot verkleinern sollten, um Kosten zu sparen. Sie hatten viel wegwerfen müssen, weil nicht genug Gäste kamen. Sie spürte einen leichten Druck in der Magengegend, ein vertrautes, wenn auch unangenehmes Gefühl, das sie seit Jahren schon begleitete. Bea strich sich eine Strähne ihres dunkelbraunen Haares aus dem Gesicht und nahm sich vor, wenn sie zurück ins ›Ahrstübchen‹ kam, die 7-Tage-Wetterprognose im Internet abzurufen, vielleicht hielt sie eine positive Überraschung bereit. Den Gedanken an *Best Promotion,* der sich auf einmal in ihren Kopf schlich, versuchte sie, beiseitezuschieben. Frank hatte in der vergangenen Woche beinahe täglich versucht, sie zu erreichen, doch sie hatte seine Anrufe ignoriert und nicht einmal seine Nachrichten abgehört, sondern sie gleich gelöscht. Bea schloss einen Moment die Augen und versuchte, sich zu beruhigen. Das ›Ahrstübchen‹ hatte Anlaufschwierigkeiten, mehr nicht, und wie hieß es doch? Aller Anfang ist schwer.

»Tor! Tor!«, tönte es um sie herum.

»Na also, geht doch«, rief Christine Schäfer und klatschte begeistert. Neben Bea wurde es unruhig, die Fans von ›Eintracht Neuenahr‹ schüttelten die Rasseln. Es war der erste Treffer, den die Spielerinnen heute gelandet hatten, immerhin, aber retten können sie das Spiel auch nicht mehr, dachte Bea und klatschte mit, wenn auch verhalten. Der Mannschaft fehlte es an Biss, die Frankfurterinnen waren klar überlegen. Sie schlang die Arme um sich, ihr war kalt geworden. Ein Kribbeln stieg ihr in die Nase, und sie musste niesen. Während sie in den Tiefen ihrer Jackentasche nach einem Taschentuch fummelte, hörte sie auf einmal von hinten eine tiefe Stimme, die laut herüberrief: »Gesundheit!«

Sie sah sich um und erkannte ihn sofort wieder. Er war ihr gleich aufgefallen, als er am späten Nachmittag des 02. Mai das ›Ahrstübchen‹ betreten hatte. Als einer der nicht geladenen Gäste war er hereingekommen, und er war ohne Begleitung gewesen, was sie ungewöhnlich fand. Normalerweise unternahmen die Menschen am Sonntag etwas mit Freunden oder ihrer Familie. Ihm schien es aber nicht unangenehm gewesen zu sein, dass er allein war, im Gegenteil. Sein Blick hatte eine aufmerksame Ruhe ausgestrahlt, und die Sicherheit seiner Gesten hatte eine innere Kraft und Ausgeglichenheit suggeriert, die sie gefangengenommen hatte. Er war groß und kräftig, die Augenbrauen dunkel und buschig, und als sie ihn gesehen hatte, hatte sie sich direkt vorstellen können, dass er mit seinem kantigen Gesicht und dem schwarzen Haar Kindern Angst einjagte. Bea war der Ausdruck *Waldschrat* in den Sinn gekommen, doch dann hatte sie sich korrigiert: *Interessanter Waldschrat.* Er hatte eine Kleinigkeit gegessen und getrunken und die Szenerie beobachtet, und dann war er auf einmal verschwunden gewesen, ohne dass sie es gleich bemerkt hätte. Als der Platz, an dem er gesessen hatte, leer gewesen war, hatte sie bedauert, nicht ein einziges Wort mit ihm gesprochen zu haben.

»Nehmen Sie ruhig dies«, sagte er nun und reichte ihr ein Papiertaschentuch.

»Danke.« Bea griff danach und schnaubte kräftig hinein.

»Gefällt Ihnen das Spiel?«

Sie lächelte. »Es geht so.«

»Ich habe bislang noch keins verpasst. Aber jetzt kommt ja erst mal die Sommerpause.«

Sie wusste nicht so recht, was sie darauf erwidern sollte und entschied sich dafür, gar nichts zu sagen. Sie lächelte ihn noch einmal an und im Bewusstsein, dass er hinter ihr saß, versuchte sie, sich wieder auf das Spiel zu konzentrieren. Es gelang ihr beinahe. Plötzlich spürte sie, dass die Bank unter ihr nachgab, jemand hatte sich neben sie gesetzt. Sie wandte den Kopf. *Er.*

»Darf ich?«

Sie nickte.

Sein Blick blieb geradeaus auf das Spielfeld gerichtet, so als sei es das Normalste auf der Welt, dass er sich umgesetzt hatte.

Es vergingen einige Minuten, in denen sie schweigend nebeneinander verharrten und das Spiel verfolgten, das längst entschieden war. Irgendwann wandte er den Kopf und fragte: »Waren Sie zufrieden mit der Eröffnung Ihres Restaurants?«

Sie stutzte einen Augenblick, dann antwortete sie geradeheraus: »Nein. Überhaupt nicht.«

»Dachte ich mir schon. Es wird schwer werden, sich in Altenahr zu etablieren.«

»Warum?«

»Berührungsängste.« Er wandte sich ihr zu und ein breites Lächeln erschien auf seinem Gesicht. »Ich heiße übrigens Johannes, Johannes Frier. Nennen Sie mich einfach Jo.«

Bea blinzelte. »Beatrice Knoll. Nennen Sie mich einfach Bea.«

Beide konzentrierten sich wieder auf das Spiel.

»Wohnen Sie in Altenahr?«, fragte sie nach einer Weile.

Er schüttelte den Kopf. »Nein, das ist nichts für mich. Zu viele Touristen, zu viele Stützstrumpfparties, und die Köpfe der Einheimischen oft so verbaut wie die Fachwerkhäuschen. Ich wohne in Hürnig, das ist ein kleiner Ort oberhalb von Ahrbrück. Er liegt fast 500 Meter hoch, herrliche Gegend.«

Die Fans des 1. FFC begannen mit den Füßen zu trampeln und zu johlen, und plötzlich erfüllte Jubel das Stadion. Der 1. FFC hatte sein fünftes Tor geschossen. Bea verzog das Gesicht, aber die Frankfurterinnen hatten den Sieg klar verdient. Nach wenigen Minuten ertönte der Schlusspfiff. Die Zuschauer erhoben sich von den Bänken, und unterschiedlichste Kommentare von ›Eintracht Neuenahr‹-Anhängern drangen an Beas Ohr, während sie sich bereit machten, zu gehen.

»Schwaches Spiel.«

»Wenn die so weiter machen …«

»Ohne die Koreanerin ist der Ofen bald ganz aus …«

»Wenigstens hat Rena Schoeßling ihren Vertrag um zwei Jahre verlängert.«

»Die Nationalspielerin?«

»Ja.«

Bea, Jo, Caro, Christine und Lars Schäfer gingen die Stufen der Tribüne hinunter und verließen das Stadion Richtung Parkplatz.

»Wenn jetzt auch noch der Sponsor abspringt, dann hat der Verein wirklich ein Problem.«

»Ich habe davon gehört«, sagte Jo und fragte nach: »Ist das nur ein Gerücht oder ist da ernsthaft etwas dran?«

»Es scheint ernst zu sein.« Christine Schäfers Augen folgten ihrem Mann, der zusammen mit Caro vor ihnen ging und sich angeregt mit ihr zu unterhalten schien.

»Ein Nachfolgesponsor ist noch nicht in Sicht?«

»Soweit ich weiß, nicht.«

»Wir stehen da vorn.« Bea sah Johannes Frier an und deutete mit der Hand auf eine Parkplatzreihe rechts von ihnen. Sie fragte sich, wie alt er wohl sein mochte und schätzte ihn auf Mitte 50.

»Ich parke dort drüben.« Er zeigte in die entgegengesetzte Richtung und lächelte sie an. »Es war mir ein Vergnügen.«

Sie wartete darauf, dass er noch etwas sagte, aber es kam nichts, und so reichte sie ihm die Hand. »Ich habe mich auch gefreut, Sie kennenzulernen. Wenn Sie Lust haben, kommen Sie doch bald einfach mal wieder im ›Ahrstübchen‹ vorbei.«

Johannes Frier richtete seine dunklen Augen auf sie, und sein ernster, durchdringender Blick bewirkte, dass sie sich fühlte, als habe jemand das Licht angeknipst.

»Gern.« Ohne ein weiteres Wort drehte er sich um und schlenderte langsam davon.

16

Bea blickte hinunter auf Altenahr, wo ihre Freundinnen jetzt im ›Ahrstübchen‹ versuchten, Umsatz zu machen. Ihre Zusammenarbeit und das Zusammenleben hatte sich eingespielt, auch wenn Bruni nach wie vor am liebsten hinterm Schreibtisch saß. Aber sie hatte in den oberen Privaträumen zu aller Freude eine kleine Bibliothek eingerichtet, aus der sich inzwischen nicht nur die Freundinnen, sondern auch einige Mitglieder des Landfrauenvereins bedienten. Bruni hatte eine bunte Auswahl zusammengestellt. Die Palette reichte von anspruchsvoller Unterhaltungsliteratur bis hin zu feministisch orientierten und philosophischen Fachschriften. Zeit zum Lesen blieb zwar nicht viel, da sie früh aufstanden und der Tag mit Arbeit rund um das Restaurant ausgefüllt war, aber für einige Seiten vorm Einschlafen reichte es meist noch.

Nach dem Fußballspiel und der Begegnung mit Johannes Frier hatte sie das Bedürfnis gehabt, allein zu sein, und so hatte Caro sie nach Altenahr gebracht und sie war zur Burg Are gewandert. Sie war allein hier heute Nachmittag, und sie war froh darüber. Ihr Blick wanderte hinüber zu den Weinbergen, die immer noch kahl aussahen, das Grün der Rebblätter ließ in diesem Jahr auf sich warten.

Sie schloss die Augen, die Stille um sie herum tat ihr wohl. Hin und wieder raschelte es leicht im Laub, das den Boden bedeckte, und sie sann darüber nach, welches Tier ihr Gesellschaft leistete. Eine Maus vielleicht, eventuell aber auch eine Schlange, sie kamen recht häufig hier vor, hatte sie sich sagen lassen. Blindschleichen und hin und wieder sogar Kreuzottern, deren Biss zwar giftig, aber nicht tödlich war. Bea öffnete die Augen und sah sich aufmerksam um, aber jetzt blieb alles still und sie konnte nichts entdecken. Beruhigt streckte sie ihre Beine aus und entspannte sich wieder. Keine Schlange.

Die Begegnung mit Johannes Frier hatte etwas in ihr ausgelöst. Sie musste plötzlich an die Männer denken, die sie gehabt hatte in ihrem Leben und vor ihrem inneren Auge ließ sie sie nun Revue passieren. Seit der Trennung von Sven hatte sie drei, vier kurze Liebschaften in all den Jahren gehabt, mehr nicht, und keiner davon hatte sie ernsthaft interessiert. Bea wusste, dass sie allesamt nur eine Alibifunktion hatten, aus irgendeinem Grunde war es nach der Trennung wichtig für sie gewesen, sich zu vergewissern, dass sie als Frau noch normal funktionierte. Sie sog tief die Luft ein und hielt sie so lange in ihren Lungenspitzen, bis sie das Gefühl hatte, den Sauerstoff bis in die abgelegenste Zelle transportiert zu haben, erst dann atmete sie wieder aus. Sie ließ ihre Augen über die gegenüberliegenden Weinberge schweifen. Nicht ein einziger Mann war ihr begegnet, der noch einmal das Gefühl von Liebe in ihr zu wecken vermochte. Sympathie und Begierde ja, aber keine Liebe. Vermutlich hatte sie das Gefühl nur nie zugelassen. Irgendwann war es ganz alltäglich geworden, allein mit Johanna zu leben, und dann, eines Tages, hatte sie überrascht festgestellt, dass der Gedanke an einen Mann gänzlich aus ihrem Leben verschwunden war. Er hatte sich auf leisen Sohlen über Nacht davongeschlichen wie eine Katze, die das Weite suchte.

Bea blinzelte. Chronisch müde war sie in den vergangenen Jahren oft gewesen, ausgelaugt. Auf einmal überkam sie eine tiefe Sehnsucht nach ihrem alten Zuhause. Nach den Kneipen und Restaurants am Rheinufer und in der Altstadt. Dem *Früh* und dem *Päffgen*, die sie auf einmal schmerzlich vermisste.

Wie es Johanna wohl ging? Am Telefon erfährt man nur die Hälfte, dachte sie, und obwohl Johanna mehrfach versichert hatte, dass es ihr blendend gehe, hatte Bea Zweifel. Einen Moment überlegte sie ernsthaft, ob sie sich nicht spontan in ihr Auto setzen und Gas geben sollte, aber dann verwarf sie den Gedanken wieder. Es war schon zu spät, gleich 18 Uhr.

Sie ertappte sich bei der Vorstellung, zusammen mit Johannes Frier durch die Altstadt zu schlendern. Aber es war wirklich schon zu spät.

Sie sah ihn vor sich, seine dunklen Augen, sein Lächeln, so warm. Ihr Handy begann zu brummen, es vibrierte unablässig in ihrer Jackentasche. Unwillig zog sie es hervor. Ein kurzer Blick auf das Display zeigte, dass es Frank war. Schon wieder. Bea ließ das Handy noch einen Moment vor sich hin brummen, dann nahm sie das Gespräch an.

»Na, endlich.« Franks Stimme klang erleichtert, aber sie enthielt auch einen leichten Vorwurf, der Bea unmittelbar störte.

»Ich versuche seit Tagen, dich zu erreichen.«

»Tatsächlich?« Sie tat überrascht.

»Ja. Hast du meine Nachrichten nicht bekommen?«, fragte er mit sanfter Stimme.

Bea schwieg.

»Oder hast du sie einfach nicht abgehört?«

»Ja, genau das.«

In der Leitung herrschte Stille.

»Und meine Mails? Hast du die auch nicht gelesen?«

»Nein.«

Frank Flick brauchte einen Augenblick, um die Information zu verarbeiten. Schließlich sagte er langsam. »Sei doch nicht so nachtragend, ich bitte dich.«

»Frank, ich *wollte* nicht mit dir reden oder mailen, ist das so schwer zu verstehen?«

Ihr ehemaliger Chef und Ex-Lover schluckte die Enttäuschung hinunter, die aus seinem Innersten aufstieg und sich durch seine Kehle nach oben drängte. »Ja, es ist schwer zu verstehen. Du fehlst uns hier.«

Bea blieb still.

»Ich meine, du fehlst *mir*.« Er startete den Versuch, sie zu einem Lächeln zu bewegen, und fügte hinzu: »Und unseren Mitarbeitern. Von den Kunden ganz zu schweigen. Der eine oder andere entzieht uns bald den Etat, wenn sie nur mit mir vorliebnehmen müssen.«

»Oder mit Paul«, versetzte sie mit unerwarteter Schärfe. »Erwartest du, dass ich die Angelegenheit noch weiter kommentiere?«

»Ehrlich gesagt, nein. Aber …«

»Was erhoffst du dir?«, unterbrach sie ihn und sagte: »Du hast eine Entscheidung getroffen, und das ist dein gutes Recht, aber auch ich habe das getan.« Bea spürte, dass sein Verhalten sich nach wie vor wie Verrat anfühlte, und ein seltsamer Gedanke ging ihr durch den Kopf. Wenn Verrat eine Farbe hätte, welche wäre es? Im selben Moment schon war ihr die Antwort klar. Verrat war gelb. Grellgelb.

»Ich konnte nicht ahnen, dass du es mir so übel nehmen würdest.«

Bea holte tief Luft. »Du hast mir Paul Hartwig vor die Nase gesetzt, und das nach so viel Jahren. Das ist nicht o.k., und du weißt es auch. Du hast ihm Anteile verkauft, ohne mich ein einziges Mal zu fragen, ob ich nicht auch welche haben wollte. Über die Gründe möchte ich nicht mehr länger nachdenken, doch was rede ich da …« Bea benötigte einen Augenblick, um sich zu beruhigen. Schließlich sagte sie: »Lass es gut sein, die Sache ist erledigt.«

»Bea …«

»Ach was, Bea!«, sagte sie teils ungeduldig, teils ärgerlich.

»… wo bist du überhaupt?«

Sie schwieg einen Moment, bevor sie sagte: »Im Moment schaue ich auf die Weinberge der Ahr.«

»Hast du etwas dagegen, wenn ich zu dir komme?«

»Untersteh dich.«

»Dachte ich's mir.« Frank Flick überlegte, was er jetzt sagen sollte. »Machst du Urlaub?«, fragte er vorsichtig.

»Nein. Oder ja. Beides.« Über ihr Gesicht glitt ein Lächeln und sie sagte mit klarer Stimme: »Ich erhole mich von meinem alten Leben. Und ich arbeite an einem neuen Projekt.«

In der Leitung herrschte Stille.

»Ein neues Projekt?«

»Ja, ich habe mit ein paar Freundinnen ein Restaurant gepachtet.«

»Ein Restaurant?«, fragte er erstaunt und sagte: »Damit bist du doch völlig unterfordert. Bea, komm zurück. Dein Platz ist *hier*.«

Bea biss sich auf die Lippe und sagte: »Nein, Frank, es tut mir leid.« Nach einer Weile fügte sie hinzu: »Der Zug ist abgefahren.«

Irgendetwas in ihrer Stimme veranlasste ihn dazu, noch nicht aufzugeben. »Menschen machen Fehler, und ich habe einen Fehler gemacht, verdammt.« Er schwieg einen

Moment, bevor er weitersprach. »Wir überdenken alles einfach noch einmal und teilen die Anteile durch drei. Was hältst du davon?«

»Wenig.«

Frank überlegte, dann sagte er: »Mein Angebot steht, tu mir bitte den Gefallen, und denke noch einmal darüber nach, ja?«

Sie riss sich zusammen und erhob sich von der Bank. »Es ist zwecklos, Frank.«

Das Handy wog schwer in ihrer Hand. Sie nahm es vom Ohr, betrachtete es einen Moment, und dann drückte sie das Gespräch einfach weg.

Auf einmal wurde ihr schlecht. Die Übelkeit schlug über ihr zusammen wie ein dunkles Tuch, das ihr die Möglichkeit zu sehen und zu atmen nahm. Sie vermisste ihn und die Agentur, das musste sie sich eingestehen. Doch jetzt war sie hier, und das war gut so, auch wenn es sich manchmal anfühlte, als befände sie sich in einem Paralleluniversum. Sie schloss die Augen. Vielleicht war Franks Angebot doch nicht so schlecht.

17

»Die Zukunft des Fußballs ist weiblich!« Christine Schäfer sah selbstbewusst in die Runde. »Das hat zumindest Fifa-Präsident Joseph Blatter gesagt.«

»Und was bedeutet das für uns?«, fragte Dagmar Stur, Bens Mutter.

»Dass überall auf der Welt immer mehr Frauen kicken und die Männer bald überholen«, sagte Bruni, die von Fußball allerdings nicht allzu viel Ahnung hatte. Dafür umso mehr von Frauen, wie sie glaubte.

»Genau«, Christine Schäfer nickte zustimmend. »Frauenfußball ist auf dem Vormarsch.«

15 Frauen aus dem Landfrauenverein waren heute im ›Ahrstübchen‹ zusammengekommen, und Bruni saß mittendrin. Nach dem Essen hatte sie die Gelegenheit genutzt und gefragt, ob sie sich dazusetzen dürfe. Verhalten neugierig, aber freundlich, hatten die Frauen sie an ihrem Tisch aufgenommen.

Marianne Hohenstein betrachtete sie nachdenklich und runzelte die Augenbrauen. Die Kölnerin entsprach zwar optisch nicht dem Bild einer Emanze, wie sie es sich immer vorgestellt hatte, aber sie redete wie eine. Richtige Emanzen, so glaubte sie, waren groß und dick, vielleicht auch dürr, in jedem Fall aber hässlich. Im Grunde genommen, davon war Marianne Hohenstein überzeugt, waren sie zu Emanzen geworden, weil sie keinen Mann abgekriegt hatten. Sie kniff leicht die Augen zusammen, und nahm Bruni ins Visier. Sie fragte sich, ob sie lesbisch war, eine lesbische Emanze. Sie war tatsächlich übermäßig groß, außerdem schminkte sie sich nicht. Allerdings, und das sprach dagegen, hatte sie keine maskulinen Züge, auch konnte Marianne keinen Bartwuchs entdecken, und sie hatte genau hingesehen. Sie griff nach ihrem Glas und trank langsam noch einen Schluck Wein. Plötzlich musste sie kichern. Wenn sie ehrlich war, wäre eine Lesbe in Altenahr doch ganz interessant, ein bisschen Abwechslung täte gut, und eins war klar: Die Kölnerinnen brachten frischen Wind hierher, und der wirkte auf die eine oder andere Art durchaus belebend. Sie griff abermals nach ihrem Glas.

Ihre Augen wanderten hinüber zum Nebentisch, wo Dieter Schmitz, der Mann ihrer Freundin Ines, der den Kölnerinnen das ›Ahrstübchen‹ verpachtet hatte, mit der Bedienung flirtete. Sie war eine der vier Pächterinnen und sah immer noch gut aus, obwohl sie sicher bereits Ende 40 war. Marianne sah genauer hin. Er lachte irgendwie dämlich, während er mit ihr sprach, und die leichte Röte in seinem Gesicht verriet, dass er alkoholisiert war. Marianne runzelte die Stirn. Bekam Ines das nicht mit? Sie musste zugeben, diese Caroline Neumann war ein echter Eyecatcher. Unwillkürlich strich sie sich über ihr kurz geschnittenes, dunkles Haar, das sich rau anfühlte unter ihrer Hand. Den Blick immer noch auf Dieter und Caroline gerichtet, nahm sie sich vor, gleich morgen ein neues Parfum und vielleicht auch einen neuen Lippenstift zu kaufen. Man musste etwas tun für sein Eheglück. Sie verstand nicht, warum Ines sich so gehen ließ. Plötzlich kam ihr in den Sinn, dass ihr eigener Mann in letzter Zeit auch oft abgelenkt war, aber wenigstens kannte sie den Grund. Dahinter steckte keine andere Frau, sondern die Chinesen. Seine Arbeit ließ kaum noch einen anderen Gedanken zu.

Männer, seufzte Marianne Hohenstein und korrigierte sich in Gedanken sofort. *Ehemänner*. Im Laufe der Ehe kommt ihnen der Sinn für Romantik völlig abhanden, und sie hocken entweder bei einem Glas Bier oder Wein in ihrem Lieblingssessel vor dem Fernseher, um dann müde ins Bett zu schlurfen, ohne ihre Frau eines Blickes zu würdigen, oder sie amüsieren sich irgendwann mit einer anderen. Kürzlich erst hatte sie in einer Zeitschrift gelesen, dass inzwischen längst nicht mehr die Ehefrauen Migräne vorschützten, sondern die Ehemänner. Sie waren die Sexmuffel und nicht umgekehrt. Zumindest im heimischen Bett.

»Die ›Eintracht Neuenahr‹ steht kurz vor dem Aus. Die Situation ist dramatisch, der Sponsor ist gestern abgesprungen«, hörte sie Christine Schäfer voller Besorgnis sagen.

»Und nun?«, fragte Ines Schmitz alarmiert.

»Keine Ahnung. Bislang weiß noch niemand, wie es weitergeht.«

»Vermutlich werden schon Gespräche geführt«, murmelte Dagmar Stur beruhigend und fügte hinzu: »Es wird alles halb so heiß gegessen, wie es gekocht wird.«

Bruni dachte an ihren Artikel. Offenbar gehörte Frauenfußball neben dem Austausch von Kochrezepten, wie sie vorhin bemerkt hatte, zu den bevorzugten Themen des Landfrauenvereins. So ganz wurde sie nicht schlau aus ihren Geschlechtsgenossinnen. Einerseits machten die Frauen einen sehr dynamischen, zupackenden und selbstbewussten Eindruck wie beispielsweise Christine Schäfer oder Marianne Hohenstein und auch Susanne Schmidt, die den kleinen Lebensmittelladen betrieb und die Chinesen mit Kleingeld für das Glockenspiel versorgte, andererseits erweckten sie den Eindruck, als seien ihre Männer und Söhne ihr einziger Lebensinhalt. Dagmar Stur und Dorothée Maar zum

Beispiel, mit denen sie sich vorhin unterhalten hatte, waren Hausfrauen und ihre Gedanken schienen ausschließlich darum zu kreisen, was es am nächsten Tag zu essen geben sollte. Ihr Blick wanderte hinüber zur Theke, wo Bea ihren Platz eingenommen hatte und Bier zapfte. Stirnrunzelnd winkte die Freundin sie zu sich, und Bruni bekam sofort ein schlechtes Gewissen. Rasch erhob sie sich, entschuldigte sich bei den Landfrauen und eilte zur Theke, wo sie sofort den Zapfhahn übernahm. Bea verschwand ohne ein Wort in der Küche, und Bruni spürte, wie Ärger in ihr aufstieg. Wer gab der Freundin eigentlich das Recht, sich so aufzuführen, als sei sie die Chefin?

18

Schweißtropfen glänzten auf ihrer Stirn, und Caro betrachtete sich aufmerksam im Spiegel. Die Zeit, in der sie sich selbst gern angeschaut hatte, war noch nicht vorbei. Der Ausdruck ihrer Augen hatte zwar an Neugier verloren, aber er war immer noch offen, den Menschen zugewandt. Ihr Mund war wie früher bereit zu lachen, und ihre Haut besaß trotz einiger Falten noch eine jugendliche Frische, deren Geheimnis sie bis heute nicht gelüftet hatte. Sie drehte den Hahn auf und schüttete sich einen Schwall kaltes Wasser ins Gesicht, dann zog sie eines dieser dicken Papiertücher aus dem Spender neben dem Waschbecken, tupfte sich ab und dehnte ihre Muskeln. Es tat gut, wieder in Köln zu sein. Es tat gut, am Rhein entlangzujoggen, und es tat gut, wieder einmal allein ohne die Freundinnen zu sein. Sie hatte ihren freien Tag genutzt, um hierher zu fahren und in ihrer Wohnung nach dem Rechten zu sehen. Später würde sie in der Innenstadt noch shoppen gehen, das Angebot in Altenahr und Umgebung war nur sehr mäßig, und sie freute sich darauf, in den Boutiquen der Pfeilstraße auf Schnäppchenjagd zu gehen. Sie hatte immer schon eine Schwäche für Mode und Ethnoschmuck gehabt, und obwohl sie sich in ihrem Gärtneroutfit sehr wohl fühlte, war ihr danach zumute, sich mit einer neuen Errungenschaft zu verwöhnen. Vielleicht fand sie ja auch ein Paar modische Gummistiefel. Und wenn die Zeit reichte, würde sie sich auf dem Rückweg in einem großen Gartencenter noch nach Gewächshäusern erkundigen, denn je länger sie in Altenahr lebte, desto mehr träumte sie davon, eines Tages ein eigenes zu haben, in dem sie dann Kamelien, Zitronen- und Orangenbäume ziehen würde.

Die Sonne schien, Caro setzte sich auf die Terrasse des ›Kahlshof‹ und bestellte eine Apfelsaftschorle. Das unmittelbar am Rhein gelegene Restaurant in Rodenkirchen war einigermaßen gut besucht, doch die Menschen um sie herum vermittelten alle den Eindruck, es nicht eilig zu haben, und so bewegte sich auch der Kellner nur äußerst gemächlich. Caro störte es nicht, sie streckte ihr Gesicht der Sonne entgegen und genoss die wärmenden Strahlen. Sie dachte daran, dass infolge der gestiegenen Außentemperatur vielleicht auch das Geschäft im ›Ahrstübchen‹ heute besser lief als sonst, hielt sich aber nicht lange bei dem Gedanken auf. Bea würde sich wie immer perfekt um alles kümmern, sie arbeitete heute im Service, und wenn Ulrike in der Küche stand, gab es dort auch keine Probleme. Caro sah auf die Uhr und überlegte, ob sie Manuel Ciguera, den jungen Spanier, anrufen und sich mit ihm verabreden sollte. Der ganze Nachmittag lag noch vor ihr und vermutlich wäre es ganz nett, ihn wiederzusehen. *Andererseits.* Caro verwarf die Überlegung wieder. Momentan lebte sie auch ohne Sex sehr gut, insgesamt war ein Leben ohne Männer viel entspannter. Die Tatsache, dass sie bei dem Gedanken an Manuel auch noch gähnen musste, gab ihr recht. Vielleicht werde ich jetzt doch alt, dachte sie und nahm einen Schluck von ihrer Schorle. Glücklicherweise hatte sie noch keinerlei Wechseljahresbeschwerden. In Doris Dörries TV-Serie ›Klimawechsel‹ waren Frauen in ihrem Alter entweder schwitzend, depressiv, auf der ständigen Jagd nach Affären oder als nicht mehr belastbare Nervenbündel durchs Klimakterium getaumelt, und sie hoffte, dass sie demnächst nicht auch zu einer Karikatur ihrer selbst werden würde. Aber vielleicht gehörte sie ja zu denjenigen, die überhaupt keine Probleme bekamen. Bislang jedenfalls hatte sie außer ihrer nachlassenden Lust auf Männer, was sie sich mit einem sinkenden Testosteronspiegel erklärte, keine weiteren Veränderungen an sich festgestellt. Grundsätzlich ärgerte es sie, dass die Zeit der Hormonumstellung bei Frauen mit all ihren Begleiterscheinungen in der Öffentlichkeit eher totgeschwiegen wurde, während man bei 50-jährigen Männern davon sprach, dass sie in ihren besten Jahren seien. Mit halb geschlossenen Augen sah Caro schläfrig die Uferpromenade entlang, auf der einige Fahrradfahrer und auch einige Spaziergänger mit ihren Hunden unterwegs waren und überließ sich ganz ihren Gedanken und dem friedlichen Bild. Plötzlich stutzte sie. Hatte sie sich verguckt, oder fuhr da vorn tatsächlich Lilly auf dem Rad? Sie setzte sich auf und kniff die Augen zusammen. *Es war Lilly*. Sie verspürte den Impuls, aufzuspringen und schnell im Inneren des Restaurants zu verschwinden. Sie hatte ihr nicht erzählt, dass sie in Köln war.

Als ihre Tochter auf Höhe der Terrasse vorbeiradelte, schaute sie nach rechts, so, als hätte sie einen siebten Sinn. Ihre Augen wurden tellergroß, als sie ihre Mutter erkannte. Sie bremste abrupt, stieg vom Rad und rief: »Du hier?«

Caro fiel auf, dass ihre Stimme eher verwundert denn erfreut klang.

Sie erhob sich, winkte und rief: »Seit einer Stunde!«

Lilly schloss ihr Rad ab, befestigte es an einem Geländer und kam die Stufen zur Terrasse hoch. Sie umarmte ihre Mutter, aber die Kraftlosigkeit ihrer Geste verriet, dass die Wiedersehensfreude eher verhalten war.

»Ich musste einfach mal raus aus dem Landleben«, erklärte Caro schnell: »Die Gartenarbeit macht mir zwar viel Spaß, aber sonst passiert nicht viel in Altenahr. Da tut ein bisschen Abwechslung ganz gut.«

Lilliy sah ihre Mutter skeptisch an. »Verstehe. Aber warum hast du dich nicht bei mir gemeldet und mir gesagt, dass du kommst?«

»Ach, es war eine ganz spontane Idee, und normalerweise wärst du jetzt doch sowieso in der Uni«, schwächte Caro ab.

»Mama, es gibt Handys. Auf denen kann man Nachrichten verschicken.«

»Sei mir nicht böse, Lilly«, sagte Caro und fügte um Verständnis bittend hinzu: »Du weißt doch, ich plane ungern voraus. Außerdem sitzen wir doch jetzt zusammen hier, ist das nicht schön?«

Sie legte kurz eine Hand auf den Arm ihrer Tochter, aber Lilly zog ihn unwillig zurück. Mutter und Tochter schwiegen einen Moment, bevor Lilly sich einen Ruck gab und fragte: »Und? Was macht das ›Ahrstübchen‹?«

»Es kommt nicht richtig in Schwung.« Caro seufzte.

Der Kellner schlenderte zu ihnen hinüber, stützte sich mit einer Hand auf den Tisch, korrigierte den Sitz seiner Sonnenbrille und wandte sich lächelnd an Caro: »Darf ich den Damen noch etwas bringen?«

Für Lillys Empfinden sah er ihre Mutter durch die dunklen Gläser eine Spur zu lange an.

Sie kniff die Augen zusammen, er musste ungefähr in ihrem Alter sein, vielleicht Mitte 20. Ihre Mutter lächelte zurück und antwortete mit dunklerer Stimme als üblich: »Danke, ich habe keine Wünsche mehr.«

Lilly biss sich auf die Lippe und bestellte mit unbeweglicher Miene einen Cappuccino. Nach einer ganzen Weile fragte sie: »Und? Was wollt ihr tun, damit das Geschäft floriert?«

Caro überlegte, ihre Freundinnen und sie hatten gestern Abend erst darüber diskutiert, waren aber zu keinem Ergebnis gekommen, und so sagte sie nur: »Jetzt, wo das Wetter besser wird, zieht sicher auch der Umsatz an. Das wird schon noch werden.«

»Vielleicht solltest du beim Bedienen einfach noch kürzere Röcke und noch ausgeschnittenere Blusen tragen«, sagte Lilly mit schneidender Stimme und fügte hinzu: »Davon hast du doch genug, und das zieht die Gäste an. Männer auf jeden Fall.«

Caro holte tief Luft und zählte bis zehn, um nicht aus der Haut zu fahren. Ihre Tochter kam bis heute nicht damit klar, dass ihre Mutter dünner war als sie und nicht im Entferntesten daran dachte, sich in Sack und Asche zu kleiden.

»Wer weiß, vielleicht hast du sogar recht«, sagte sie daher nur und blickte wie unbeteiligt auf den Rhein, wo gerade ein Lastschiff mit großen Containern Richtung Dom fuhr. Ihre Mundwinkel zuckten.

»Hast du Manuel in der Zwischenzeit getroffen?«, wollte Lilly wissen.

»Wie kommst du auf Manuel?«, Caro schüttelte den Kopf.

»Er kommt um vor Liebeskummer, weißt du das nicht? Oder ist dir auch das egal wie so vieles?«, fragte Lilly aufgebracht. Ihre Stimme klang aggressiv.

Caro starrte ihre Tochter an: »Woher willst ausgerechnet du denn wissen, dass er Liebeskummer hat?«

»Er hat einige Male bei mir angerufen.«

»Ach.« Caro war erstaunt, damit hatte sie nicht gerechnet.

Beschwichtigend sagte sie: »Spätestens, wenn er das nächste nette Mädchen trifft, vergisst er mich ganz schnell.«

Lilly bedachte ihre Mutter mit einem kritischen Blick, der sich für Caro anfühlte, als käme er sehr von oben herab. »Mama, mach, was du willst, aber ich finde es unmöglich, dass du dich mit so viel jüngeren Männern abgibst.«

»Warum? Sie sind alt genug.«

»Aber du bist 50!«

»Ich weiß, und was ist daran schlimm?«

Lilly fuhr sich durch ihr ein wenig spröde wirkendes, mittelblondes Haar. So manches Mal schon hatte sie sich gefragt, warum ihre Mutter ihr eigentlich nichts von ihren äußerlichen Attributen vererbt hatte. Sie stöhnte leise. »Eigentlich ist gar nichts daran schlimm, nur ...«

»Ja?«

»Ich finde es irgendwie verantwortungslos. Manuel könnte dein Sohn sein.«

»Ach, und du meinst, der Kleine würde mit einem Schnuller besser klarkommen als mit deiner Mutter? Er ist ein erwachsener Mann! Sonst hätte er mich auch nie interessiert. Und weißt du«, Caro sah Lilly lange an, bevor sie sagte: »Ich hatte immer gehofft, dass meine Tochter einmal ein modernes Weltbild, ach was sage ich, Frauenbild bekommt und sich nicht aufführt wie ein dummes Vorstadtmädchen ...«

»Mama ... es ist genug!«

Caro konnte nicht anders, sie musste noch etwas hinzufügen: »Ich wünschte mir nichts sehnlicher, als dass du endlich ein bisschen lockerer wirst.«

»So?« Lillys Augen begannen zu glänzen. »Wie locker soll ich denn sein?«

»Geh einfach ein bisschen öfter aus, amüsiere dich. Es ist doch nicht normal, dass du immer nur über deinen Büchern hockst. Wovor hast du Angst, Lilly? Vor Männern? Die tun nichts.«

Lilly verschlug es die Sprache, aber unwillkürlich sah sie an sich herab. Nicht zuletzt um Männer auf Abstand zu halten, hatte sie sich ein Schutzpolster angefuttert, das mittlerweile in Kleidergröße 42 gipfelte. Ihre Mutter trug Größe 38. »Und du bist peinlich, Mama. Tu mir einen Gefallen und lass wenigstens die unter 30-Jährigen in Ruhe«, stieß sie hervor, und ihr missmutiger Gesichtsausdruck führte dazu, dass Caro auf einmal laut lachen musste. »Lilly, da hast du wohl etwas ganz falsch verstanden, es ist umgekehrt, sie lassen *mich* nicht in Ruhe. Und ich gebe zu, es gefällt mir auch, obwohl ich meine männerfreie Zeit in Altenahr gerade sehr genieße.«

»Tatsächlich?« Lilly verzog die Mundwinkel.

Es ist wirklich paradox, dachte Caro. Normalerweise muss es doch andersherum laufen. Mütter sagen ihren Töchtern, was zu tun ist und nicht umgekehrt.

»Ja, sehr. Endlich einmal kümmere ich mich nur um Kräuter und Tomaten. Vor mir habe ich viel Natur, um mich herum frische Luft, und das ist herrlich. Kein nach Männerschweiß riechendes Vereinsheim, keine harte Wade, die massiert werden muss, kein wehleidiges Jammern. Und es steht auch kein Mann mit Dackelblick mehr vor meiner Tür. Allerdings …«

»Ja?« Lilly blickte ihre Mutter zwar immer noch voller Skepsis, aber dennoch neugierig an.

»Allerdings ist das Leben auf dem Land tatsächlich manchmal auch ein bisschen langweilig. Vielleicht sollte ich demnächst einfach mal wieder ausgehen.«

Lilly lächelte schwach.

Caro bestellte die Rechnung, und augenzwinkernd schlug sie vor: »Wollen wir nicht zusammen etwas unternehmen? Du könntest mich ja dabei beaufsichtigen.«

19

Rot leuchtend stand er am Straßenrand, als habe er schon immer dort gestanden, würdevoll und majestätisch, unmittelbar neben dem Restaurant der Wangs. Er schien aus dem Nichts der Nacht gekommen zu sein, und das erste Licht des Tages enthüllte seine anmutige Schönheit. Die verzierten Ecken des Dachs sprangen in leichtem Bogen dem Himmel entgegen, und im Eingangsbereich konnte man die Statue eines goldfarbenen, lachenden Buddhas erkennen, dessen Schemen im hinteren Teil des Tempels im Halbdunkel verschwand. Er saß auf einem altarähnlichen Podest, von Blumen umrankt. Etwas weiter vorne befanden sich rechts und links von ihm Opferschalen, aus denen Weihrauchschwaden den Weg nach draußen suchten. Das Gebäude war nicht groß, vielleicht fünf mal drei Meter, und die, die es aufgebaut hatten, mussten einen Pakt mit den Göttern geschlossen haben. Niemand hatte von den Bauarbeiten etwas bemerkt, nicht das leiseste Hämmern hatte die Nachtruhe der Einwohner Altenahrs gestört. Ein Meisterstreich. Vor dem Tempel schwammen in einem quadratisch angelegten Teich mehrere Goldfische, und diverse Steine, auf denen chinesische Schriftzeichen prangten, zierten die Gartenanlage mit neu gepflanzten Bäumen und Sträuchern.

Es war 7 Uhr morgens, und die vier Freundinnen sahen neugierig aus dem Fenster, der Lärm der vielen Stimmen vor ihrem Haus hatte sie aufgescheucht. Mit je einer Kaffeetasse in der Hand gingen sie hinaus, um das Prachtstück zu bestaunen. Ein ganzer Pulk Menschen stand bereits davor.

»Wie haben die das denn gemacht?«, fragte jemand und fügte ärgerlich, so als sei es eine persönliche Beleidigung, hinzu: »In Windeseile so ein Ding aufzubauen.«

»In Shanghai ziehen die über Nacht *ganze Wolkenkratzer* hoch!«, erklärte eine andere Stimme.

Weitere Kommentare ließen nicht auf sich warten.

»Chinesen sind fleißig wie die Ameisen, das weißt du doch.«

»Bald haben wir hier auch noch einen chinesischen Waschsalon!«

»Oder noch schlimmer, eine chinesische Schule!«

»In unsere Kirchen gehen sie nicht, da mussten sie sich ja etwas eigenes bauen. Was haben die überhaupt für eine Religion?«

»Die Wangs sind Buddhisten«, erwiderte Bruni knapp. Sie war völlig fasziniert von dem Gebäude. Wang San hatte kein Sterbenswörtchen verlauten lassen. Sie blickte sich um. Von den Wangs war weit und breit niemand zu sehen.

»Sie nehmen sich immer mehr raus, mir wird das langsam zu bunt.« Ines Schmitz verzog ärgerlich das Gesicht.

»Alle mal herhören, bitte!« Bürgermeister Hubertus Hohenstein, der soeben eingetroffen war, sah mit hektischen Blicken in die Menge. »Meines Wissens wurde nie eine Baugenehmigung erteilt, lange wird dieser Tempel also nicht hier stehen.«

»Dann reißen wir ihn doch gleich ab«, schrie jemand.

»Das geht noch schneller als ihn aufzubauen! Die werden staunen«, geiferte ein anderer.

»Wer macht mit? Ich bin dabei«, rief Volker Stur und krempelte sich entschlossen die Ärmel hoch, so als wolle er gleich anfangen. Sein Sohn Ben, der neben ihm stand, funkelte den Vater an. Die beiden stritten, aber so sehr Caro sich auch darum bemühte, sie verstand kein Wort. Es war mittlerweile zu laut geworden um sie herum.

»Beruhigt euch!« Die Stimme des Bürgermeisters klang autoritär. »Ruhe, habe ich gesagt!« Er sah in die Menge und machte eine eindrucksvolle Kunstpause, bevor er weitersprach. »Damit kommen die Wangs nicht durch. Aber …« Er machte eine ausladende Handbewegung: »Wir regeln das auf korrektem Weg. Keiner legt hier Hand an. Und die Wangs lasst ihr auch in Ruhe.« Das war ein Befehl.

Ein missmutiges Murmeln erklang und der Bürgermeister rief: »Es ist mein Ernst. Niemand tut etwas Unüberlegtes!«

»Sollen sie sich doch endlich zeigen!«, rief Bens Vater. Er drückte mehrfach auf den Klingelknopf, aber die Haustür der Chinesen blieb verschlossen. Nichts regte sich in ihrem Haus. Bruni fragte sich, von wo aus sie das Geschehen wohl beobachteten.

»*Ich* finde den Tempel *supergeil.*« Ben Stur hatte die Stimme erhoben und sah seinen Vater herausfordernd an.

»Spinnst du?«, mischte sich ein Jugendlicher ein, der mit Ben zusammen im Fußballverein war.

»Der hat sie ja nicht mehr alle«, sagte ein Mädchen, ebenfalls in Bens Alter.

Jetzt ergriff Bea das Wort. »Der Tempel muss stehen bleiben. Er ist Zeichen des chinesischen Kulturerbes, das auch in Altenahr seine Existenzberechtigung hat!«

Caro, Ulrike und Bruni klatschten.

»Ihr vier Weiber habt euch doch sowieso schon mit den Schlitzaugen eingelassen, stimmt's?«

»Sie haben ganz recht, die Familie Wang und wir verstehen uns gut«, erwiderte Bruni scharf.

»Das Problem ist nur, dass er illegal hier steht, und wir

müssen das eine vom anderen trennen«, erläuterte der Bürgermeister und ergänzte: »Wir haben nichts gegen fremde Kulturen oder fremde Religionen, aber wir haben etwas gegen illegale Aktionen. Außerdem haben wir eine Verantwortung.« Er sah sich um. »Wir haben die Verantwortung, das Brauchtum unseres schönen Ortes an der Ahr nicht von fremden Sitten untergraben zu lassen.«

»Jawoll«, tönte es zustimmend von allen Seiten.

»Eine Baugenehmigung hätten die Wangs doch nie gekriegt«, schrie Ben Stur aufgebracht. Er hatte sich von seinen Eltern entfernt und stand nun bei Caro und ihren Freundinnen. »Hier wird mit zweierlei Maß gemessen, oder stimmt das etwa nicht?«

Der Bürgermeister ging auf seinen Einwand zunächst nicht ein, überlegte es sich dann aber anders. »Was beschlossen worden wäre, ist reine Spekulation, aber eins steht fest: Mit dieser Aktion haben sich die Chancen, dass der Tempel der Wangs stehen bleibt, nicht gerade verbessert. Da haben sie sich schlicht und ergreifend verkalkuliert. Sie haben einen Fehler gemacht. Einen gravierenden Fehler.«

20

Erst gegen 10 Uhr, als der Bürgersteig vor dem Haus der Wangs endlich wieder leer war, wurden die Fensterklappen mit einem Ruck geöffnet. Kurze Zeit später trat Zhang Liu, Wang Sans und Mei Lings Mutter, aus dem Haus, in der Hand balancierte sie eine Schüssel. Sie sah sich nicht um, sondern ging geradewegs zu dem kleinen, neu angelegten Teich, in den sie die Schüssel leerte. Etwas Dunkles, Glitschiges schwappte heraus, und Bruni, die den Eingangsbereich des ›Ahrstübchens‹ fegte und hinüber blickte, meinte zu erkennen, dass es ein Fisch gewesen war.

»Guten Morgen, Zhang Liu, einen schönen Tempel haben Sie da gebaut«, rief sie hinüber.

Zhang Liu lächelte, dabei verbeugte sie sich leicht. »Freut mich, wenn er Ihnen gefällt, tai keqi!« *(Zu freundlich.)*

Bruni lächelte. Die Höflichkeit der Chinesen war bemerkenswert. Aus dem Haus der Wangs traten nun auch Lao Wang und Wang San.

»Wie habt ihr das nur hingekriegt über Nacht? Guten Morgen«, rief Bruni gut gelaunt hinüber.

Wang San grinste und blieb etwas hinter seinem Vater zurück, der zum Tempel ging, um neue Räucherstäbchen anzuzünden.

»Komm rüber, ich zeige ihn dir, wenn du willst«, rief er.

Bruni ließ auf der Stelle den Besen stehen und überquerte die Straße.

»Er sieht klasse aus«, sagte sie bewundernd, aber jetzt

möchte ich endlich wissen, wie ihr das gemacht habt, ohne dass auch nur irgend jemand etwas gemerkt hat.« In Erwartung seiner Antwort sah sie ihn neugierig an. Dabei registrierte sie, dass er in Jeans und T-Shirt umwerfend gut aussah.

Seit einigen Tagen duzten sie sich. Die distanzierte Höflichkeit, mit der sie sich anfänglich morgens am Ahrufer begegnet waren, um gemeinsam Qi Gong zu machen, war einer zunehmenden Lockerheit und Freundschaftlichkeit gewichen, die irgendwann zum Du geführt hatte. Manchmal ging Bruni anschließend noch mit zu den Wangs. Mittlerweile kam es ihr so vor, als würde sie seine Familie, insbesondere seine Schwester Mei Ling, die inzwischen einmal täglich im ›Ahrstübchen‹ vorbeischaute, um mit ihnen einen Kaffee zu trinken, schon ewig kennen. Bei den Wangs zu Hause gab es nur Tee, und Mei Ling liebte Kaffee.

Bruni hatte das Gefühl, durch die wachsende Freundschaft zu den Wangs etwas Wichtiges in ihrem Leben dazuzugewinnen, und sie empfand es als Erweiterung ihres geistigen Horizonts. Über Chinesen und ihre Art zu leben Bücher zu lesen war etwas anderes, als es hautnah zu erfahren. Sie fühlte sich tatsächlich inspiriert, und speziell Wang Sans Nähe hatte eine Wirkung auf sie, die sie erstaunte. Wenn sie zusammen am Ahrufer standen, kontemplativ in einer Qi-Gong-Pose verharrend, hatte sie den Eindruck, das Leben so zu spüren, wie es eigentlich sein sollte. In diesen Momenten verschwand alles andere aus ihrem Bewusstsein, und sie fühlte sich erfüllt von tiefem Glück. Als gäbe es keine Vergangenheit und keine Zukunft mehr, und in der Gegenwart nicht eine einzige Frage. In Köln hatte sich die Frage nach dem Sinn des Daseins immer wieder in ihr Bewusstsein gedrängt, sie regelrecht gequält. Aber was machte schon den Sinn des Lebens aus? Und was bedeutete Glück? *Frauenglück?* Glück war ein Reiz von 0,3 Millivolt, das hatte sie irgendwo einmal gelesen, und dies war alles, was sie im Grunde genommen noch vor wenigen Wochen vom Leben erwartet hatte: Hin und wieder ein paar Reize, die dem Alltag Abwechslung verliehen, und wenn sie einmal stärker als 0,3 Millivolt waren, umso besser.

»Wir können natürlich nicht zaubern«, unterbrach Wang San ihre Gedanken und sagte augenzwinkernd: »Aber es war wirklich nicht schwierig. Der Tempel besteht im Grunde genommen aus Fertigbauteilen.«

»Wie bitte? Man kann doch buddhistische Tempel nicht als Fertighaus kaufen.« Bruni riss ungläubig die Augen auf.

Wang San musste lachen. »Natürlich nicht, aber wir haben den Bau exakt geplant und die einzelnen Holzteile bei einem Schreiner in Hönningen anfertigen lassen. Sie hierher zu transportieren und ineinander zu stecken war überhaupt kein Problem.«

»Und das Dach?«

»Hat uns eine Dachdeckermeisterin aus einem Nachbarort, die mit ihren Kindern regelmäßig bei uns Frühlingsrollen isst, angefertigt. Das meiste ist aus Pappe, nur an den Rändern gibt es ein paar Zierziegel.«

»Pappe?« Bruni glaubte es nicht.

»Dachpappe. Wasserfest, wetterbeständig. Ging alles ganz fix. Der Buddha auf dem Altar stammt übrigens von einem Asia-Export-Unternehmen aus Köln.«

Das Grinsen schien überhaupt nicht mehr aus seinem Gesicht verschwinden zu wollen, offensichtlich war Wang San sehr stolz auf das Werk, das die Familie gemeinsam geschaffen hatte.

»Ihr wisst, dass ihr euch mit dem Bau des Tempels großen Ärger einhandelt? Angeblich habt ihr keine Baugenehmigung.« Sie runzelte die Augenbrauen.

Wang San nickte. »Das stimmt, und natürlich ist uns klar, dass wir Ärger bekommen. Aber nachdem die Schikanen immer größer wurden, mussten wir einfach etwas unternehmen, etwas, womit niemand gerechnet hat und das wirken sollte wie ein Paukenschlag.«

Bruni sah ihn skeptisch an.

»Wir haben hin und her überlegt, doch der Bau des Tempels bot sich an. Wir haben uns von der Diskussion um den Minarettbau in der Schweiz inspirieren lassen. Denke nur an die Volksabstimmung dort. Wir wollen es jetzt einfach wissen. Hier, in Deutschland, und zwar nicht am Beispiel eines moslemischen Minaretts, sondern eines buddhistischen Tempels an der Ahr.«

»Hm.« Bruni war sich immer noch nicht hundertprozentig darüber im Klaren, was sie von der Idee halten sollte, auch wenn sie ihre Zweifel für sich behielt.

»Außerdem ist es endlich an der Zeit, dass wir unserer Ahnen in einem passenden Umfeld gedenken. Und der Grund und Boden, auf dem wir den Tempel gebaut haben, gehört uns.«

Bruni blickte in die blaugrüne Tiefe des Teichs, in dem Koi-Karpfen schwammen, dazwischen auffällig unruhig auch ein gewöhnlicher Karpfen.

»Meine Mutter hat ihn freigelassen. Eine Geste der Barmherzigkeit«, erklärte Wang San und fügte hinzu: »Es bringt Glück, wenn nicht alle Fische heute Mittag in der Pfanne landen.«

Wang San zog sie in das Innere des Tempels, wo Lao Wang und Zhang Liu in einer gusseisernen Schale Papiergeld verbrannten, das aussah, als sei es dem Brettspiel *Monopoly* entnommen. Während sie sich vorsichtig im Innern umblickte, mit den Augen die Zeremonie verfolgend, erklärte Wang San mit leiser Stimme: »Papiergeld verbrennen wir, um die Geister der Verstorbenen zu besänftigen. Im übertragenen Sinn dient es dazu, ihren Wohlstand im Jenseits zu mehren und dadurch ihr Wohlwollen auf uns zu lenken. Wenn sie nichts bekommen, werden sie böse und wollen uns schaden.«

»Aha«, flüsterte Bruni leise und murmelte: »Ein schöner Aberglaube.« Schade, dass sie nicht an Götter und Geister glaubte. Ihre esoterische Phase hatte sie längst hinter sich.

Lao Wang und seine Frau waren völlig in ihre Tätigkeit versunken.

»Nenne es Aberglaube oder Volksreligion, ganz wie du willst. Die alten Leute machen das noch häufig, bei den Jüngeren kommt es seltener vor. Ich verbrenne jedenfalls kein Papiergeld mehr.« Wang San sah sie an und lächelte, dann führte er sie wieder nach draußen, hinaus an die frische Luft. Der Duft des Weihrauchs hatte ihre Sinne benebelt.

»Erst hat uns die Verbandsgemeinde untersagt, über unserem Restaurant chinesische Schriftzeichen anzubringen, mit der Begründung, es untergrabe die Authentizität eines typischen Ahrstädtchens, und jetzt hat sie uns drastisch die Pacht für die Parkplätze erhöht. Die Plätze brauchen wir aber für die Reisebusse, und das wissen sie ganz genau. Wenn wir keine Stellflächen mehr haben, fahren die Busse woanders hin, dann fehlen uns Gäste und irgendwann sind wir pleite. So funktioniert ihre Rechnung.« Seine Stimme klang bitter.

»Das hört sich wirklich nach Schikane an.« Bruni musterte ihn aufmerksam.

»Es *ist* Schikane, obwohl sie ja auf der anderen Seite gut an uns verdienen. Wir zahlen enorm viel Gewerbesteuer.«

»Aber ich glaube nicht, dass ihr mit dem Bau des Tempels durchkommt. Und ich habe Zweifel daran, dass es der richtige Weg zur Durchsetzung eurer Interessen ist.«

»Welche Mittel hätten wir denn sonst?«

Bruni überlegte, aber ihr fiel keine passende Antwort ein.

Sie setzten sich schweigend auf die Randsteine des Fischteichs und blinzelten in die Sonne. Nach einer Weile sagte Wang San: »Was wir wollen, ist Akzeptanz. Die Akzeptanz unserer Weltanschauung, die Akzeptanz unserer Religion und unserer Kultur, und die Akzeptanz unserer Familie. Die Einwohner hier sind unsere Nachbarn, und wir könnten mehr sein als das. Wir könnten Freunde sein. Der Tempelbau war einen Versuch wert. Der erste Journalist hat übrigens schon angerufen.«

Lao Wang und seine Frau Zhang Liu traten aus dem Schatten des Tempels, von wo aus sie den letzten Teil des Gesprächs verfolgt hatten. Lao Wang nickte Bruni freundlich zu und blickte dann hinüber zu den chinesischen Schriftzeichen, die er erst vor wenigen Tagen gemalt hatte, und die nun in schwarzer, wetterfester Farbe den Stein zierten, der in unmittelbarer Nähe des Teichs stand. Mit einem Ausdruck im Gesicht, der Bruni aufmerken ließ, fragte er lächelnd: »Wissen Sie, was diese Zeichen bedeuten?«

Bruni schüttelte den Kopf und Lao Wang sagte bedächtig: »Es gibt Weisheiten, die gelten überall auf der Welt, und die hier soll uns Mut machen. Wollen Sie sie hören?«

Bruni nickte, und Lao Wang sagte: »*Nicht der Wind, sondern das Segel bestimmt die Richtung!*«

21

»Schön, dich zu sehen!«, begrüßte Caro Ben Stur, der seine Sporttasche auf der niedrigen Grundstücksmauer abgesetzt hatte und unschlüssig zu ihr hersah. Er hatte beobachtet, wie der Tagesrhythmus der vier Frauen verlief und gehofft, sie heute draußen auf der Terrasse anzutreffen. Es war Donnerstag, da hatte sie meist Küchendienst und saß am späten Nachmittag draußen und putzte Obst und Gemüse. Heute hatte sie eine große Schale Erdbeeren vor sich auf dem Tisch stehen, sie war allein, und die Gelegenheit schien günstig.

Caro nickte ihm freundlich zu. »Wenn du Lust hast, setz dich doch ein Weilchen zu mir«, forderte sie ihn auf. Ben schwang seine Beine über die Mauer, griff nach seiner Tasche und schlenderte ihr entgegen. Er achtete darauf, nicht zu schnell zu gehen.

»Hut ab.« Caro lächelte ihn an. »Wie du dich für die Wangs ins Zeug gelegt hast neulich morgen, als die Leute aus dem Ort ungläubig vor dem Tempel standen, das hat mich sehr beeindruckt«, sagte sie, als er etwas umständlich neben ihr auf einem Holzstuhl Platz genommen hatte. Sie steckte sich eine Erdbeere in den Mund und hielt ihm die Schale hin. »Köstlich. Probier mal.« Genussvoll verzog sie das Gesicht. Ben starrte fasziniert auf ihre fein geschwungenen Lippen, dann griff er in die Schale und suchte sich eine dicke, rote Erdbeere heraus.

»Lecker.« Sie war so gut, dass er gleich noch eine nahm. »Aber ihr habt euch doch auch für die Chinesen stark gemacht.«

»Klar«, sagte Caro. »Es war ja fast so, als würde eine Meute hungriger Löwen nur darauf warten, über ihre Beute herzufallen und sie in Stücke zu reißen. Das war schon krass.« Bereits als Kind hatte sie instinktiv jede Art von Ungerechtigkeit erkannt und sich dagegen zur Wehr gesetzt, und heute, als Erwachsene, war es für sie umso selbstverständlicher, Partei für andere zu ergreifen, wo es nötig schien.

»Aber die Wangs haben mit dem Tempelbau nicht rechtskonform gehandelt«, wandte er ein. Ben dachte an die Diskussionen in der Schule.

»Warum sollten sie *nicht* ihren eigenen Tempel haben?«, fragte Caro. »Finde ich ja auch. Sie sollten sich schließlich nicht im Keller verstecken, um Räucherstäbchen anzuzünden, was?«

Er grinste Caro an und beobachtete, wie roter Erdbeersaft über ihr Handgelenk lief. Ben schaute weg. Er fand sie ungemein attraktiv, aber sie war erwachsen und viel zu alt für ihn, und dieses Bewusstsein schüchterte ihn ein. Auf einmal wünschte er sich so sehr, dass es fast schmerzte, er hätte bereits Erfahrung mit Frauen, aber bislang hatte er nur Kussfreundinnen gehabt, und die waren alle jünger gewesen als er. Er schluckte, dann sagte er: »Übrigens, mein Vater regt sich immer schnell auf. Tut mir leid, wenn er sich neulich morgens, als wir alle da draußen auf der Straße standen, danebenbenommen hat.« Er spürte, wie ihm vor Scham ganz heiß wurde.

Caro nickte und sah ihn mitleidig an. »Ein schwieriger Zeitgenosse, was?«

Ben zuckte mit den Schultern und rutschte unruhig auf seinem Stuhl hin und her. »Man kann sich seine Eltern ja nicht aussuchen.« Unauffällig schielte er auf die Ethnokette, die auf einem dünnen T-Shirt über ihren Brüsten hing und bei jeder ihrer Bewegungen ein wenig hin und her baumelte.

»Ich bin übrigens im Verein *Gegen Rechts* engagiert«, sagte er unvermittelt.

Caro sah ihn überrascht an. »Das gibt es hier?«

»Ja, klar. Wir verteilen Informationsmaterial in der Schule, und manchmal veranstalten wir auch Konzerte *Gegen Rechts.*«

»Klasse Idee.«

»Es gibt ein paar Holzköpfe hier, vor allem in meinem Alter, die nehmen den Mund manchmal ein bisschen voll, und dagegen tun wir was.«

Caro schob sich noch eine Erdbeere in den Mund.

»Letztes Jahr sind in den Räumen der Winzergenossenschaft drei Bands aufgetreten, in einem Konzert *Gegen Rechts.* Dieses Jahr haben wir auch wieder was geplant. Im Juli.«

»Sag mir Bescheid, wenn es so weit ist, ja?«

Ben strahlte übers ganze Gesicht.

Der Junge wurde Caro immer sympathischer, obwohl seine Unsicherheit sie irgendwie belustigte. Er hatte etwas Weiches an sich, das ihr gefiel, aber er schien auch konsequent sein zu können, wenn ihm etwas wichtig war, und das imponierte ihr. Aber wenn man jung ist, strotzt man nur so vor Energie und Begeisterungsfähigkeit, dachte sie. Sie hatte sich früher auch engagiert, nicht gegen rechtsradikale Tendenzen, aber gegen Atomkraftwerke. Sie war von Demo zu Demo gezogen, hatte Plakate hoch gehalten und sich mit der Polizei angelegt. Eigentlich müsste ich jetzt auch wieder auf die Straße, überlegte sie, und gegen die Laufzeitverlängerung etwas unternehmen.

Ben kramte eine Packung Kaugummi aus der Tasche und

bot ihr einen an, aber sie lehnte dankend ab. Ihm war siedend heiß eingefallen, dass er gestern Abend Knoblauch gegessen hatte.

»Hast du zu Hause Stress wegen des Vereins?« Prüfend sah sie ihn an. Bens Mutter kannte sie aus dem Landfrauenverein, sie war eher unauffällig und schüchtern, aber sein Vater war ihr an besagtem Morgen unangenehm aufgefallen. Sie hatte immer noch sein wutentbranntes Gesicht und die geballten Fäuste vor Augen.

»Phh, mein Vater kann mich mal …« Er dachte an die Auseinandersetzungen mit ihm, die meist lautstark endeten. »Er geht mir voll auf den Zeiger, wenn er so über die Wangs herzieht. Die haben schließlich keinem etwas getan. Aber in der Hinsicht ist er unverbesserlich. Und …« Ben seufzte tief.

»Ja?« Caro sah ihn fragend an.

»Ich glaube, er ist unberechenbar. Ich traue ihm nicht.«

22

Das dumpfe Gefühl unter dem Motorradhelm, das sie empfand, als sie mit Mei Ling durch die Landschaft sauste, schaffte eine Distanz zur Außenwelt, die ihr zu absolut vorkam. Entschlossen klappte sie das Visier hoch und hielt den Kopf in den Fahrtwind, der ihr fast sofort die Nasenlöcher verschloss und das Gefühl in ihr weckte, gleich zu ersticken. Ihr Kopf wurde von der Kraft des Luftstroms nach hinten gedrückt, sodass sie mit aller Anstrengung die Nackenmuskeln anspannen musste, um ihn zurück in die Ausgangsposition zu bringen. Geduckt hinter Mei Lings Rücken und daher geschützt, ließ es sich besser atmen. Mei Ling fuhr schnell. Bea nahm den Hauch frisch gemähten Grases wahr, das als silbrig grüner Farbstreifen an ihnen vorüberglitt, mehr als dass sie es sah, und den würzigen Duft frisch gegrillten Fleisches. Nach langen, kühlen Regentagen waren die Temperaturen endlich gestiegen und die Menschen nutzten jede Gelegenheit, um sich draußen aufzuhalten. Sie selbst hatte heute ihren freien Tag und anstatt nach Köln zu fahren, wo sie eigentlich zum Friseur gehen wollte, hatte sie kurz entschlossen Mei Lings Einladung zu einer Motorradtour angenommen. Sie hatte heute ebenfalls frei und wollte ihr ein wenig von der Umgebung zeigen. Die Strecke, die sie ausgesucht hatte, führte von Altenahr über Ahrbrück hinauf nach Lind, von dort nach Schuld, weiter in Richtung Daun und anschließend Richtung Vulkanmaare. In den Gepäcktaschen hatten sie alles verstaut, was sie für ein Picknick brauchten, und Bea knurrte bereits der Magen, obwohl sie gerade einmal eine halbe Stunde unterwegs waren.

»Geht es auch etwas langsamer?«, brüllte sie nach vorn, in der Hoffnung, dass Mei Ling sie hörte. Die vielen Kreuze am Wegesrand hatten sich in ihr Hirn gebrannt, und es war bereits zweimal passiert, dass ein anderer Motorradfahrer ihnen in einer der unübersichtlichen Kurven geradezu entgegenflog. Mei Ling lehnte sich etwas zurück, wandte den Kopf und schrie über die Schulter: »Angst?«

»Ein bisschen!«, brüllte Bea zurück. »Langsamer wäre mir lieber!«

Mei Ling drosselte die Geschwindigkeit, und Bea konnte sich aus der Rückendeckung begeben und entspannt umschauen. Weich geformte, in unterschiedlichem Grün bewachsene Hügel erweckten in ihr den Eindruck, als schliefen aneinandergekuschelte Dinosaurier einen Jahrtausendschlaf. Ihre Silhouetten hoben sich blaugrün voneinander ab, und der längste von ihnen streckte seinen Rücken in einer langen, gebogenen Linie dem Horizont entgegen, so als ob er die Schnittstelle zwischen Himmel und Erde wäre. Sie fuhren gemächlich an Wiesen vorbei, auf denen schweifwedelnd Haflinger weideten, und hin und wieder kamen sie an Kühen vorbei, die sie neugierig anglotzten. Es war eine liebliche Landschaft, eine echte Idylle. Beas Brust wurde weit. Sie spürte ein Gefühl tiefer Dankbarkeit in sich aufsteigen, das sie schließlich ganz erfüllte. War es nicht schön zu leben? Im Grunde hatte sie es immer gewusst. Bea atmete tief durch.

Die letzten Wochen waren trotz aller Zuversicht schwierig gewesen. Die Eröffnung des ›Ahrstübchens‹ konnte man nur als Reinfall bezeichnen, *Best Promotion* vermisste sie mehr, als ihr lieb war, und die Einwohner Altenahrs schienen sich bis auf wenige Ausnahmen nicht mit ihnen und ihrem Restaurant anfreunden zu können. Dieter Schmitz und sein Stammtisch kehrten bei ihnen ein, die Landfrauen, der Junggesellenverein, was sie nicht überraschte, und hin und wieder ein paar Touristen, aber das war es auch schon. Sie und ihre Freundinnen hatten lange darüber nachgedacht, was die Einheimischen abschreckte, aber sie waren zu keinem eindeutigen Ergebnis gekommen. Manche begegneten ihnen mit einer Mischung aus distanzierter Neugier, einige aber auch mit offener Ablehnung, darunter vor allem die Frauen. Bea vermutete, dass sie schlicht und ergreifend Angst um ihre Männer hatten. Am vergangenen Sonntag war ein Freund von Dieter Schmitz nach dem Gottesdienst bei ihnen eingekehrt, und nach einer guten Stunde war seine Frau hereingerauscht und hatte ihm öffentlich eine Szene gemacht. Sie hatte ihm vorgeworfen, ein Auge auf sie und ihre Freundinnen geworfen zu haben und in der Tat, sie hatte recht. Ihnen war längst aufgefallen, dass die männlichen Gäste gern mit ihnen flirteten – so gut sie das halt konnten. Der Altenahrer an sich hatte leider nur knapp halb so viel Charme wie die Landschaft rund um den entzückenden Ort.

Bea seufzte. Weder waren sie Männer fressende Bestien noch arrogante Großstadtweiber, aber wie machten sie das den Leuten, vor allem den Frauen, klar? Es wurde Zeit, dass die Touristen kamen.

Mei Ling deutete auf eine Wiese links von der Straße, von der aus sich ein atemberaubender Blick über die weiten, völlig unbebauten Hügel bot. »Picknick?«, schrie sie nach hinten.

»Ja!« Beim Absteigen spürte Bea ihr Hinterteil, es fühlte sich taub an, lange schon war sie nicht mehr Motorrad gefahren und daher den harten Sitz nicht gewohnt. Sie dehnte und reckte die steifen Glieder, doch allein das Bewusstsein, dass sie mit fast 50 in Lederkleidung auf dem Sozius eines Motorrads zusammen mit einer jungen Chinesin durch die Eifel fuhr, zauberte ein breites, zufriedenes Lächeln auf ihr Gesicht.

Mei Ling trank Wasser, sie selbst ein Glas Wein zu den deutsch-chinesischen Snacks, die sie auf der Decke im Gras ausgebreitet hatten. Es gab mit Sternanis gewürzte, mehrere Tage in Sojasauce eingelegte Hühnerschenkel sowie Hackbällchen, marinierte Paprika und süß-sauer eingelegte Möhren, scharf gebratenen Tofu und Rhabarberkuchen. Mei Ling, die bei einer Größe von 1,70 Meter vielleicht gerade mal 50 Kilo wog, war dünn wie eine Bohnenstange, aber sie langte nach Herzenslust zu und Bea fragte sich, wo sie all die Kalorien hinsteckte. Bea seufzte leise. Diese Zeiten waren für sie ein für alle Mal vorbei. Heute ein Brötchen zu viel hieß morgen ein Kilo mehr auf der Waage. Der Stoffwechsel, der sich mit zunehmendem Alter unwiderruflich verlangsamte, ließ sich durch nichts bestechen. Als sie bemerkt hatte, dass ihr Körper sich veränderte, sie trotz unveränderter Ernährungsgewohnheiten breiter und schwerer wurde, hatte sie es zunächst gar nicht mit dem Älterwerden in Verbindung gebracht. Bis sie feststellte, dass sie die zugenommenen Pfunde nicht mehr loswurde, und so hatte sie schließlich in Köln damit angefangen, mit Caro joggen zu gehen. Vor lauter Arbeit war sie hier noch nicht dazu gekommen.

Was soll's, dachte Bea, griff sich einen Hühnerschenkel und biss entschlossen hinein. Sie hatte definitiv nicht vor, sich wie so viele Frauen unter das Joch des Jugend- und Schlankheitswahns zu begeben, und wenn ein oder zwei

Pfund zu viel auf ihren Rippen saßen, war es eben so. Botox oder Hyaluronsäure gegen Falten, womit sich Dermatologen und andere Ärzte eine goldene Nase verdienten, empfand sie als schnöde Geschäftemacherei.

»Meine Cousine Wang Ai aus Shanghai kommt uns morgen für drei Wochen besuchen«, erzählte Mei Ling fröhlich, während sie sich ein Hackbällchen griff.

»Freust du dich?«

Mei Ling nickte kauend.

Bea ließ den Blick entspannt über die Wiese schweifen.

»Oft bringen Chinesen bei einem Verwandtschaftsbesuch gleich die ganze Familie mit, aber Wang Ai kommt allein. Sie reist mit einer Reisegruppe an, bleibt dann aber bei uns, statt mit den anderen weiter nach Italien und Frankreich zu fahren.«

»Wie alt ist sie?« Ihre Augen verfolgten einen schwarzen Punkt auf der Wiese, der langsam größer wurde.

»Einige Jahre jünger als ich, 22«, antwortete Mei Ling und sagte: »Ich habe sie das letzte Mal vor ein paar Jahren gesehen, als ich meinen Onkel und meine Tante in Shanghai besucht habe.«

»Und, ist sie auch so hübsch wie du?« Bea wandte den Kopf und lächelte Mei Ling an.

»Viel hübscher, und auch viel sportlicher. In China ist sie ein Fußballstar.«

»Ach.« Bea staunte.

»Sie spielt in der chinesischen Nationalmannschaft.«

»Wow!«

»Aber das Beste ist: Sie spricht sogar Deutsch, ihre Mutter ist Deutsche. Wenn sie da ist, müsst ihr sie unbedingt gleich kennenlernen.«

»Gern.« Bea ließ sich gesättigt und zufrieden nach hinten

auf die Decke sinken. Um sie herum zwitscherten Vögel, ansonsten unterbrach nur das entfernte Brummen eines Motorflugzeugs die Stille.

Nach einem Moment des Schweigens wechselte sie mit geschlossenen Augen, beinahe schläfrig, das Thema: »Wie gefällt dir eigentlich deine Arbeit im Reisebüro?« Sie wusste, dass Mei Ling dreimal wöchentlich frühmorgens nach Köln fuhr, um in einem Reisebüro am Barbarossaplatz zu arbeiten. Als sie sich noch nicht kannten, hatte sie sie dort schon einmal gesehen. Mei Ling war gelernte Reisekauffrau. Wie sie inzwischen wusste, war sie auch diejenige gewesen, die dafür gesorgt hatte, dass ihre Familie den Vertrag mit dem chinesischen Reiseveranstalter abgeschlossen hatte, der inzwischen unzählige chinesische Touristen nach Altenahr brachte.

»Gut«, antwortete Mei Ling und fügte hinzu: »Ich habe das große Glück, meine Arbeit zu lieben.«

Bea dachte daran, dass sie ihre Arbeit ebenfalls immer geliebt hatte. Und jetzt hatte sie sich endlich den Traum erfüllt, den sie schon als junges Mädchen gehabt hatte: Eines Tages auf dem Land zu leben und ein Restaurant zu führen. Jetzt musste das ›Ahrstübchen‹ nur noch florieren. Bea richtete sich ein wenig auf. Der schwarze Punkt war nähergekommen, und während sie ihn aufmerksam beobachtete, fragte sie: »Was magst du an deiner Arbeit besonders?«

Mei Ling zupfte jetzt auch einen Grashalm. »Die Bilder von fernen Ländern. Wenn ich abends in meinem Bett liege, stelle ich mir vor, wie es ist, in Algier über den Markt zu gehen, in London den Tower zu besichtigen oder in Lissabon in einer Kneipe dem Fado zu lauschen.«

Bea wandte interessiert den Kopf. »Aber wirst du

nicht auch ein bisschen traurig dabei? Ich meine, es sind Träume …«

»Manchmal ja, manchmal nein. Weißt du, ich verreise kaum, weil ich sehr an meiner Familie hänge und auch an unserem Restaurant, und das ist der Grund dafür, warum ich immer noch zu Hause lebe und dort helfe. Es ist auch der Grund, warum ich nicht in Köln wohne, sondern in Altenahr und die ganze Fahrerei auf mich nehme. Meine Familie braucht mich, da kann ich nicht so einfach verreisen.« Mei Ling nahm sich ein Stück Rhabarberkuchen, sah Bea an und sagte: »Außerdem ziemt es sich nach konfuzianischer Moralvorstellung für ein unverheiratetes Mädchen nicht, allein zu wohnen.«

»Du meine Güte, wie alt bist du jetzt?« Bea richtete sich auf.

»29, und noch immer ohne Mann. Meine Eltern machen sich schon große Sorgen.«

Bea schüttelte den Kopf.

»Weißt du, eigentlich ist es so, dass ich zwei Seelen in meiner Brust habe … Eine chinesische und eine deutsche. Die eine will immer bei der Familie sein und unterwirft sich ihren Regeln, die andere will hinaus in die Freiheit.«

»Und wie lauten die Regeln?«

»Achte die Alten und verneige dich vor ihnen mit Respekt. Achte die Familie und nimm den dir darin zugedachten Platz ein.«

»Und für Frauen bedeutet es, dass sie sich unterordnen?«

»Im traditionellen Sinne ja, bis sie selbst alt geworden sind und sich Achtung verdient haben. In meiner Generation brechen die konfuzianischen Moralvorstellungen inzwischen aber glücklicherweise auf. Und trotzdem:

Meine Eltern sind erst dann glücklich, wenn ich verheiratet bin und Kinder zur Welt gebracht habe. Am besten einen Jungen und ein Mädchen, wegen dem Yin und dem Yang.«

»Verstehe.« Bea nickte und schenkte sich etwas Mineralwasser ein, von dem Wein war ihr ein bisschen schwindlig geworden. Nachdenklich strich sie sich die Haare aus dem Gesicht. Aus dem Punkt auf der Wiese war erkennbar ein Mensch geworden. Inzwischen gab es keinen Zweifel mehr. Zuerst hatte sie ihn an seinen Bewegungen erkannt, dann an seiner Statur. Ihr Herz schlug schneller. Es war kein anderer als Johannes Frier, der sich näherte und fröhlich winkte.

23

Sie musste den Schock erst einmal verdauen. Ulrike ließ langsam den Telefonhörer sinken und schaute einen Moment ins Leere, bevor sie ihn zurück auf die Station setzte. Claus hatte gestern Abend in Frankfurt das Flugzeug nach Barbados bestiegen, um sie zur Rückkehr nach Köln zu bewegen. Sie sah auf die Uhr: In drei Stunden würde er landen. Bastian hatte gerade angerufen und die Schadenfreude in seiner Stimme war deutlich herauszuhören gewesen. Seitdem ihre Söhne wussten, dass ihr Vater die Mutter betrogen hatte, war ihr Verhältnis zu ihm gespalten. Einerseits fühlten sie Mitleid, andererseits gönnten sie ihrem Vater die rasante emotionale Talfahrt. Es kam vor, dass Claus sich inzwischen tagelang nicht rasierte, er, der immer so auf sein Äußeres bedacht gewesen war. Er hatte Schlafprobleme und tigerte nachts stundenlang ruhelos in der Wohnung herum. Das wusste sie von Bastian und Peter, und es bereitete ihr Genugtuung.

Ihre Söhne hielten zu ihr, und sie waren stolz darauf, von ihr ins Vertrauen gezogen worden zu sein. Sie vermissten sie, das wusste sie, und sie vermisste sie ebenfalls. Einmal die Woche kamen die beiden nach Altenahr, um sie zu besuchen, und jedes Wiedersehen wühlte sie auf. Vor nicht allzu langer Zeit hatten sie Mr. Fred vorbeigebracht, und sie hatte deutlich ihre unausgesprochene Hoffnung gespürt, dass sie bald wieder nach Hause käme.

Ulrike schloss die Augen. »Nichts ist gut, aber alles ist möglich«, hatte sie ihnen zum Abschied gesagt und sie fest umarmt. Aber wollte sie das überhaupt? Zurück? Eher nicht. Es war eine neue Erfahrung, eigene Ziele zu verfolgen und für niemanden sorgen zu müssen außer für sich selbst. Sie hatte den Eindruck, als ginge sie heute aufrechter durchs Lokal als bei ihrer Ankunft, und dieses Gefühl war einmalig. Nein, momentan wollte sie weder Altenahr noch ihre Freundinnen missen.

Und Claus? Vermisste sie Claus? Wenn sie nur an sein Verhältnis dachte, schnürte sich ihr der Magen zusammen, sie konnte absolut nicht nachvollziehen, was er *an dieser Frau* fand. Sie hatte sie einige Male gesehen, wenn sie Claus vom Büro abgeholt hatte, und sie von Anfang an unmöglich gefunden. Diese roten Haare, die rot lackierten Fingernägel. Ihr gekonnt, aber auffällig geschminktes Gesicht zeugte von ausgeprägter Eitelkeit, die Ulrike ebenso zuwider war wie das daraus sprechende Interesse, aufzufallen und zu gefallen. Männern natürlich. Eine Frau, die sie nur unter dem Namen *Frau Siebert* kannte. Claus hatte sie nie beim Vornamen genannt, und die sich darin ausdrückende höfliche Distanz zu ihrer Person hatte bei Ulrike nie auch nur im Geringsten den Verdacht aufkommen lassen, dass sich zwischen ihr und ihrem Mann mehr abspielte. *Obwohl* ... Ulrike kniff die Augen zusammen. Manchmal war seine Stimme auffällig weich gewesen, wenn er von *Frau Siebert* sprach. Sie seufzte. Immerhin schien es mittlerweile zwischen den beiden aus zu sein, das wusste sie von ihren Söhnen.

Ulrike malte sich aus, was Claus für ein Gesicht machen würde, wenn er vor Victorias Tür stand und sie dort nicht antraf. Allein die Vorstellung führte dazu, dass sie vor Schadenfreude grinsen musste. Aber sie sollte Victoria anrufen und sie vorwarnen.

Aus der Pfanne auf dem Herd zischte es laut, und der Geruch verbrannten Fleisches stieg ihr in die Nase. Das Steak! Eilig schob sie die Pfanne von der Flamme. Dunkle Rauchschwaden zogen durch den Raum und vernebelten die Sicht.

»Verdammt, wo bleibt denn das Essen?« Caro stand in der Tür, und sie begann sofort zu husten. »Was ist denn hier los?« Keuchend stürzte sie zum Fenster und riss es weit auf.

Ulrike wischte sich über die schweißglänzende Stirn und deutete auf die Pfanne. »Sag einfach, Steak ist aus.«

»Wie bitte?« Caro starrte sie amüsiert an.

»Stattdessen gibt es zarten und wohlschmeckenden Matjes. Hier …« Ulrike riss einen Teller aus dem Schrank und legte rasch ein paar Matjesfilets darauf, die sie mit Zwiebeln und einem Klecks Crème fraîche verzierte. Rigoros hob sie grüne Bohnen aus einem Topf und drapierte sie daneben, ebenso wie einige Pellkartoffeln, und dann erst sah sie ihre Freundin an. »Frag jetzt bitte nichts. Kostet 7,20 Euro.«

Caro war verblüfft. Ob dies die richtige Art war, neue Gäste zu gewinnen, war zu bezweifeln. Aber gut. Wortlos nahm sie ihr den Teller ab, drehte auf dem Absatz um und erwiderte knapp, einen Blick zurück über die Schulter werfend: »8,20 Euro. Und keinen Cent weniger!«

24

»Am Montagabend tagt der Gemeinderat«, beantwortete Marianne Hohenstein die Frage der Verkäuferin im Café, das direkt gegenüber dem Rathaus lag, und deutete mit dem Finger auf die gläserne Scheibe der Kuchenvitrine. »Zwei Stück von dem Käsekuchen und zweimal Erdbeertorte bitte.«

Die Verkäuferin platzierte das Gewünschte auf einem Pappteller und schlug einen Bogen Papier darum. Das Café war gut besucht, leises Stimmengewirr und das Klappern von Tellern und Besteck drangen nach vorn in den Verkaufsraum. Marianne Hohenstein mochte den Kuchen hier, und wenn sie einmal keine Zeit hatte, selbst zu backen, gönnten Hubertus und sie sich am Freitagnachmittag ein Stück oder zwei. Wenn sie an die Figuren der Frauen aus dem ›Ahrstübchen‹ dachte, und an die Blicke, die inzwischen auch Hubertus ihnen heimlich zuwarf, wäre es allerdings vielleicht besser, darauf zu verzichten.

»Eine außerordentliche Sitzung«, erklärte sie und in dem Bewusstsein, mehr zu wissen als viele andere hier im Ort, fügte sie bedeutungsvoll hinzu: »Der reguläre Termin hätte normalerweise erst Ende nächster Woche stattgefunden, aber die Dringlichkeit der Situation erfordert selbstverständlich eine frühere Zusammenkunft.«

Die Verkäuferin nickte zustimmend. »Gut. Je früher sie etwas beschließen, desto besser. Wir lassen uns von denen doch nicht unser Ortsbild verschandeln, und unsere Sitten. Die essen ja nicht einmal Kuchen.«

»Nein?« Christine Schäfer, die mit Schwung das Café betreten und die letzten Sätze der Verkäuferin mitbekommen hatte, stellte sich neben Marianne Hohenstein an die Kuchentheke und grüßte unbeschwert. Sich an die Verkäuferin wendend, sagte sie leichthin: »Solange genug deutsche Touristen bei euch einkehren, ist das doch nicht dramatisch, oder?« Ihre Stimme trug trotz der Leichtigkeit eine Schärfe in sich, die jeden Versuch einer Erwiderung im Keim erstickte und dazu führte, dass die Verkäuferin den Kopf senkte und etwas Unverständliches vor sich hin murmelte.

»Was hältst du davon, wenn wir das Thema Tempelbau bei unserem nächsten Landfrauentreffen besprechen?«, wandte sich Christine Schäfer an die Frau des Bürgermeisters.

Marianne Hohenstein sah sie erstaunt an, benötigte aber einen Moment, um eine Antwort zu formulieren, und so wandte sich Christine Schäfer zunächst an die Verkäuferin und bemerkte wie nebenbei: »Übrigens leben die Chinesen erheblich gesünder als wir, weil sie oft auf Leckereien verzichten. So viel ich weiß, sind in China Süßigkeiten vor allem Kindern vorbehalten. Wenn Erwachsene Süßes essen, gilt das als unpassend und undiszipliniert.«

Marianne Hohenstein und die Verkäuferin sahen sie verblüfft an.

»Du scheinst dich ja auszukennen«, antwortete Marianne spitz.

»Ja, ich habe mich mit den Wangs darüber unterhalten«, antwortete Christine. »Deswegen sind die meisten Chinesen auch schön schlank.« Wie unabsichtlich ließ sie ihren Blick über Marianne Hohensteins Bauch gleiten, der in einer deutlichen, wenn auch gut proportionierten Wölbung unter ihrem Rock sichtbar war und sich in einer kleinen Speckrolle darüber Geltung verschaffte.

Christine Schäfer hatte das Bedürfnis, die Chinesen vor dem Gerede zu schützen. Die negative Stimmung, die seit dem Tempelbau im Ort noch stärker ausgeprägt war als schon zuvor, missfiel ihr und so war sie in den letzten Tagen demonstrativ mit ihren Kindern bei den Wangs eingekehrt, um Frühlingsrollen und Schweinefleisch süß-sauer zu essen. Sie billigte den Tempel zwar nicht, da er unrechtmäßig erbaut worden war, aber rein optisch hatte sie nichts gegen das Bauwerk einzuwenden. Und auch nicht religiös-kulturell. »Also, was meinst du?«, wandte sie sich erneut an die Frau des Bürgermeisters. »Sollen wir den Tempel bei unserem nächsten Treffen nicht thematisieren?«

Marianne Hohenstein schwieg eine Weile, aber schließlich sagte sie: »Warum nicht, es geht uns ja alle an.« Die Antwort kam zögernd.

»Dann organisiere ich einen kleinen Vortrag zur Integration von Fremden in bestehenden Gemeinschaften«, antwortete Christine Schäfer schnell.

Marianne Hohenstein brummte etwas vor sich hin und griff nach ihrem Portemonnaie. Eine ganze Weile war nur das Knistern des Papiers zu hören, in das die Verkäuferin den Kuchen einwickelte. Während die Frau des Bürgermeisters ihr Geld abzählte und auf die Verkaufstheke legte, sagte sie mit einem Seitenblick zu Christine Schäfer: »Hast du schon gehört?«

»Was denn?«

»Die ›Eintracht‹ ist tot.«

Christine Schäfer schluckte, Marianne hatte bei ihr mit diesem Thema einen wunden Punkt getroffen. Sie dachte an das Gespräch, das sie erst gestern mit ihrer Cousine

Miriam geführt hatte, die Zukunft des Vereins schien tatsächlich rabenschwarz zu sein. Es war immer noch kein neuer Sponsor in Sicht. Die Hoffnung, dass ein großer Ahrtalwinzer das finanzielle Loch stopfen würde, hatte sich zerschlagen.

Christine Schäfer hatte keine Lust auf eine Erwiderung. Daher nickte sie nur knapp, bezahlte ihr Brot und sah zu, dass sie schnell noch vor Marianne Hohenstein das Geschäft verließ.

25

Die Intensität seines Blicks brachte ihre Haut zum Glühen. Einen Augenblick überlegte sie, ob sie tatsächlich rot geworden war, und atmete tief durch. Sie fragte sich, wann sie das letzte Mal in Männeraugen gesehen hatte, die in ihr das Gefühl hervorriefen, sie sei gerade einmal 17 Jahre alt. Ein junges Mädchen, das bereits zu zittern begann, wenn ein Mann sie nur länger als drei Sekunden anschaute. Die Unsicherheit, die Johannes Friers Nähe in ihr auslöste, irritierte sie und versetzte ihren Körper in Alarmbereitschaft. Ein feiner, kaum wahrnehmbarer Geruch ging von ihm aus, den sie mochte. Er weckte in ihr die Erinnerung an feuchten Waldboden, über dem ein Hauch von duftenden Kiefernnadeln hing.

Bea bekam eine Gänsehaut. Sie lehnte sich in ihrem Stuhl zurück und verschaffte sich auf diese Weise Distanz. Seine Arme lagen angewinkelt vor ihm auf dem Tisch, die Hände hatte er übereinandergelegt. Während er von sich erzählte, hatte sie ausreichend Zeit, ihn zu betrachten. Seine Hände waren kräftig und sehnig, ihre Haut war rau und wies Risse auf, was nicht verwunderlich war, denn inzwischen wusste sie, dass er Waldarbeiter war. Er sprach von der Ahrregion, davon, wie sehr er die Gegend liebte, die Weinberge, die grünen Hügel und die kantigen Schieferfelsen. Auch die Menschen, die hier lebten, ihre unverstellte, gerade Art, ihre Herzlichkeit. Ihr fiel auf, dass seine Augen während des Erzählens zu leuchten begannen, und während sie ihm zuhörte, versuchte sie, sich ein Bild von ihm zu machen und das, was sie bislang von ihm wusste, in Übereinstimmung zu bringen. So ganz gelang es ihr nicht, sie hatte Widersprüchlichkeiten entdeckt, die sie aufmerken ließen. Einerseits hatte er erzählt, er sei Waldarbeiter, und in der Tat besaß er die entsprechende Figur, groß und kräftig, auch kleidete er sich einfach und schlicht. Andererseits sprachen seine markanten, dennoch sensiblen Gesichtszüge und seine Ausdrucksweise davon, dass er einen Bildungshintergrund besaß, der nicht zu dem eines Waldarbeiters passte. Darüber hinaus schien er Humor zu haben, er hatte sie schon mehrfach an diesem Abend zum Lachen gebracht.

Bea nahm noch einen Schluck Wein, löste ihren Blick von seinem Gesicht und ließ ihn über den Rhein und das gegenüberliegende Ufer schweifen, das von grünen Wiesen gesäumt war. Sie fragte sich, was an ihm es sein mochte, das sie begeisterte und gleichzeitig diese Unruhe und auch Angst in ihr auslöste, aber sie fand keine Antwort darauf. Es war etwas, das sich nicht in Worte fassen ließ.

Seit dem Picknick waren sie sich nähergekommen, und inzwischen duzten sie sich. Jetzt allerdings, wo sie zusammen im ›Kap am Südkai‹ am Rheinauhafen saßen, diesem neuen Kölner Städtebaukomplex, der mit seinen Kranhäusern, den teuren Eigentumswohnungen und Büroetagen zum Inbegriff moderner Stadtarchitektur geworden war, waren sie zum ersten Mal miteinander allein. Zufrieden und satt vom Fisch, der in einer feinen Bärlauchsauce mit Graupenrisotto serviert worden war, hatten sie beinahe eine ganze Flasche Wein geleert. Bea spürte die Wirkung, und sie genoss sie. Der Wein entspannte sie zusehends.

»Euer Picknick war klasse«, sagte Johannes und fügte lachend hinzu: »Ein Glück, dass ich an dem Tag oben in

Plittersdorf zu tun hatte. Sonst wären wir uns nicht begegnet und säßen heute vermutlich nicht hier.«

»Nein, aber vielleicht hättest du ja auch den Weg zu uns ins ›Ahrstübchen‹ gefunden …«

Er lächelte. »Ich wollte tatsächlich kommen, um dich wiederzusehen, aber das Schicksals-Picknick kam mir zuvor.«

Bea strich sich eine Strähne ihres dunkelbraunen Haares aus dem Gesicht und dachte daran, dass sie unbedingt einmal wieder zur Kosmetikerin gehen sollte. Ein bisschen was für die Schönheit zu tun hatte noch nie geschadet, und das Kosmetikstudio Quédec in der Arndtstraße in Weiden, ganz in der Nähe des Einkaufscenters, gehörte zu den Geschäften, in denen die Inhaberin, eine Französin, sich noch Zeit für ihre Kundinnen nahm. Sie behandelte sie nach allen Regeln der Kunst, reinigte die Haut, arbeitete Ampullen mit kostbaren Elixieren darin ein, verabreichte wunderbar entspannende Gesichtsmassagen und zu guter Letzt trug sie meist noch eine Maske auf, die dann bei beruhigender, leiser Musik einwirken konnte. Bea fühlte sich nach einem Besuch dort jedes Mal wie neugeboren. Gleich morgen würde sie einen Termin vereinbaren.

»Weißt du was?«, fragte Johannes in ihre Gedanken hinein.

»Hm?«

»Ich bin gern mit dir hier.«

Bea wusste nicht, was sie darauf erwidern sollte, also sah sie wie unbeteiligt aus dem Fenster. Ihre Augen folgten einem Containerschiff, das langsam Richtung Norden fuhr.

Nach einem Moment, währenddessen sie eindrucksvoll schwieg, wechselte er das Thema und sagte: »Es ist schon ein paar Wochen her, seit ich in Köln gewesen bin.«

»Dann geht es dir wie mir.« Bea lachte, froh über die Unverfänglichkeit des neuen Gesprächsstoffs. Sie dachte daran, dass sie sich, so sehr sie das Landleben in Altenahr genoss, auch nach Köln gesehnt hatte. Nach den vielen Menschen, den Lichtern, dem Rhein, dem Großstadtflair, das sie nun mit jeder Pore in sich aufsog.

Nachdem Johannes angerufen und gefragt hatte, ob sie etwas zusammen unternehmen wollten, hatte sie kurz entschlossen vorgeschlagen, nach Köln zu fahren, denn sie hatte das Gefühl gehabt, als bräuchte die Verabredung mit ihm einen größeren Rahmen als den kleinen Ort Altenahr.

»Es wundert mich, dass du Köln magst. Aber vielleicht warst du ja schon früher mal hier mit deiner Säge und deswegen gibt's so wenig Bäume in den Straßen«, sagte sie und fragte lachend: »Oder bist du etwa doch nicht so ganz der Naturbursche, für den du dich ausgibst?«

»Ja und nein.« Johannes schmunzelte und sagte: »So sehr ich die Natur auch liebe, so sehr brauche ich die Stadt. Ich bin zwar in Altenahr geboren, habe aber einige Jahre in Köln gelebt, bevor ich zurück in die Eifel gezogen bin, aber ich fahre immer noch regelmäßig hierher.«

Bea runzelte die Stirn. »Und warum bist du nicht hiergeblieben?«

Er lächelte. »Es war Zufall, vielleicht auch Schicksal, nenne es, wie du es willst. Vor ein paar Jahren, mitten im Winter, habe ich mit ein paar Freunden einen Ausflug in die Eifel gemacht. Natürlich habe ich ihnen Altenahr und die Ahrschleife gezeigt. Anschließend fuhren wir Richtung Ahrbrück den Berg hinauf nach Plittersdorf und Hürnig, wo alles in tiefem Schnee versunken war. Ein deutsches Wintermärchen, es war zauberhaft. Zufällig wanderten wir an einem wunderschönen alten Häuschen vorbei, herrlich gelegen, mit völlig unverbautem Blick in die Landschaft …«

»Hört sich fantastisch an«, sagte Bea und bemerkte wieder diesen Glanz in seinen Augen.

Er nickte. »Das ist es auch. Einige Wochen später erfuhr ich von meinen Eltern, die immer noch in Altenahr leben, dass genau dieses Haus zum Verkauf stand, und da sich in meinem Leben sowieso gerade sehr viel veränderte …« Johannes schwieg einen Moment, bevor er den Satz beendete, »… habe ich nach kurzer Überlegung zugegriffen und es gekauft.«

Bea sah ihn interessiert an, sie fragte sich, welcher Umstand in seinem Leben es wohl gewesen war, der ihn zu diesem Schritt bewogen hatte.

»Seither lebe und arbeite ich in der Eifel, inzwischen sind es schon fünf Jahre. Die Verbindungen nach Köln existieren immer noch, doch mein Lebensmittelpunkt liegt mittlerweile oberhalb von Altenahr.«

Bea überlegte einen Moment, bevor sie fragte: »In Köln warst du aber jobtechnisch nicht im Wald unterwegs?«

»Höchstens auf ein Kölsch im Stadtwald.« Er lachte ebenfalls. »Nein, ich bin zwar gelernter Waldarbeiter, aber ich bin auch Autor. In Köln saß ich meistens nur stundenlang am Schreibtisch.«

Bea zog überrascht die Augenbrauen hoch.

»Nach meiner Lehre beim Forstamt habe ich Journalistik studiert. Danach habe ich dann als Praktikant beim Kölner Stadtanzeiger Gemüsepreise recherchiert, was kostet der Blumenkohl und so, und irgendwann durfte ich dann für den Lokalteil schreiben, anschließend für die Kultur. Nebenbei habe ich angefangen, ein bisschen Hörfunk zu machen, Reportagen und so etwas, und als ich dann vor 20 Jahren den alten Millowitsch kennenlernte, haben sich die Weichen endgültig gestellt.«

»Spannend.« Bea sah ihn interessiert an.

»Ihm habe ich es zu verdanken, dass ich angefangen habe, Bühnenstücke zu schreiben, schließlich auch Romane, er hat mich fast dazu gedrängt. Wenn mich ein Thema sehr interessiert, arbeite ich manchmal aber immer noch journalistisch.« Er fuhr sich mit der Hand durch sein dichtes, dunkles Haar. In der Geste lag eine solche Kraft, dass Bea eine Ahnung davon bekam, wie ernst er das nahm, was ihn gerade beschäftigte.

Sie spürte ein leichtes Kribbeln unter der Haut, Johannes hatte ohne Zweifel viele interessante Facetten.

»Inzwischen schreibe ich mit Vorliebe Krimis.«

»Eifelkrimis?« Bea sah ihn an, plötzlich tauchten diverse Buchcover vor ihrem inneren Auge auf und sie fragte: »*Krähen über Hürnig*, *Marienmord*, *Eifelgold*, diese Romane sind alle von dir? Bist du etwa *der* J. J. Frier?«

»Ja, der bin ich. Jonathan Johannes Frier.« Er lächelte.

»Ich habe sie alle verschlungen.« Bea blinzelte ihn an, offensichtlich freute er sich.

»Wann kommt der nächste?«

»Ich weiß es noch nicht, mal sehen, vielleicht schreibe ich auch etwas ganz anderes.«

»Und was?«

»Einen Männerroman.«

»Was ist das denn?« Bea lachte. »Ich dachte immer, für Männer gibt es nur Magazine. Wie den *Playboy* oder den *Kicker*.« Sie nahm noch einen Schluck Wein.

Johannes grinste. »Gleiches Recht für alle. Frauenromane gibt es doch auch. Lass dich überraschen.«

»Ich bin gespannt, aber dann hältst du eine Lesung im ›Ahrstübchen‹, abgemacht?«

»Einverstanden.«

Sie lachten sich an und sie fragte sich, ob er liiert war. Aber hätte er sie dann zum Essen eingeladen? Bei diesem Gedanken spürte sie einen leichten Stich. Er lebte sicher nicht wie ein Eremit, auch wenn er ein Haus am Waldrand besaß. Sie fragte sich, ob er Kinder hatte, und auf einmal musste sie an ihre Tochter Johanna denken.

Johannes. Sie mochte diesen Namen. Johanna. Johannes. Buchstaben so sanft und weich wie ein Versprechen.

»Der Wald in der Eifel ist übrigens voller Geister.« Augenzwinkernd unterbrach er ihre Gedanken.

»Ich dachte, voller Wildschweine«, antwortete sie.

»Auch.« Er lachte. »Aber die Geister, die ich meine, sind die beste Gesellschaft, die du dir denken kannst. Du musst nur hinhören, dann hörst du sie wispern und Geheimnisse flüstern. Von ihnen bekomme ich oft Anregungen für meine Stories.«

Bea betrachtete ihn nachdenklich. Der Mann hatte Fantasie, so viel stand fest. Hoffentlich ist's nur Fantasie und nicht was Ernstes, dachte sie.

»Komm doch einfach einmal mit«, schlug er vor.

»Wohin?«

»Na, in den Wald. Ich sorge auch fürs Picknick.« Johannes lächelte sie an. »Oder ich zeige dir nach einer kleinen Wanderung mein Haus und koche etwas für dich.«

Die Vorstellung, ihn bald wiederzusehen, war verlockend. Bea spürte, dass sie wieder unruhig wurde. Nach einem raschen Blick auf die Uhr stellte sie fest, dass es spät geworden war.

»Du möchtest nach Hause?«

Bea nickte.

»Köln oder Altenahr?«

»Köln.«

»Gut, dann fahren wir morgen ganz früh zusammen zurück«, schlug er vor. »Ich habe ein kleines Apartment hier, bringst du mich da gleich noch vorbei?«

»Kein Problem.«

Während sie auf die Rechnung warteten, dachte sie daran, dass sie gern die Nacht mit ihm verbringen würde, aber er fragte nicht, und sie sagte nichts, als sie ihn vor seiner Wohnung absetzte und er sich mit einem flüchtigen Kuss von ihr verabschiedete.

Dennoch hatte sie das untrügliche Gefühl, dass die Tür, die in ihrem Leben von unsichtbarer Hand einen Spalt breit geöffnet worden war, demnächst noch weiter aufgehen würde.

26

Obwohl die Außentemperaturen inzwischen auf mehr als 22 Grad geklettert waren, war die Luft kühl und klamm in den Räumen der Winzergenossenschaft, die mitten in Altenahr an der Hauptstraße lag. Bea fröstelte leicht. Caro und sie hatten das ›Ahrstübchen‹ der Obhut ihrer Freundinnen überlassen, die einige Gäste auf der Terrasse mit Kaffee und Kuchen versorgten, während sie weitere Ahrweine für ihr Restaurant auswählen wollten. Langsam schlenderten sie durch die Gänge, zogen die eine oder andere Flasche aus dem Regal und verglichen die Preise.

»Was hältst du von dem hier? Spätburgunder Weißherbst.« Caro hielt Bea eine Flasche hin, die das Etikett studierte und dann nickte. »Scheint nicht schlecht zu sein. Der Preis ist o.k.«

Es hatte sich gezeigt, dass die Gäste, die zu ihnen kamen, fast ausschließlich Wein von der Ahr bevorzugten, weswegen sie ab sofort neben teureren Winzern wie Meyer-Näkel, Adeneuer oder Cossmann-Hehle vom Deutzerhof auch die günstigeren Genossenschaftsweine anbieten wollten.

Am Abend zuvor hatte Bea eine Krisensitzung einberufen, denn das ›Ahrstübchen‹ machte immer noch nicht mehr als etwa 500 Euro Gewinn pro Woche, was eindeutig zu wenig war. Zwar verzeichneten sie seit der Wetterbesserung einen leichten Aufschwung, aber davon, vom ›Ahrstübchen‹ leben zu können, waren sie noch weit entfernt. Bea und Caro, die finanziell die Hauptlast ihres Projektes trugen, machten sich ernsthafte Sorgen, denn länger als ein halbes Jahr konnten sie das so nicht durchhalten. Die Touristen, die zu ihnen kamen, achteten auf jeden Cent, den sie ausgaben, vermutlich ein Zeichen der Finanz- und Wirtschaftskrise, obwohl es laut Medienberichten ja wieder langsam bergauf ging. Ihre Gäste begnügten sich oft mit einer Apfelschorle oder einem Glas Wein, manchmal aßen sie eine Suppe oder eine andere Kleinigkeit, aber das war es dann auch. Viele der Lebensmittel, die sie einkauften, mussten sie wegwerfen. Das Konsumverhalten erforderte eine Veränderung ihres Angebots, so viel war offensichtlich, und die Freundinnen waren übereingekommen, zum einen das Speisenangebot zu reduzieren, zum anderen trotz gleichbleibend hoher Qualität die Preise zu senken. Außerdem wollten sie ab sofort ausschließlich Produkte aus der Region verwenden. Die anderen Restaurants in Altenahr gaben sich mit der Zubereitung der Gerichte nicht viel Mühe, so viel hatten sie bereits herausgefunden, und es musste mit dem Teufel zugehen, wenn sie da nicht eine Marktlücke füllen konnten. Ihr Angebot war eindeutig besser, und das mussten irgendwann ja nicht nur die Touristen, sondern auch die Einheimischen merken.

»Hier, schau mal, ein Spätburgunder vom Weingut Schmitz. Das ist doch das Gut von Christine und Lars«, sagte Caro überrascht.

»Den probieren wir mal, und wenn er gut ist, nehmen wir ihn mit auf die Karte«, erwiderte Bea.

Caro legte die Flasche in einen Korb, den sie überm Arm trug, und griff erneut ins Regal.

Plötzlich hörten sie Stimmen näherkommen, und eine Frau sagte laut: »Hast du schon gehört? Caroline Neumann vom ›Ahrstübchen‹ massiert die Fußballjugend. Ben Stur soll völlig verschossen in sie sein. Ganz zur Freude seiner Mutter, versteht sich.«

Bea und Caro sahen sich an und blieben wie angewurzelt hinter ihrem Regal stehen. Mit großen Augen fragte Bea flüsternd: »Stimmt das?«

»Quatsch. Ein einziges Mal habe ich Ben und seinen Freund behandelt, weil beide sich eine kleine Sehnenzerrung zugezogen hatten, das war alles«, erwiderte Caro empört.

»Die macht anscheinend vor nichts halt«, schimpfte eine andere Frauenstimme leise.

»Na ja, manche Frauen drehen halt durch, wenn sie in die Wechseljahre kommen. Lassen sich die Haare wachsen, tragen wieder Miniröcke und entwickeln eine Vorliebe für auffälligen Schmuck. Also, wenn das *mein* Sohn wäre …«

Es folgte ein bedeutsames Schweigen.

Caro war inzwischen vor Wut rot angelaufen, sie sah aus, als würde sie jeden Moment platzen, doch sie bemühte sich um Zurückhaltung. Sie und Bea lauschten der Stimme, die sie zuerst vernommen hatten: »Ich hätte nichts dagegen, wenn sie bald wieder weg wären, das kann ich dir sagen.«

Caro flüsterte Bea zu: »Ist das nicht Ines Schmitz, die Frau von unserem Verpächter?«

Bea lugte durch die Regalfächer und sah von hinten auf einen Pagenkopf. »Ich glaube, ja«, wisperte sie zurück. Ihr Magen fühlte sich flau an, ihre Beine waren weich und sie hatte das Gefühl, sich anlehnen zu müssen. Sie spürte einen stechenden Kopfschmerz.

»Was glauben die eigentlich, wer sie sind?«, fragte Ines Schmitz.

»Weiß ich auch nicht«, erwiderte die andere Stimme.

»Diese Bruni jedenfalls mischt den Landfrauenverein auf. Redet ständig von ökonomischer Unabhängigkeit und so. Demnächst wird sie auch noch einen Vortrag über die Integration von Fremden halten. Ich überlege wirklich, ob ich da hingehen soll.«

»Stimmt es, dass Christine Schäfer dahintersteckt?«

»Ja. Sie versteht sich wohl blendend mit denen«, kam der Kommentar.

»Hm. Ich würde eher sagen, sie biedert sich an. Mit den Wangs sind sie ja auch ganz dicke.«

»Na, da haben sich die Richtigen gefunden.«

Bea und Caro hörten ein leichtes Lachen, dann sagte Ines Schmitz: »Die Bruni macht jedenfalls morgens an der Ahr mit einem aus der Familie Tschi Bong. Du schmeißt dich weg, wenn du das siehst.«

Auf einmal wurde es laut im Raum. Herein strömten Chinesen, die die Gänge zwischen den Weinregalen verstopften. Kichernd und lärmend zogen sie Flaschen aus den Regalen und füllten ihre Körbe damit.

Bea und Caro beobachteten das Geschehen durch ihr Regal hindurch. Caros Gesichtsfarbe war inzwischen von rot zu weiß gewechselt.

»Das können wir uns nicht gefallen lassen«, flüsterte Caro aufgebracht und starrte Bea mit zusammengekniffenen Augen an. Hektisch strich sie sich durch ihr halblanges, blondes Haar. Ihre blauen Augen sprühten. Sie war drauf und dran, hinter dem Regal hervorzutreten, um den beiden Frauen den Marsch zu blasen, aber Bea fasste sie am Ärmel und hielt sie zurück. »Lass es sein«, beschwor sie sie eindringlich und fügte leise hinzu: »Das bringt nichts.«

»Warum?« Caros Stimme war laut geworden, empört schüttelte sie Beas Arm ab.

»Denk an das ›Ahrstübchen‹. Oder willst du, dass wir morgen hier im Ort völlig unten durch sind? Wenn wir uns jetzt mit ihnen anlegen, geht das herum wie ein Lauffeuer, und dann können wir wirklich bald einpacken. Aus der Traum vom schönen Landleben«, raunte Bea scharf.

»So wie sich das hier darstellt, kann ich auch gern darauf verzichten!« Caro schüttelte Beas Arm ab und ging mit energischen Schritten hin zu Ines Schmitz und ihrer Bekannten. »Gibt es sonst noch irgendwelche Unverschämtheiten, die Sie über uns verbreiten möchten? Bitte! Jetzt wäre dazu die Gelegenheit!« Wutentbrannt starrte Caro die Frauen an. Mit aufgerissenen Augen murmelten sie erschrocken etwas Unverständliches vor sich hin und machten dann auf dem Absatz kehrt. Caro rang nach Luft. Sie benötigte einen Moment, um zu entscheiden, was sie jetzt tun sollte: Den Frauen hinterherrennen und sie weiter herunterzuputzen, oder sich zu beruhigen. Schließlich ging sie mit hochrotem Kopf zu Bea zurück, raunte »Feigling«, und setzte der Freundin mit verächtlicher Miene den Korb mit den Weinflaschen vor die Füße.

Bea lehnte sich mit dem Rücken an das Regal und schloss die Augen. Während sie versuchte, ihren Herzschlag zu normalisieren, hörte sie Caro laut und in schneidendem Tonfall sagen: »Auf Wiedersehen, die Damen!«

27

Die Kunde, dass die Baugenehmigung für den Tempel nicht erteilt worden war, breitete sich wie ein Lauffeuer aus. Mei Ling und Wang San kamen herüber, um es ihnen persönlich zu sagen. Sie machten einen gefassten Eindruck, aber Bruni bemerkte Wang Sans geballte Fäuste, die unter dem Tisch auf seinen Beinen lagen, und deutete dies als Zeichen dafür, dass der Kampf noch nicht beendet war, auch wirkten Wang Sans und Mei Lings Züge irgendwie alarmierend.

»Und nun?«, fragte sie vorsichtig. »Was habt ihr vor?«

»Wir können gegen den Bescheid innerhalb der nächsten vier Wochen bei der Kreisverwaltung Ahrweiler Widerspruch einlegen«, erwiderte Wang San mit flackerndem Blick.

»Was wir selbstverständlich tun werden«, versetzte Mei Ling und fügte hinzu: »Es war uns zwar von vornherein klar, dass sie nachträglich für den Tempel keine Baugenehmigung erteilen würden, aber wir haben vier Wochen Zeit gewonnen und die werden wir nutzen.«

»Ihr führt etwas im Schilde?«, fragte Bea mit hoch gezogenen Augenbrauen.

Wang San sah sie an, und verengte seine Augen. »Genau, es gibt einen Plan B.«

»Und der lautet?«, fragte Bruni. Wang Sans dunkles, kurzes Haar stand wirr zu allen Seiten ab, gern hätte sie sanft mit der Hand darübergestrichen, um es zu glätten.

Er nickte seiner Schwester zu, die nun das Wort übernahm. »Erinnert ihr euch noch an das Thema *Minarettbau in der Schweiz*?«

»Klar«, sagten Bruni, Bea, Caro und Ulrike wie aus einem Munde, und Bruni murmelte: »Die Schweizer haben 2009 mit einer Volksabstimmung verhindert, dass bei ihnen Minarette gebaut werden dürfen. So war es doch, oder?«

»Genau.« Mei Ling nickte.

»Das Wort ›Minarettverbot‹ wurde danach übrigens in der deutschen Schweiz zum Wort des Jahres«, klärte Wang San sie auf und grinste schief. »Der Unterschied: Unser buddhistischer Tempel steht bereits.« Er blickte von einer zur anderen.

»Verstehe ich nicht«, sagte Bruni. Sie und ihre Freundinnen sahen ihn verständnislos an.

Wang San hatte ausführlich mit seiner Familie darüber diskutiert, wie sie vorgehen wollten. Sie hatten das Für und Wider abgewogen und sich schließlich für die Konfrontation entschieden, außerdem hatten sie sich einen einflussreichen Verbündeten gesucht. Jemanden, der gute Kontakte hatte, in die Politik wie zu den Medien. Er schwieg einen Moment, bevor er ausholte und erklärte: »Morgen gibt es ein Pressefeuerwerk. Überall in der Region wird über den Tempel berichtet. Er wird Thema sein, in wenigen Tagen schon über die Grenzen Altenahrs hinaus. In den Printmedien, im Hörfunk und im Fernsehen wird man über Integrationspolitik und Solidarität mit Außenseitern diskutieren.«

»Wie, wieso?« Die Freundinnen schnappten nach Luft.

»Wir haben uns eben gekümmert …«

»Dann habt ihr ja ganze Arbeit geleistet«, lobte Bruni anerkennend, und Bea fügte hinzu: »Hut ab. Für die Lokalpolitiker in Altenahr bis hin zur Kreisverwaltung in Ahrweiler heißt das, es wird ein wenig ungemütlich werden.«

Sie spann den Gedanken weiter und sagte: »Der Blick wird von der fehlenden Baugenehmigung hin auf eine größere Fragestellung gelenkt: Inwieweit haben fremde Kulturen, wenn schon keinen rechtlichen, so doch einen moralischen Anspruch auf Ausübung ihrer Religion in einem fremden Land? Die Diskussion könnte dazu führen, dass der Tempel im besten Fall ...«

»Mir kommt gerade die zentrale Großmoschee in Köln in den Sinn«, unterbrach Bruni sie.

»Die Kölner Moschee wird gebaut, sie ist schon fast fertig«, erwiderte Wang San und umfasste mit beiden Händen seine Kaffeetasse. Vorsichtig sog er das heiße Getränk zwischen die Lippen. Sein Schlürfen füllte die Stille und Bruni fragte sich, ob sie sich daran wohl gewöhnen könnte. Alle Wangs schlürften, wie so viele Chinesen. Warum hatte er noch nicht gelernt, dass so etwas in Deutschland gegen die guten Sitten verstieß?

»Wie habt ihr das mit der Presse hingekriegt?« Bea richtete ihren fragenden Blick auf Wang San.

»Ein Journalist und Autor aus Hürnig, den wir gut kennen, macht sich für uns stark. Er wird einige Artikel über den Tempelbau schreiben, außerdem hat er seine Kontakte zu Kollegen im Hörfunk und TV spielen lassen, und es scheint zu funktionieren.«

Bea fühlte einen leichten Schwindel. »Aus Hürnig? Du meinst doch nicht etwa Johannes Frier?«

»Doch, genau den meine ich. Er ist Stammgast bei uns.« Mei Ling nickte und strahlte über das ganze Gesicht.

Eigentlich wunderte es sie nicht, dass er sich für die Wangs einsetzte. Bea lächelte. Wenn sie es recht überlegte, hätte sie auch nichts anderes von ihm erwartet, und dass er seine Medienkontakte für die Chinesen spielen ließ, sprach für ihn. Das gefiel ihr, aber sie hatte ja schon immer ein Faible für Männer gehabt, die schnell Entscheidungen trafen und engagiert waren. Irgendwie fühlte sie sich von der Nachricht animiert, und nach einem Moment sagte sie, mit einem Leuchten in den Augen, das alle am Tisch aufmerken ließ: »Was haltet ihr davon, wenn wir noch eine kleine Bürgerinitiative ins Leben rufen? Dann mischen wir den Laden hier mal so richtig auf.«

28

Drei Tage später hingen überall in der Verbandsgemeinde die Plakate. Der Tempel prangte in ganzer Pracht in ihrer Mitte, darüber hieß es in roter Schrift: TEMPEL IN ALTENAHR, darunter war schlicht die Frage zu lesen: WARUM NICHT? Sie waren in Altenahr und in Mayschoß präsent, in Dernau und in Rech, und in vielen Orten mehr, die zur Verbandsgemeinde gehörten.

Bea hatte in Windeseile einen Grafiker mit dem Layout beauftragt, den sie von ihrer Tätigkeit bei *Best Promotion* kannte, und mit dem sie gern zusammengearbeitet hatte. Gedruckt worden waren sie in einer Schnelldruckerei in Ahrweiler.

Caro und Ulrike waren in aller Frühe mit Ben Stur und einigen seiner Freunde aus dem Fußballverein losgefahren, um die Plakate an Bäume und Zäune zu pinnen.

Die Freundinnen, allen voran Bea, hatten eine Unterschriftenaktion ins Leben gerufen, die eine rückwirkende Baugenehmigung für den Tempel forderte. Als Kooperationspartner hatten sie die Initiative *Gegen Rechts* gewonnen, die bereits seit einigen Jahren existierte und sich gegen rechtsradikale Strömungen in der Bevölkerung, speziell in der Jugend, engagierte.

Bruni hatte vor dem Landfrauenverein ihren Vortrag über Religionsfreiheit und Integration von Fremden gehalten, und tatsächlich hatte ein Drittel der Frauen eine Unterschrift gegen den Abriss des Tempels geleistet. Insbesondere Christine Schäfer hatte sich für die Akzeptanz des

Bauwerks eingesetzt, sie war in Altenahr zur Trendsetterin und Meinungsbildnerin zugleich geworden, und letztendlich war es ihr zu verdanken, dass an dem Abend, als der Landfrauenverein im ›Ahrstübchen‹ tagte, das eine oder andere Mitglied umgestimmt werden konnte.

Der Tempel erhitzte die Gemüter. Wo immer man hinhörte, war er Gesprächsthema Nummer eins.

29

Wang San trug Cowboystiefel, und in seinem schwarzen Haar steckte eine Feder. Bruni traute ihren Augen nicht und kniff sie unwillkürlich zusammen. *Wang San hier?* Sie konnte den Blick kaum von ihm lösen, denn das Bild, das sich ihr bot, war bizarr. Vor sich sah sie einen Chinesen im Western-Outfit, der zusammen mit einigen anderen auf einer Holzbühne Line Dance tanzte, zu einem Stück von Johnny Cash, das von einem 70-Jährigen mit Cowboyhut und brüchiger, aber tiefer Stimme vorgetragen wurde. Bruni sah sich verwundert um. Sie schien die Einzige im Lokal zu sein, die sich *nicht westernmäßig* herausgeputzt hatte. Die Frauen trugen Röcke, darunter zum Teil Petticoats, als Oberteile Corsagen, und dazu kleine, spitze Stiefelchen. Die Männer hatten allesamt Jeans und Flanellhemden an, ihre Hüften wurden von Gürteln mit großen, maskulin wirkenden Schnallen betont. An den Füßen trugen sie Cowboystiefel, die allerdings nicht so aussahen, als seien sie meilenweit darin gelaufen. Die Schuhe waren ordentlich poliert. Diejenigen, die nicht tanzten, lehnten mit coolem Blick, einen Drink in der Hand, an einem Pfosten und beobachteten die Menschen auf der Tanzfläche.

Bruni schätzte die meisten Gäste hier auf mindestens 50. Immerhin, meine Altersklasse, dachte sie und ein Lächeln ging über ihr Gesicht.

Da träumte sich die Ü-50-Generation Altenahrs und Umgebung also ihr Leben schön, indem sie sich kostümierte und sich für ein paar Stunden gedanklich in Amerikas Westen versetzte. Auch das war Glück. Warum nicht, das Wichtigste war doch, dass man seinen Spaß hatte. Unwillkürlich verzog Bruni leicht den Mund. Sie spürte, wie die Blicke der Männer sie streiften und gleichmütig an ihr abglitten als wäre sie ein überflüssiges Utensil, das keinen zweiten Blick lohnte.

Wang San schien sie noch nicht bemerkt zu haben, da er sich voll und ganz auf die Schrittfolgen konzentrierte.

Sie setzte sich nahe der schwingenden Saloontür an einen freien Tisch, bestellte eine Cola und einen Maiskolben, sog neugierig die Atmosphäre des *Western Saloons* in sich auf und sah sich um. Überall Kuhfellimitat. Die Polster der Stühle waren damit bezogen und selbst die Lautsprecherboxen an der Wand präsentierten sich schwarzweiß gefleckt. Die Lampen, die über den Tischen hingen, erinnerten vom Stil her an Gelsenkirchener Barock, interessanterweise waren die Schirme aber ebenfalls mit einem Saum aus Kuhfellimitat verziert, was bewies, dass sich hier wirklich jemand Gedanken gemacht hatte. Da können wir für das ›Ahrstübchen‹ ja noch etwas lernen, dachte Bruni und musste unwillkürlich grinsen: *Wenn das mal kein Kultpotenzial hat.*

Die grünen Leuchtstoffröhren an der Wand, die zu Kakteen geformt waren und Bilder aus Texas in ihr hervorriefen, weckten ihre Aufmerksamkeit. Sie nahm sich vor, den Wirt danach zu fragen, wo man sie kaufen könne. Vielleicht sogar im zum Lokal gehörigen *Westernshop*, der ein Stockwerk höher lag, wie sie bei der Ankunft gesehen hatte. Sie musterte die kleinen, papiernen Flaggen einzelner amerikanischer Bundesstaaten, die auf den Tischen wehten und versuchte, sie im Geiste richtig zuzuordnen, anschließend richtete sie ihre Aufmerksamkeit wieder auf die Tanzfläche. Es dauerte nur einen Moment, und das Lächeln auf ihrem Gesicht erstarb.

Zu Wang San hatte sich eine Frau gesellt, eine Frau, die sie kannte. Gut kannte. *Caro*. Bruni fühlte, wie ihr das Blut in den Adern stockte. Wang San und Caro hatten nebeneinander Stellung bezogen, sie tanzten in einer Reihe, dicht an dicht, und ganz offensichtlich taten sie dies nicht zum ersten Mal. Ihre Bewegungen waren aufeinander abgestimmt in einer Harmonie, die Bruni erschauern ließ. Wie aus weiter Ferne vernahm sie plötzlich eine Stimme, die fragte:

»Darf ich mich zu dir setzen?« Bruni sah zur Seite. An ihrem Tisch stand Lilly, Caros Tochter, die heute nach Altenahr gekommen war, um ihre Mutter zu besuchen.

»Gern, natürlich«, antwortete sie zerstreut und lächelte schwach. »Sag mal, macht deine Mutter das schon lange?« Sie wies mit einer Kopfbewegung Richtung Tanzfläche.

»Line Dance?«

Bruni nickte.

»Weißt du das nicht? Seit Kurzem besucht sie einen Kurs, zusammen mit diesem Chinesen da, glaube ich.«

Bruni fühlte sich auf einmal, als bekomme sie keine Luft mehr und könne nicht mehr sprechen. Die Worte verschwanden in der Tiefe ihrer Seele, und die Schwärze, die sich vor ihren Augen ausbreitete, wich nur langsam der Wirklichkeit, die sie entrückt wie durch das Netz eines Fliegengitters wahrnahm. Wie angewurzelt saß sie auf ihrem Stuhl. Warum hatte Caro ihr nichts davon erzählt? Und warum hatte Wang San nichts gesagt? Hatten die beiden etwas zu verheimlichen? Brunis Magen fühlte sich an, als sei er ein einziger Knoten. Die Maiskolben wurden gebracht, aber sie schob den Teller weit von sich.

»Magst du vielleicht?«, wandte sie sich an Lilly, die freudig nickte. »Bevor es schlecht wird …«

Während Lilly auf dem Kolben herumkaute, äußerte sie missmutig: »Meine Mutter macht immer solche Sachen. Du weißt heute nicht, was ihr morgen einfällt.«

»So.« Bruni nickte.

»Es hat natürlich auch etwas Tolles, ihre Spontaneität und ihre Neugier auf alles«, ergänzte Lilly, als wolle sie wieder gutmachen, dass sie eine Indiskretion begangen hatte. Sie sagte: »Meine Mutter hat sich im Innersten etwas Jugendliches bewahrt. Aber ehrlich gesagt, mein Ding ist das hier nicht. Sie wollte unbedingt mal mit mir ausgehen, und da habe ich ihr den Gefallen eben getan …«

»So.« Bruni hörte nicht richtig hin. Sie konnte den Blick nicht von der Tanzfläche wenden.

»Geht es dir nicht gut? Ist irgendetwas?« Über ihren Maiskolben hinweg betrachtete Lilly die Freundin ihrer Mutter mit einem prüfenden Blick, aber sie erhielt keine Antwort, und so kaute sie weiter still vor sich hin.

Der letzte Ton der Musik verklang. Bruni überlegte hektisch, ob sie bleiben oder rasch verschwinden sollte. Wollte sie den beiden jetzt gegenübertreten? Sich ihrer Fröhlichkeit ausliefern, ohne eine Chance, daran teilzuhaben? Stünde sie nicht da wie eine Idiotin und wäre es nicht klüger, ihnen allen diese Peinlichkeit zu ersparen? Warum war sie nur hierhergekommen? Sie atmete tief durch. In einer schnellen Geste zog sie einen Schein aus dem Portemonnaie und legte ihn auf den Tisch, und bevor Lilly auch nur noch einen Ton sagen konnte, hatte sie dem *Western Saloon* den Rücken gekehrt und war verschwunden.

30

Heute früh hatte sie nicht mit Wang San zusammen *auf das Jadekissen geklopft.* Stattdessen hatte sie eine Qi-Gong-Übung aus dem ›Spiel der 5 Tiere‹ durchgeführt, die Kranichübung, denn sie hatte an diesem Morgen das dringende Bedürfnis, die Eigenschaften, die die Chinesen dem Vogel zuschrieben, in sich aufzunehmen: Ruhe, Gelassenheit und Leichtigkeit, außerdem auch Standfestigkeit, denn auf der Erde stand der Kranich fest und unerschütterlich sogar auf nur einem Bein.

Nach einer schlechten Nacht, die sie zum großen Teil damit verbracht hatte, die Interviews, die sie mit einigen Landfrauen geführt hatte, auszuwerten und die Ergebnisse in groben Zügen zu skizzieren, war sie irgendwann gegen Morgen für zwei Stunden eingeschlafen. Gegen 3 Uhr hatte sie Caros und Lillys Heimkehr gehört, weil die Hunde vor Freude gejault hatten, und sie hatte ernsthaft mit sich gerungen, ob sie Caro zur Rede stellen sollte oder nicht. Sie hatte sich dagegen entschieden, denn sie kannte sich. Wäre sie mitten in der Nacht hinaus auf den Flur getreten, hätte sie sich vermutlich nicht beherrschen können, sie hätte die Freundin des Verrats bezichtigt, und die Auseinandersetzung wäre in einem üblen Streit geendet. Hinzu kam, dass Bruni sich über sich selber ärgerte. Warum ließ sie es zu, dass ihre Gefühle für Wang San so viel Raum einnahmen? Dass der Blick seiner sanften Chinesenaugen plötzlich wieder die Sehnsucht in ihr weckte? Jahrelang war sie gut ohne Beziehung klar gekommen, was sollten also diese

Frühlingsgefühle jetzt? Schuld waren vermutlich die Hormone, im Endeffekt lag alles nur an den Hormonen. Jeder Gedanke, jedes Gefühl wurde von ihnen gesteuert. War zu viel Testosteron im Blut, wurde man aggressiv, ein Überschuss an Östrogen hingegen machte einen in manchen Fällen zur Heulsuse. Sie schüttelte unwillig den Kopf. Kaum war sie in den Wechseljahren, da fuhren ihre Gefühle Achterbahn. Sie hatte sich mittlerweile einige Literatur über Hormonersatztherapien und alternative Behandlungsmethoden der Wechseljahresbeschwerden schicken lassen, darunter dicke Wälzer über Akupunktur, chinesische Kräuterheilkunde und Bücher über den Zusammenhang zwischen Wechseljahresbeschwerden und Ernährung. Soja, frisch gemahlener Leinsamen und Nahrungsmittel, die Bioflavonoide enthalten, sollten hilfreich sein. Ihnen wurde die Fähigkeit zugeschrieben, ein Gleichgewicht der Hormone herzustellen und die Beckenorgane zu stärken. Die weiße innere Schicht von Orangen und Zitronen sollte reich an diesen Substanzen sein, und Bruni nahm sich vor, im Laufe des Tages einen ganzen Schwung davon zu kaufen. Außerdem macht sauer lustig, dachte sie.

Jetzt, da sie draußen auf der Terrasse in der frischen Morgenluft den Besen schwang, fühlte Bruni sich dank der Kranichübung schon etwas besser. Sie sagte sich, dass Caro tun und lassen konnte, was sie wollte, es war ihr gutes Recht. Sie sah hin zu Mr. Fred und Sappho, die sich satt und zufrieden in der Morgensonne räkelten, ganz dem Augenblick hingegeben, was ein leichtes Seufzen bei ihr auslöste. Leise murmelte sie vor sich hin: *Lerne loslassen. Genieße den Augenblick.* Diese alte buddhistische Weisheit war angeblich der Schlüssel zur Glückseligkeit, was also für sie bedeutete: Sie sollte lernen, ihre Gefühle für Wang San und die Aggression gegen Caro loszulassen. Geschirrklappern drang durch die Terrassentür nach draußen. Bruni gab ihrem Besen energisch noch mehr Schwung und fegte sich vorwärts, den Steinweg entlang durch den Garten.

31

Emanzen raus!

Schwarz und böse starrten ihnen die auf ihre Hauswand gesprühten Buchstaben entgegen, daneben prangte ein Totenkopf.

»Schaut euch das an!« Bea versagte beinahe die Stimme, als sie ihre Freundinnen vor die Tür holte und mit dem Finger auf das Geschmiere zeigte. Die Freundinnen wurden blass. Fassungslos betrachteten sie die Fassade.

An der Hauswand des Chinarestaurants gegenüber hieß es: *Chinesen raus!* Das Dach des Tempels zierte ebenfalls ein großer Totenkopf, zur Abwechslung jedoch violett.

»Ich fasse es nicht«, Ulrike stöhnte auf. Sie versuchte, in den Mienen ihrer Freundinnen zu lesen.

»Wir sind hier nicht erwünscht, so viel steht fest«, kommentierte Bea die Graffiti und fragte: »Wer kann das gewesen sein?«

»Vielleicht ein paar von diesen Kahlköpfen, ohne Grund gibt es hier nicht den Verein *Gegen Rechts*«, mutmaßte Bruni und betrachtete mit zusammengekniffenen Augen Caro, die sie seit dem gestrigen Abend zum ersten Mal sah. Sie wirkte müde und Bruni ahnte, warum.

»Das Beste ist, wir wischen das gleich weg«, schlug Bea vor und fügte hinzu: »Das ist keine gute Publicity.« Sie wandte sich an Bruni: »Holst du einen Eimer Wasser, bitte?«

Bruni starrte sie an. »Spinnst du? Mach das doch selbst, ich bin nicht deine Putzfrau.« Bruni spürte, wie sich die in ihrem Inneren aufgestaute Wut einen Weg nach draußen bahnte. Fontänenartig schoss sie hervor und verspritzte ihr Gift.

»Musst du ständig herumkommandieren? Das geht mir auf die Nerven, und nicht nur mir.«

»Wie bitte?« Bea versuchte, Brunis Worte zu begreifen. »Was meinst du?«

»Bruni hat recht. Du führst dich auf wie unsere Chefin«, bestätigte Caro und erklärte: »Den Umgang mit diesen Lästerweibern in der Weingenossenschaft wolltest du auch bestimmen ...« Caro wandte sich an Bruni und Ulrike. »Da hat sie mir vorgeschrieben, wie ich reagieren sollte, und das, obwohl diese Frauen über mich hergezogen haben, dass es nur so krachte ...«

»Weil es klüger war, als sie verbal zu attackieren, was du ja auch nicht lassen konntest«, schimpfte Bea zu ihrer Verteidigung. Ihre Augen sprühten Funken. »Kein Wunder, dass wir uns täglich unbeliebter machen.«

»Vielleicht hole ich jetzt besser mal den Eimer ...«, mischte Ulrike sich vorsichtig ein. Sie fürchtete, der Streit könne eskalieren, und wandte sich zum Gehen.

»Du bleibst bitte hier«, befahl Bruni und rief ärgerlich: »Verdammt noch einmal! Halte doch endlich einmal einen Konflikt aus!«

Ulrike stand wie zur Salzsäule erstarrt.

»Ist doch wahr«, versetzte Bruni. »Dieses bescheuerte Versteckspiel mit deinem Claus ist doch einer erwachsenen Frau ganz und gar unwürdig. Du gaukelst ihm vor, du seiest auf Barbados, und in Wahrheit backst du hier Kuchen.«

»Jetzt reicht's«, setzte Ulrike sich zur Wehr. »Hör sofort auf damit!«

»Ich höre auf, wann ich will«, konterte Bruni. »Ich bin es gewohnt, zu sagen, was ich denke.«

»Wie eine erwachsene Frau verhältst du dich dabei aber auch nicht. Ganz zu schweigen davon, dass man von einer Philosophin vielleicht etwas mehr Weisheit erwarten dürfte«, mischte Caro sich ein.

Brunis Blick traf sie eisig. »Als ob *du* auch nur im Geringsten von Philosophie oder Lebensweisheit eine Ahnung hättest ...«

»Du benimmst dich wie ein verliebter Teenager und hast Angst, dass auch nur eine von uns deinem Wang San zu nahe kommen könnte, aber wehe, denn du hast ihn ja gepachtet«, fiel Caro ihr spöttisch ins Wort.

Bruni verschlug es die Sprache.

»Oder warum hast du uns nichts davon erzählt, dass wir auch zum Qi Gong eingeladen waren? Morgens am Ahrufer?«

Bruni biss sich auf die Lippen. »Offensichtlich aus sehr gutem Grund«, erwiderte sie mit schneidender Stimme und ätzte: »Hinter meinem Rücken hast du ja offensichtlich nichts Besseres zu tun, als dich an ihn heranzumachen.«

»Ach. Nur, weil ich Line Dance mit ihm tanze?«

»Weil du Line Dance mit ihm tanzt, ohne dass du mir davon etwas gesagt hast. Das ist ein Unterschied.«

»Muss ich dich um Erlaubnis bitten?« Caro lachte und sagte: »Siehst du? Ich wusste genau, dass es dir nicht passen würde.«

»Es wäre trotzdem besser gewesen, du hättest etwas gesagt. So ist es das Allerletzte!« Bruni verschluckte sich vor Erregung.

»Wang San hätte es dir ja auch erzählen können, oder?«

Das war ein Totschlagargument. Bruni wusste nichts

darauf zu erwidern. Je länger sie Caro in ihrem kurzen Kleid anstarrte, desto mehr spürte sie, wie die Eifersucht in dicken Wolken ihr Hirn umnebelte. Sie schwieg einen Moment und versuchte, Ruhe in ihre Gedanken und in ihren Körper zu bringen.

»O.k. Du hast recht«, lenkte sie schließlich ein und fügte hinzu: »Ich frage mich tatsächlich, warum er das nicht getan hat.«

»Vielleicht weil er ahnt, dass du in ihn verliebt bist, aber er nicht in dich?«, wagte Ulrike leise zu fragen.

Bruni wurde blass. Das hatte gesessen. »Es ist mir letztendlich auch völlig egal.« Sie sah die Freundinnen eine nach der anderen an. »Ich habe keine Lust mehr auf dieses hirnrissige Projekt. Als ob wir das ›Ahrstübchen‹ hier etablieren könnten, und was die Einwohner von uns halten, spürt man ja.«

»Ich habe auch bald keine Lust mehr, mich diesem Milieu der Fremdenfeindlichkeit noch länger auszusetzen«, sagte Caro nachdenklich und nach einer Weile sagte auch Ulrike: »Vielleicht sollten wir unsere Zelte hier so schnell wie möglich abbrechen.«

»Quatsch«, widersprach Bea und strich sich über die Stirn, sie hatte den Eindruck, als begänne der Boden unter ihren Füßen zu wanken. Ihre Kraft zusammennehmend, versetzte sie mit Nachdruck: »Diejenigen, die für die Graffiti verantwortlich sind, sind Ausnahmen, und von denen dürfen wir uns doch nicht einschüchtern lassen. Jetzt reißt euch einmal zusammen!« Auffordernd sah sie in die Runde. Allerdings, dachte sie und spürte, wie eine leichte Übelkeit sie überkam, wenn wir uns weiter so streiten, und wenn wir nicht bald mehr Geld einnehmen … Sie sah von den frustrierten Augen der Freundinnen auf die Buchstaben an der Wand und fühlte sich auf verlorenem Posten. Vielleicht war jetzt doch der Zeitpunkt gekommen, an dem sie darüber nachdenken sollte, Franks Angebot anzunehmen, eine *Best-Promotion*-Zweigstelle in Frankfurt zu eröffnen und ein Drittel der Anteile zu kaufen. Irgendwann waren ihre finanziellen Reserven endgültig verpulvert, und dann? Dann wäre sie mit dem ›Ahrstübchen‹ vergeblich einem Traum hinterhergerannt, und sie hätte sich nicht eingestanden, dass dieses Projekt chancenlos war. Sie hätte alles aufs Spiel gesetzt und alles verloren.

»Was ist los mit euch? Habt ihr wirklich keine Lust mehr aufs ›Ahrstübchen‹?«, wandte sie sich an Bruni, Ulrike und Caro. Die Resignation der Freundinnen tat ihr körperlich weh, sie fühlte sich von ihnen im Stich gelassen.

»Wir sollten jedenfalls die Notbremse ziehen, bevor wir pleite sind«, meinte Caro knapp und ergänzte: »Von den Differenzen, die *wir* miteinander haben, einmal abgesehen. Nicht, dass ich sehr am Geld hänge, aber arm wie eine Kirchenmaus möchte ich auch nicht nach Köln zurückkehren. Außerdem …«

»Ja?«, fragte Bea und rechnete damit, gleich das alles vernichtende Argument zu hören zu bekommen.

»Außerdem habe ich ein ernstes Problem damit, wie die Frauen im Ort über mich herziehen. Ich kann schließlich nichts dafür, dass sich die Teenies in mich vergucken und den verheirateten Männern schon die Augen aus dem Kopf fallen, wenn ich ihnen nur ein Bier bringe.«

»Aber vielleicht solltest du lernen, nicht ganz so sorglos mit deinen Reizen und den Gefühlen anderer Menschen umzugehen«, warf Bruni kalt lächelnd ein.

Caro atmete tief durch und schluckte. Als sie sich wieder gefasst hatte, sagte sie: »Das mit Wang San tut mir übrigens wirklich leid. Mit dem Kurs, das hat sich vor zwei Wochen spontan so ergeben.«

»Das glaubst du doch selber nicht.« Bruni wandte sich ab.

»Wenn ihr weiter so streitet, will ich auch nicht mehr bleiben«, meldete sich Ulrike mit erstickter Stimme zu Wort. Eine tiefe Stille breitete sich aus und alle sahen irgendwohin, nur nicht in die Gesichter der anderen. Irgendwann fragte Ulrike leise: »Was machen wir jetzt mit dem Graffiti?«

»Wir lassen es, wo es ist«, erwiderte Bea kurz angebunden und fügte hinzu: »Pressefutter.«

32

Alle im Hause der Familie Wang waren sprachlos.

Als Wang Ai die Graffiti *Chinesen raus!* und den Totenkopf an der Hauswand betrachtet hatte, war sie innerlich steif geworden. Die Zeichnung hatte sich in ihr Gehirn gebrannt, und ihr Anblick ließ sie frösteln. Ihr Onkel hüllte sich in Schweigen, er hatte den ganzen Vormittag kein Wort von sich gegeben, und auch seine Singvögel schienen nicht mehr so laut zu zwitschern wie zuvor. Bei der Vorbereitung des Mittagessens, zu dem sie 100 Personen erwarteten, herrschte in der Küche dumpfes Schweigen. Wang San putzte das Gemüse mit unbeweglichem Gesicht, Lao Wang schuppte den Fisch, ohne auch nur einmal aufzublicken und ihre Tante wusch verbissen wieder und wieder den Reis, als würde er dadurch weißer werden. Selbst Wang Yis Kinder waren am Morgen, bevor sie sich auf den Schulweg machten, verhältnismäßig still gewesen.

Als wäre es noch nicht genug. Dies war der Satz, den Lao Wang irgendwann vor sich hin murmelte. *Als wäre es noch nicht genug.*

Fragend sah Wang Ai zu ihrem Cousin Wang San, der sie beiseite nahm und ihr leise von den Schikanen erzählte, denen sie bislang ausgesetzt waren, und sie hatte das Gefühl, sie müsse dringend an die frische Luft. Sie organisierte sich einen Eimer mit Wasser, Lösungsmittel, einen Schwamm und eine Bürste und verließ das Haus. Verbissen begann sie damit, die Graffiti von der Hauswand zu waschen. Einige Journalisten hatten bereits Fotos gemacht, aber nun war es wichtig, dass mit dem Eintreffen der chinesischen Reisegruppe alle Spuren beseitigt waren.

Während Wang Ai die Wand schrubbte und an der Schrift herumkratzte, ging ihr vieles durch den Kopf. Sie war sich nicht mehr sicher, ob sie wirklich ein Auslandsstipendium beantragen sollte. Eigentlich hatte sie vorgehabt, ein Jahr in Köln zu studieren, aber inzwischen fragte sie sich, ob es wirklich eine gute Idee war, in Deutschland zu bleiben. Außerdem würde sie im Fall eines Auslandsstudiums auf Fußball verzichten müssen, und das fiele ihr schwer, denn der Ballsport hatte einen ebenso festen Platz in ihrem Leben wie ihre Familie.

Ihre Mutter, eine Deutsche, befürwortete den Auslandsaufenthalt, denn der Gedanke, dass ihre Tochter ihre alte Heimat kennenlernen würde, wärmte ihr Herz, und nirgendwo konnte man besser Germanistik studieren als in Deutschland. Außerdem hatte Wang Ai die besten Voraussetzungen: In Altenahr lebten die Verwandten väterlicherseits, in Köln ein Bruder ihrer Mutter. Sie befände sich also mehr oder weniger im Schoß der Familie und wäre in Deutschland gut aufgehoben.

Doch war Wang Ai sich nicht sicher, ob man ihr zu Hause in China überhaupt ein einjähriges Visum erteilen würde. Seit zwei Jahren gehörte sie zum Kader der chinesischen Nationalmannschaft.

Wang Ai trat drei Schritte zurück und betrachtete mit schief gelegtem Kopf die Wand, ein Großteil der Farbe war bereits weitgehend entfernt. Sie presste die Lippen aufeinander. Sollte sie den Antrag für das Auslandsstudium nach ihrer Rückkehr in Shanghai wirklich stellen?

Ihre Cousine Mei Ling war von der Idee völlig begeistert. Sie hatten bereits Pläne geschmiedet und überlegt, sich in Köln eine gemeinsame Wohnung zu nehmen, doch diese Worte an der Wand hatten schlagartig ein anderes Licht auf ihre Pläne geworfen. Wollte sie, und sei es auch nur für ein Jahr, in einem Land leben, in dem Chinesen wie auch andere Ausländer verhasst waren? Gut, sie wusste, Fremdenfeindlichkeit gab es überall auf der Welt, manche ihrer eigenen Landsleute sahen insbesondere auf Schwarze herab, aber sie war noch nie zuvor persönlich damit konfrontiert worden.

Sie holte tief Luft und betrachtete den Totenkopf und den Schriftzug *Emanzen raus!* am Haus gegenüber, die Kölnerinnen hatten ihn nicht entfernt, und so sprang er ihr immer noch genauso schwarz und bedrohlich ins Auge wie vor ein paar Stunden. Wang Ai schüttelte unmerklich den Kopf. Offensichtlich waren hier nicht nur Ausländer unbeliebt, sondern auch Frauen.

Sie beobachtete, wie ihre Tante mit schlurfenden Schritten aus der Hintertür trat und sah zu, wie sie einen Fisch in den Teich vor dem Tempel gleiten ließ, um ihn vor dem sicheren Wok-Tod zu retten.

Über ihr Gesicht glitt ein Lächeln. Die Familie war abergläubisch. Sie dachte an ihre Haustür, an deren oberer Hälfte ein kleiner Spiegel angebracht war, der dazu diente, die bösen Geister fernzuhalten, und auf einmal verdunkelte ein Schatten ihr Gesicht. Der Spiegel hatte nichts genutzt. Ihre Tante würde eine Menge Papiergeld opfern müssen, um die bösen Geister, die ihnen Unheil gebracht hatten, zu besänftigen.

Der Ahnenkult der Chinesen beruhte auf der Annahme, dass der Mensch zwei Seelen besitzt. Die eine wird im Augenblick der Empfängnis geboren und lebt nach dem Tod des Körpers bei dem Leichnam im Grab, wo sie sich von den dargebrachten Opfern ernährt. Wenn der Leichnam sich aufgelöst hat, geht diese Seele ein in die Unterwelt, wo sie ein Schattendasein führt. Werden ihr keine Opfer gebracht, kehrt sie als böser Geist auf die Erde zurück.

Die zweite Seele war eine höhere, geistige Seele, die sich erst nach der Geburt eines Menschen entwickelte, ihn schützte und begleitete.

Wang Ai sah sich um. Wenn es sie denn gab, wo waren die guten Seelen verdammt noch einmal geblieben?

Mit Nachdruck wrang sie den Schwamm aus und begutachtete die Wand. Von der Schrift und dem Totenkopf war fast nichts mehr zu erkennen. Ein letztes Mal wischte sie darüber, dann ließ sie den Schwamm schwungvoll ins Wasser fallen und schlenderte hinüber zum Fischteich. Sie setzte sich auf den Rand, und ließ seufzend langsam den Blick umherschweifen. Als er über den Eingang des Tempels glitt, hielt sie inne. Hatte dieser große Stein dort gestern schon gestanden? Sie hatte ihn jedenfalls nicht bemerkt. Vermutlich hatte ihr Onkel ihn heute Morgen dort aufgestellt. Er war rund und hoch, nach oben hin wurde er etwas schmaler, und irgendwie wirkte er auf sie, als trage er Jahrtausende altes, profundes Wissen in sich.

Neugierig stand sie auf und trat näher an ihn heran, und während sie die schön geschwungenen Zeichen las, die auf seine raue Oberfläche gepinselt waren, breitete sich ein Lächeln auf ihrem Gesicht aus, denn auf dem Stein stand geschrieben: *Wenn ich einen grünen Zweig im Herzen trage, wird sich bald ein Singvogel darauf niederlassen.*

Ihr Onkel war wirklich gut.

33

Ein Stapel Koffer versperrte den Flur. Taschen, aus denen Bücher und Anoraks quollen, standen ungeordnet daneben, und Mr. Fred und Sappho schlichen mit eingezogenen Schwänzen vorsichtig schnuppernd darum herum. Als die Schlafzimmertür aufflog und Bruni mit festem Schritt, der ihre Entschlossenheit dokumentierte, herauseilte, sprangen die Hunde mit einem Satz beiseite.

»Was hast du vor?«, fragte Caro, die gerade die Treppe herauf kam, erschrocken. Ihre Augen weiteten sich vor Entsetzen, als sie die gepackten Koffer sah. »Das kann doch nicht dein Ernst sein!«

»Oh doch«, antwortete Bruni und machte sich an einer Tasche zu schaffen. Offenbar klemmte der Reißverschluss.

»Bruni, ich verstehe das nicht, was ist los?« Caro ließ fassungslos die Arme hängen, dann trat sie näher und legte vorsichtig eine Hand auf Brunis Schulter.

Bruni schüttelte sie mit einer unwirschen Bewegung ab und schimpfte ärgerlich: »Ich habe einfach keine Lust mehr. In Köln geht es mir tausendmal besser. Mir fehlt die Uni-Bibliothek und der fachliche Austausch, bei euch dreht sich doch alles nur um Kohlrouladen.«

Caro strich sich mit der Hand über die Stirn.

»Und die Frage, wer aus dem Ort ist bei uns eingekehrt und wer nicht«, fügte Bruni bitter hinzu. »Naja, von dem Engagement für die Wangs einmal abgesehen …«, räumte sie ein.

Caro fühlte sich wie vor den Kopf gestoßen. Intuitiv erfasste sie, dass Brunis Vorhaben abzureisen auch mit ihr und Wang San zu tun hatte. »Ist wirklich alles besser in Köln?«

Bruni registrierte mit einem schnellen Seitenblick, dass Caro kreidebleich geworden war, und sie spürte eine gewisse Genugtuung. Mit Nachdruck antwortete sie: »Mein ganzes Umfeld. Ich kann mich dort auf meine Arbeit konzentrieren und muss mich unter anderem nicht mehr mit so wichtigen Fragen, wie hoch und steif Schaumkronen zu sein haben, auseinandersetzen ...«

»Und?« Caro sah sie forschend an.

»... ich erfahre dort mehr Wertschätzung und echte Freundschaft«, vollendete Bruni den Satz.

»Bruni.« Caro atmete tief durch, dann sagte sie: »Hey! Tu das nicht. Wir *sind* Freundinnen!«

Bruni schwieg.

»Oder etwa nicht?« Caro spürte, wie ihre Stimme versagte.

»Bei dir bin ich mir nicht so sicher.« Bruni sah Caro mit einem kühlen, sehr distanzierten Blick an und sagte: »Wertschätzung und Freundschaft stellen sich in meinen Augen anders dar. Sie zeichnen sich aus durch gegenseitige Zuneigung und tiefes Vertrauen, was ich bei dir leider vermisse.«

Mit einer fahrig wirkenden Geste deutete Caro auf die Koffer. »Darf ich?«

Bruni nickte und langsam ließ Caro sich auf einem der Koffer nieder. »Verzeih mir, ich habe einen Fehler gemacht, ich weiß.« Mit gesenktem Blick betrachtete sie ihre Hände.

»Hast du«, sagte Bruni, unschlüssig darüber, ob sie noch etwas hinzufügen sollte.

»Es tut mir leid. Wie oft soll ich es denn noch sagen.«

Bruni antwortete nicht.

»Wirklich. Komm, setz dich.« Caro klopfte mit der Hand auf einen der Koffer neben sich.

Bruni zögerte einen Moment, ließ sich dann aber etwas schwerfällig neben Caro nieder.

»Wenn vier Frauen zusammen leben, die vorher alle nur sich selbst Rechenschaft schuldeten, birgt das natürlich Probleme«, stellte Caro fest und sagte: »Wir haben alle unsere Eigenheiten, aber wir sollten dazu in der Lage sind, sie zu akzeptieren und uns damit auseinanderzusetzen, findest du nicht?«

»Im Prinzip ja«, stimmte Bruni widerstrebend zu und murmelte: »Aber mit 50 ist es nicht mehr ganz so einfach, sich auf andere Menschen einzustellen, auch wenn es Freundinnen sind. Altersmildheit halte ich für ein Gerücht.« Sie sah Caro an. »Ich habe sie jedenfalls nicht, aber vielleicht bin ich auch noch nicht *alt genug*. Beas Selbstverständlichkeit, mit der sie alles bestimmt, ihre Stimmungsschwankungen. Ulrikes Konfliktunfähigkeit, deine Lockerheit im Umgang mit Männern … mit Wang San.«

»Und deine …?« Caro biss sich auf die Lippen und sah Bruni eindringlich an.

»Meine …?« Bruni überlegte, was sie erwidern sollte, aber dann sagte sie schließlich: »Meine Empfindlichkeit vielleicht und …«

»Genau. Und manchmal bist du auch ein bisschen überheblich.«

»Ich?« Bruni starrte Caro gleichermaßen entsetzt wie empört an.

Caro nickte.

»Ehrlich?«, fragte Bruni, und ihre Stimme war leiser geworden.

Caro zögerte einen Moment, aber dann sagte sie: »Wenn Bea dich bittet, in der Küche mitzuhelfen, windest du dich und behauptest, du hättest Wichtigeres vor, was bedeutet, dass du *ach wie wichtige Artikel oder Vorträge* schreiben willst, die du wahrscheinlich aber sowieso nicht verkaufst. Und wenn Bea dann sauer wird, reagierst du beleidigt und regst dich auf.«

Bruni stützte den Kopf in ihre Hände. Insgeheim wusste sie, dass sie nur die Dinge, denen sie bereits vor langer Zeit einen festen Platz in ihrem Leben eingeräumt hatte, gelten ließ. Sie trug sie vor sich her wie ein Schutzschild, und so kam es, dass ihre Studien und ihre Artikel, obwohl sie sich gern mit ihnen befasste, auch den Zweck erfüllten, sich dahinter zu verstecken, sich wichtig zu fühlen, in gewisser Weise das eigene Dasein zu legitimieren, und darüber die Gedanken der Einsamkeit zu verscheuchen. Sie sog tief die Luft durch die Nase und fragte sich, ob ihr vielleicht irgendwann in ihrem Leben die Fähigkeit abhandengekommen war, sich auf andere Menschen einzustellen. Vielleicht hatte sie einfach zu lange allein gelebt und war darüber verknöchert. Vielleicht hatte sie auch einfach verlernt, glücklich zu sein.

»In Bezug auf Wang San reagierst du völlig über«, hörte sie Caro in ihre Gedanken hinein sagen.

»Hm.«

»Glaube mir, wenn ich nicht Angst vor deiner Reaktion gehabt hätte, hätte ich dir bestimmt davon erzählt, dass wir gemeinsam diesen Line-Dance-Kurs besuchen. Und, falls es das ist, was du befürchtest: Zwischen uns läuft nichts.«

Bruni blinzelte.

»Er steht halt auf blond.« Caro zuckte mit den Schultern. »Das ist alles.«

Bruni schwieg einen Moment, bevor sie sagte: »Ich fürchte, mich nimmt er nur als Neutrum wahr. Was meinst du?«

Nachdenklich sah Caro die Freundin an, die ihr jetzt so verletzlich schien wie eine junge Pflanze, die den nahenden Regen fühlte und ihm einerseits die Blätter entgegenreckte, sich andererseits aber vor den zerstörerischen, jeden Augenblick niederprasselnden Tropfen duckte. Sie erwog jedes Wort. »Ich weiß es nicht. Er spricht in den höchsten Tönen von dir, aber es kann natürlich sein, dass er in dir vor allem die China-Versteherin sieht. Die Frau, die zusammen mit ihm kontemplativ am Ahrufer steht und ihre Energie bündelt. Die etwas weiß von chinesischer Religion und Philosophie, und die sich freundschaftlich für ihn und seine Familie interessiert. Ich denke, er mag dich, und er hat Respekt und Achtung vor dir.«

Bruni befeuchtete ihre Lippen, während sie unbeweglich Caros Worten lauschte. »Respekt und Achtung …« Ihre Stimme klang frustriert.

»Vermutlich hat er überhaupt noch nicht gemerkt, dass hinter der Qi-Gong-Partnerin eine attraktive Frau steckt. Eine, die nach Jahren der Abstinenz Lust auf einen Mann hat. Hast du ihm das auch nur ansatzweise einmal zu verstehen gegeben?«

»Nein.« Bruni fragte sich, warum eigentlich nicht. Lag es daran, dass er Chinese war? Dass er jünger war? War ihr Selbstwertgefühl so schwach? Mit zusammengepressten Lippen gestand sie sich ein, dass es im Grunde genommen die Angst davor war, abgelehnt zu werden. Die letzte Liebesbeziehung, die sie gehabt hatte, lag Jahre zurück, und es war die Beziehung zu einer Frau gewesen, einer Kollegin von der Uni.

»Dann leg dich mal ein bisschen ins Zeug.«

Bruni sah Caro verblüfft an. »Und wie?«

»Wirf endlich diese Rollkragenpullis weg. Trag mal ein T-Shirt mit Ausschnitt, Männer stehen drauf, glaube mir. Nackte Haut ist immer gut. Und dann gibst du ihm zu verstehen, was du von ihm willst. Ein schönes Dekolleté hast du doch?«

Bruni musste plötzlich lachen. Mit spitzen Fingern zog sie den Kragen ihres Sommerrollis vom Hals und versuchte, mit angewinkeltem Kinn einen Blick darauf zu werfen. »Ich denke, es sieht noch ganz gut aus«, sagte sie.

Caro lachte ebenfalls. »Besitzt du Pumps?«

»Nein.«

»Dann wird es höchste Zeit.«

»Über alles können wir reden, aber nicht über Pumps.« Bruni grinste. »Obwohl ...die Vorstellung, in Stöckelschuhen morgens am Ahrufer Qi Gong zu machen, das hat was ...« Nach einem Moment sagte sie: »O.k., wir gehen shoppen. Aber unsere Probleme miteinander und mit dem ›Ahrstübchen‹ sind damit noch lange nicht gelöst.«

»Nein.« Caro fühlte wieder den Kloß im Hals und sagte: »Deswegen schlage ich vor, dass wir jetzt runtergehen und uns endlich alle einmal aussprechen. Was meinst du?«

»Ja, ich glaube, das sollten wir tun«, erwiderte Bruni, erhob sich und reichte Caro die Hand. »Unsere Probleme sollten alle auf den Tisch. Abreisen kann ich auch morgen noch.«

34

Bea schloss die Augen, presste die Lider zusammen und stellte im Geiste die Frage, die sie am meisten beschäftigte. Dann warf sie das Orakel mit eckiger Bewegung, hastig und ungelenk, wobei die Geste ihre Angst davor auszudrücken schien, diesem Unsinn Glauben zu schenken. Die Hölzer fielen klackend in einer bizarren Anordnung auf den Boden, dann herrschte Stille. Sie und Mei Ling beugten die Köpfe darüber und starrten einen Moment auf das vor ihnen am Boden liegende Gebilde. Beas halblanges Haar verdeckte ihr Gesicht.

»Sieht interessant aus«, meinte Mei Ling nach einer Weile und legte die Stirn in Falten. Im Innern des Tempels sprach sie unbewusst leise. Vielleicht vertrug Buddha, auch wenn es sich über dem Altar um den lachenden Buddha handelte, der Glück und Wohlstand brachte, keine allzu lauten Stimmen und erwartete huldvolle Ehrerbietung.

Bea strich sich nervös über den Hals. »Ich kann nichts damit anfangen.«

»Ich auch nicht«, erwiderte Mei Ling und fügte hinzu: »Aber genau dafür gibt es ja Interpretationshilfen.« Sie prägte sich das Bild des Orakels ein, ging hinüber zur Wand, an der ein hölzerner Kasten mit Papierstreifen hing und zog nach einigem Suchen und Blättern einen Streifen daraus hervor.

Eine gewisse Spannung ergriff von Bea Besitz, die dazu führte, dass ihre Hände unruhig und feucht wurden. »Na, hast du etwas herausgefunden?« Mit dem Kopf deutete sie Richtung Orakel.

»Ich glaube, ich habe den falschen Papierstreifen erwischt.« Mei Ling verglich die gezeichnete Orakelanordnung auf dem Papier mit den vor ihnen liegenden Stöckchen, schüttelte den Kopf und ging noch einmal zum Holzkasten zurück. Nach einem Augenblick kehrte sie mit einem anderen Stück Papier in der Hand wieder.

»Hier steht frei interpretiert ...« Aufmerksam sah sie Bea an: »Nur wenige Kilometer entfernt von dir gibt es jemand, der eine wichtige Rolle in deinem Leben spielen wird.«

»Aha.« Bea dachte sofort an Johannes Frier. Sie wagte fast nicht, es sich einzugestehen, aber sie hoffte jeden Tag, dass er wieder anrufen würde. Bislang hatte sie der Versuchung widerstanden, selbst zum Hörer zu greifen. Sie wollte unnahbar bleiben, nicht zu eindeutig werden, und damit der geheimnisvollen Anziehungskraft zwischen ihnen noch mehr Tiefe verleihen. Der Abend in Köln, im ›Kap am Südkai‹ und der flüchtige Kuss, den er ihr zum Abschied gegeben hatte, beflügelten ihre Fantasie.

»Warte, das war noch nicht alles.« Mei Ling sah auf.

»Dann spann mich bitte nicht länger auf die Folter.«

»Eine derzeit prekäre finanzielle Lage entpuppt sich als Ausgangssituation für monetären Segen.«

»Das Ahrstübchen!« Bea lachte. »Aber das ist derartig vage formuliert, dass du die Sätze auf jeden x-beliebigen Menschen anwenden könntest, egal, wie die Hölzchen gefallen sind. Auf dich genau wie auf mich.«

»Vielleicht, vielleicht aber auch nicht«, sagte die Chinesin und fügte hinzu: »Weder habe ich Geldprobleme noch gibt es jemanden, der nur wenige Kilometer von hier entfernt lebt und auf mich wartet.«

»Vielleicht weißt du nur noch nichts davon!«, neckte Bea. Sie schmunzelte. »Komm, jetzt bist du dran. Wirf das Orakel für dich.«

»Nein …«

»Du musst.«

Mei Ling zierte sich noch ein bisschen, aber dann sammelte sie die Hölzchen auf, schloss die Augen und konzentrierte sich. Mit einem Schwung warf sie die Stäbe auf die Erde, und das Procedere wiederholte sich. Nachdem sie das Bild genau betrachtet hatte, ging sie erneut zum Holzkasten und zog nach einigem Suchen das dazu passende Papier daraus hervor. »Also, hier steht …« Mei Ling runzelte die Stirn, dann wurde sie auf einmal blass.

»Was denn?« Bea fühlte Mei Lings Schreck und bekam Angst.

Mei Ling schluckte. »Vergiss es. Das willst du nicht wissen.« In einer plötzlichen Regung knüllte sie das Papier zusammen, stopfte es in ihre Hosentasche und sagte mit gesenktem Blick: »Lass uns jetzt lieber gehen, bitte.«

35

Nachdem Bea und Mei Ling das Orakel geworfen hatten, kehrte Bea verstört ins ›Ahrstübchen‹ zurück, wo sie die Freundinnen am Küchentisch versammelt vorfand. Ihre starren Mienen sprachen Bände, und sie hatte das Gefühl, als herrsche dicke Luft. Sie setzte sich zu ihnen an den Tisch und hörte, dass Bruni vorhatte, dem ›Ahrstübchen‹ den Rücken zu kehren. Die anderen schienen zumindest unentschlossen, ob sie ihrem Beispiel folgen sollten.

Matt lehnte sie sich zurück an das Polster der Küchenbank und massierte müde ihre Schläfen. Für heute hatte sie mehr als genug. Sie fühlte sich hohl und leer, ausgepumpt wie ein Gartenteich, der darauf wartete, von Schlick und Algen befreit zu werden. Vielleicht ist es das einzig Richtige, dachte sie. Wir begraben das Projekt und wenden uns wieder unserem alten Leben zu. Allerdings wäre ihres dann wohl um einige Freundinnen ärmer.

Resigniert versuchte sie, den sich weiter entspinnenden Wortwechsel zu lenken, gegenseitige Vorwürfe zu relativieren und zu entkräften, und ihnen die Schärfe zu nehmen. Wenn Emotionen Wellen schlugen, war es klüger, sich zu distanzieren, so hatte sie immer gehandelt, nicht nur in geschäftlichen Besprechungen, und diese Herangehensweise schien auch jetzt ein Rettungsanker zu sein. So hatten sie wenigstens die Chance, sich nicht gegenseitig mit der Wucht ihrer Vorwürfe zu erschlagen, in ihnen unterzugehen wie Schwimmer in der Brandung. Aber so ganz gelang es Bea nicht, die Diskussion zu lenken. In der folgenden halben Stunde versuchte sie es immer wieder, aber im Grunde war es zwecklos. Sie sprachen durcheinander, waren empört und aufgebracht und erst, als alle Worte gesagt, alle Gebärden erschöpft und alle Blicke verschleudert waren, kamen sie endlich zur Ruhe. Es wurde still, und in diese Stille hinein schlich sich eine leise Spur der Versöhnlichkeit.

»Selbst wenn *wir* unsere Differenzen in den Griff bekommen, bezweifle ich, dass wir die Probleme mit den Einheimischen geregelt kriegen«, mutmaßte Bruni.

»Solange die Frauen im Ort uns als Männer fressende Weiber betrachten, gewiss nicht«, schimpfte Caro bitter.

Die anderen nickten.

»Bleibt die Frage: Wie können wir allen hier klar machen, dass wir nur unsere Ruhe und eine gute Nachbarschaft wünschen?«

»Keine Ahnung«, Ulrike schüttelte den Kopf.

»Immerhin haben wir uns bereits viel Mühe gegeben«, sagte Bruni.

»Und manche haben es ja auch richtig verstanden«, antwortete Bea.

»Jetzt mal ehrlich«, sagte Caro. »Wir haben sie zwar eingeladen, aber wir verhalten uns auch ein kleines bisschen überheblich, oder? Wir quatschen von Emanzipation und ökonomischer Unabhängigkeit, laufen mit bunten Ketten herum, sehen dadurch schon einmal ein bisschen exotisch aus, und irgendwie verhalten wir uns auch so. Vier Kölnerinnen um die 50, allein unterwegs. Kein Wunder, dass wir ihnen suspekt sind.«

»Verdammt noch mal«, Bruni war ärgerlich. »Das entschuldigt noch lange nicht diese Wandschmierereien.«

»Hm.«

»Auf jeden Fall sollten wir nicht einfach die Segel streichen und klein beigeben. Außerdem sind die Wetterprognosen gut. Was haltet ihr davon, wenn wir uns eine Frist setzen?«, fragte Bea.

»Meinetwegen«, stimmte Ulrike zu.

»Vielleicht hast du recht«, gab Bruni nach und sagte nachdenklich: »Wie hat Bertolt Brecht es noch gleich ausgedrückt?« Sie sah die Freundinnen an und zitierte: »Wer kämpft, kann verlieren, aber wer nicht kämpft, hat schon verloren.«

»Da ist etwas dran«, Caro und Ulrike nickten.

»Als Verlierer haben wir uns doch nie gefühlt, oder?«, fragte Bea, die plötzlich Auftrieb bekam, und blickte mit erhobenem Kopf in die Runde.

Bruni und Caro schüttelten entschieden den Kopf, doch Ulrike, die an ihren Mann dachte, sagte voller Selbstironie: »Bis vor Kurzem jedenfalls nicht.«

»Dann sollten wir auch in Zukunft auf der Gewinnerspur bleiben!«, schlussfolgerte Bea.

»Außerdem wäre es unsolidarisch, wenn wir mitten in unserer Plakat- und Unterschriftenaktion für den Erhalt des Tempels die Flucht ergreifen«, gab Caro zu bedenken.

»Das ist ein Argument.« Bruni zupfte am Kragen ihres Rollkragenpullovers.

»Also?« Bea sah erwartungsvoll in die Augen der Freundinnen, und sie war froh, darin den Schein wiederkehrenden Elans und neu erweckter Zusammengehörigkeit zu erkennen.

»Wir sehen uns alles noch exakt drei Monate an«, schlug sie rasch vor und sagte: »Wenn das ›Ahrstübchen‹ dann läuft, wir uns verstehen und wider Erwarten hier doch noch wohl fühlen sollten, machen wir weiter. Wenn nicht, hören wir auf. Einverstanden?«

Die Freundinnen überlegten, und nach einer Weile hieß es mehr oder weniger euphorisch von allen Seiten: »Einverstanden.«

Bea war die Erste, die ihre Hand auf den Tisch legte. Dann folgte Ulrike, und schließlich bauten auch Caro und Bruni mit am Händeturm. Ihre Augen blitzten.

Es fühlt sich gut an, so viel geballte Kraft zu spüren, dachte Bea und merkte, wie eine zentnerschwere Last von ihren Schultern fiel.

»Ihr lasst euch doch nicht etwa einschüchtern?« Mit einem demonstrativen Lächeln im Gesicht betraten Christine Schäfer und eine junge Frau, die sie beim Fußballspiel auf dem Platz in Bad Neuenahr gesehen hatten, den Raum. In der Hand hielt Christine ein Strohblumengesteck, das sie den Freundinnen überreichte.

»Damit ihr seht, dass es auch Menschen hier gibt, die euch mögen«, lächelte sie. »Den Wangs habe ich auch schon eines gebracht.«

Die Freundinnen waren gerührt, und obwohl das Gesteck optisch eher ein Problem war, erhielt es einen Ehrenplatz auf der Theke.

»Darf ich vorstellen? Meine Cousine Miriam. Sie spielt bei ›Eintracht Neuenahr‹«, sagte Christine.

»Vielleicht solltest du besser sagen *spielte*«, erwiderte Miriam. Sie schüttelte ihre hellbraunen Locken und begrüßte Bea, Bruni, Caro und Ulrike mit Handschlag. Das Gespräch drehte sich sofort um Fußball. Caro erzählte von ihrer Tätigkeit für den 1. FC Köln, und Miriam und Christine kamen relativ schnell auf die Misere beim Frauenfußballverein aus Neuenahr zu sprechen.

»Wenn wir nicht innerhalb der nächsten vier Wochen einen neuen Sponsor finden, gehört der Verein der Vergangenheit an«, flüsterte Miriam mit ernstem Gesicht. »Außerdem fehlt uns eine Top-Spielerin.«

»Kann der DFB nicht helfen?«, fragte Caro.

»Sie behaupten zumindest, dass sie uns bei der Suche unterstützen, aber ich habe meine Zweifel. Wir sind ja nur ein kleiner Verein und nicht wirklich bedeutend.«

»Aber ihr spielt doch Bundesliga.«

»Ja, aber es ist doch etwas ganz anderes, ob Frauen oder Männer in der Bundesliga spielen«, erklärte Miriam.

Caro zog die Stirn in Falten, dann wandte sie sich an Bruni. »Sag mal, diese Wang Ai, die spielt doch in der chinesischen Nationalmannschaft, oder?«

Bruni nickte.

»So viel ich weiß, überlegt sie, in Köln zu studieren?«, fragte Caro.

»Aber erst im nächsten Jahr«, antwortete Bruni.

»Vielleicht möchte sie jetzt schon bleiben?« Caro sah in die Runde. »Mit ihrer Hilfe könnte die ›Eintracht Neuenahr‹ zumindest spieltechnisch wieder nach vorne kommen.«

»Ich weiß nicht, ob die VR China ihr das nötige Visum erteilen würde ...?«, nahm Bea den Gedanken auf.

»Das wird mit Sicherheit schwierig, und wer weiß, ob ihre Mannschaft sie überhaupt hergibt«, argwöhnte Christine.

Caro spürte, wie der Ehrgeiz sie packte. »Aber: Einen Versuch ist es wert«, erwiderte sie. »Es wäre doch gelacht, wenn sich da nicht etwas machen lässt.«

36

Seine Stimme hatte sich angehört, als ob er es ernst meinte. Er wollte den Neuanfang. Und er hatte ihr keine Vorwürfe gemacht, obwohl er völlig umsonst nach Barbados geflogen war. Langsam stellte Ulrike das Telefon zurück auf die Station und trat hinaus in den Garten, wo sie ihren Lieblingsplatz, die alte Holzbank, ansteuerte. Sie betrachtete die Blumenrabatten, ohne sie jedoch richtig wahrzunehmen, und selbst den Duft des Lavendels, an dem sie sich sonst frühmorgens berauschte, nahm sie kaum wahr. Mr. Fred, der ihr gefolgt war, ließ sich mit schweren Gliedern neben ihr nieder, und aus lauter Gewohnheit strich sie ihm über den Kopf.

Das Versteckspiel hatte ein Ende, und es war gut so. Die Freundinnen hatten recht, sie musste sich endlich der Auseinandersetzung stellen. Sie fragte sich, warum Claus um die halbe Welt gereist war, um nach ihr zu suchen. Die Angst davor, sie zu verlieren? Das altvertraute, bequeme Leben? Oder war es die Angst davor, vielleicht nie wieder von einem Menschen so geliebt zu werden wie von ihr? Ulrike überlegte, ob er es ihr eines Tages vielleicht sagen würde.

Ihr kamen die lauen Sommerabende in den Sinn, an denen sie durch die Kölner Altstadt gebummelt waren und in einer der vielen Kneipen am ›Alten Markt‹ ein Kölsch getrunken hatten. In stillem Einvernehmen, unaufgeregt, wie Geschwister. Irgendwann war er ihr als Mann abhandengekommen, aber sie wusste nicht, wann. Er hatte aufgehört, sie zu begehren, und sie hatte aufgehört, sich um ihn zu bemühen. Er hatte sich den Sex woanders geholt, und sie? Sie hatte seine Hemden gebügelt.

Eins stand fest: An das alte Leben konnte und würde sie nicht mehr anknüpfen. Und wenn sie es noch einmal miteinander versuchen wollten, musste sich einiges verändern.

37

Hubertus Hohenstein stützte den Kopf in die Hände. Sie machten es ihm wirklich nicht leicht. Er seufzte. Nun hatte die Verbandsgemeinde schon in die Trickkiste gegriffen und die Parkplatzgebühr drastisch erhöht, und was war passiert? Nichts. Die Wangs hatten nicht einmal mit der Wimper gezuckt, sondern stillschweigend die höhere Forderung akzeptiert.

Er kratzte sich am Kopf, irgendwie wurde er den Eindruck nicht los, es habe ihn eine Mücke gestochen. Ein bisschen früh im Jahr, aber es war lange feucht gewesen, die Warmwetterlage hatte zu fröhlichem Brüten geführt.

Ein Blick auf die Uhr zeigte ihm, dass es gleich wieder so weit war: Bürgersprechstunde. Er überlegte, wie lange er den Job noch machen musste und zählte nach. Insgesamt lagen noch 14 Monate Amtszeit vor ihm. Wenn er könnte, würde er einfach *Schnipp* machen, dann wäre es jetzt schon vorbei. Der Bürgermeister schloss die Augen. Dass dieses Amt sich als so schwierig erweisen würde, hätte er sich nie träumen lassen. Täglich standen Journalisten vor der Tür oder bombardierten ihn mit Anrufen. Seit dem Tempelbau und dieser Graffiti war Altenahr zum Rummelplatz der Medien geworden, und er fuhr mittendrin Karussell. Seine Sprechstunde war überfüllt, aufgebrachte Bürger beschwerten sich nicht nur hier, sondern zu jeder Tages- und Nachtzeit auch bei ihm zu Hause, neuerdings lief nun nur noch der Anrufbeantworter.

Hubertus Hohenstein holte tief Luft, er hoffte, dass sich

niemand im Ort zu unüberlegten Taten hinreißen ließ. Volker Stur hatte lauthals mit Konsequenzen gedroht, sollte der Tempel stehenbleiben. Der Bürgermeister überlegte, was Bens Vater im Schilde führte, und fühlte, wie sich sein Magen zusammenzog. Bei diesem Stress war es kein Wunder, dass er Schmerzen hatte. Vorsichtig strich er sich kreisförmig mit beruhigenden Bewegungen über den Oberbauch und traf eine Entscheidung: Demnächst würde er nachmittags auf sein Stück Kuchen verzichten. Er stöhnte leicht auf. Wenn ihm jedoch auch noch der Genuss seines halben Liters Rotwein am Abend verleidet sein sollte, würde er Neuwahlen beantragen.

Mit einem Blick auf seine Fingernägel stellte er fest, dass etwas Blut darunter klebte, vermutlich rührten sie vom Kratzen an den Mückenstichen. Versonnen betrachtete er den rotschwarzen Rand. So sehr er den Unmut der Bevölkerung über die Chinesen nachvollziehen konnte, so wenig waren ihm die unter der Oberfläche brodelnden Aggressionen mancher Einwohner geheuer. Blut durfte während seiner Amtszeit hier nicht fließen. Er sah aus dem Fenster hinaus auf das Plakat mit dem Tempel, das direkt neben der Marienstatue an der Mauer hing. Das Plakat war inzwischen übersprüht worden, aber es hing noch, und die weiterhin erkennbaren, in den Himmel ragenden Dachspitzen leuchteten ihm wie zur Mahnung ziegelrot entgegen.

Nachdenklich strich er sich über die Bartstoppeln. Er dachte daran, dass er heute nicht einmal Zeit gehabt hatte, sich zu rasieren.

Seit die Presse, allen voran Johannes Frier, fast täglich berichtete, bekamen die Kölnerinnen für ihre Unterschriftenaktion immer mehr Rückenwind. Auch der Verein *Gegen Rechts* machte sich für sie stark sowie viele Jugendliche, darunter Ben Stur, der deswegen mit seinem Vater heftige Auseinandersetzungen hatte. Ihm war zu Ohren gekommen, dass Ben und er sich beinahe geprügelt hätten. Hubertus Hohenstein runzelte die Stirn. Es war schon eigenartig, wie aus einem ruhigen, beschaulichen Ort innerhalb weniger Tage und Wochen ein Hexenkessel werden konnte. Die Einwohner waren in Aufruhr, aber es gab ein physikalisches Grundprinzip, das sich scheinbar auf alles und jeden anwenden ließ, dachte er. Wurde der Druck zu groß, musste er entweichen. Wenn es dabei zu Explosionen kam, sollte man sich erst einmal in Deckung bringen. Hinterher konnte man dann immer noch das Ausmaß des Schadens betrachten, die Opfer beweinen und den Dreck beseitigen.

Marianne war auch aufgeregt. Das Geschmiere an der Wand mit dem Totenkopf war ihr eindeutig *zu viel* gewesen. Seither ergriff seine Frau immer häufiger Partei für die Chinesen, und im Grunde konnte er es ihr nicht verdenken. Allerdings fand er es beunruhigend, wie sie nach und nach unter den Einfluss der Kölnerinnen geriet, mittlerweile schien sie die Frauen für ihr Engagement regelrecht zu bewundern. Es würde ihn nicht wundern, wenn sie demnächst sogar auf die Straße ging, um Unterschriften zu sammeln.

Noch drei Wochen. Hubertus Hohenstein blätterte in seinem Kalender, während er darauf horchte, wie schwere Busse an seinem Fenster vorbeidonnerten, ein inzwischen vertrautes Geräusch. Er sah auf. Hinter den Busscheiben sah er wie immer Chinesen, und für den Bruchteil einer Sekunde gewann er den Eindruck, als würden sie auf ihn herabblicken und ihn auslachen.

Noch drei Wochen. Dann würde der Rechtsausschuss

der Kreisverwaltung Ahrweiler entscheiden, ob dem Widerspruch der Familie Wang gegen den Abriss des Tempels stattgegeben würde oder nicht.

38

Komm!

Vor zwei Tagen hatte Johannes ihr diese Aufforderung per sms geschickt, und nun stapfte sie in Wanderschuhen neben ihm durch den Wald, der angenehme Kühle spendete. Es war warm geworden in den letzten Tagen, und die Umstellung ihrer Speise- und Getränkekarte im ›Ahrstübchen‹ schien erste Früchte zu tragen. Zumindest die Touristen fanden immer häufiger den Weg auf ihre Terrasse mit den farbenfrohen Blumen und der großen Birke. Ihre Rechnung schien also aufzugehen. Die Küchenkräuter verströmten einen betörenden Duft, und wenn man unter dem Blätterdach des Baumes saß, auf die Ahr blickte, Flammkuchen aß und an einem Glas Wein nippte, gab es auf der ganzen Welt keinen Platz, der schöner sein könnte, fand Bea.

Johannes, sie nannte ihn lieber Johannes statt Jo, hatte einiges dazu beigetragen, dass das ›Ahrstübchen‹ sich wachsender Beliebtheit erfreute. Dank seiner Kontakte zum ›Kölner Blick‹ war ihr Restaurant dort im Rahmen einer Wanderroute empfohlen worden, und der Artikel hatte offensichtlich den einen oder anderen dazu bewegt, bei ihnen einzukehren. Bea hatte erst einen Moment überlegt, ob sie überhaupt freinehmen konnte, um sich mit ihm zu treffen, aber letztendlich hatten die Freundinnen sie nicht lange überreden müssen.

Die Frage, was ziehe ich an, war wieder wichtig geworden in ihrem Leben. Innerhalb von 30 Minuten hatte sie vor dem Spiegel mindestens fünf Outfits ausprobiert. Entschieden hatte sie sich schließlich für eine dunkelblaue Jeans, einen braunen Gürtel mit großer Schnalle und eine kurzärmelige, weiße Bluse. Bis auf den schweren goldenen Armreif, den sie von ihrer Mutter geerbt hatte, hatte sie auf Schmuck verzichtet, und nachdem sie noch einmal mit der Bürste durch ihr halblanges braunes Haar gefahren war, hatte sie sich ins Cabrio geschwungen und war davongebraust.

Er hatte nichts an Attraktivität verloren. Sein markantes Profil und die Kraft, die sein Körper ausstrahlte, irritierten sie. Sie wandte den Blick ab, hin zu den Büschen und Bäumen, und stellte ihm Fragen. Und Johannes erklärte ihr den Wald. Er sprach von seinen verschiedenen Gesichtern im Wechsel der Jahreszeiten, von den Tieren, die in ihm lebten und den Abschusszeiten. Wildschweine waren zur Plage geworden, lernte sie. Spießer, männliche, zweijährige Rehe, deren Geweih noch keine Verästelungen hatte, schmeckten am zartesten. Ab Mitte September begann die Brunftzeit des Hirsches, und Steinpilze fand man am ehesten unter Eichen. Wo der vierblättrige Klee wuchs, würde er ihr später irgendwann zeigen.

Bea musste unwillkürlich lächeln. Offensichtlich war er auch aufgeregt.

»Ich finde es großartig, wie du dich mit deinen Artikeln für die Wangs einsetzt«, sagte Bea nach so viel Naturkunde mit einem Seitenblick.

»Das kann ich nur zurückgeben«, erwiderte er. »Eure Plakataktion in Kombination mit der Unterschriftenliste ist eine ziemlich gute Idee. Wie viele habt ihr inzwischen zusammen?«

»In Altenahr etwas mehr als 80, aber täglich werden es mehr. Insgesamt sind es über 400 aus der ganzen Umgebung. In einigen Ortschaften waren wir noch nicht, das heißt, es werden noch mehr.«

»Glückwunsch«, Johannes schaute sie an. »Und dann reicht ihr die Liste bei der Kreisverwaltung ein?«

Bea nickte. »Wir werden bei der Aktion vom Verein *Gegen Rechts* unterstützt«, sagte sie. »Caro hat das eingefädelt, über diesen Jungen, Ben Stur, der ist in dem Verein aktiv.«

»Es läuft also gut?«

Bea nickte.

»Und der Bürgermeister? Wo steht der?«

»Keine Ahnung, so richtig kommen wir nicht an ihn heran.«

Johannes überlegte: »Ich kann ja mal versuchen, mit Dieter Schmitz zu reden, vielleicht kann der etwas ausrichten, er sitzt mit im Gemeinderat.«

»Du meinst den Dieter Schmitz, von dem wir das ›Ahrstübchen‹ gepachtet haben?«

Johannes nickte.

»Der Bürgermeister hat ihm wohl noch nicht so ganz verziehen, dass wir das ›Ahrstübchen‹ bekommen haben und nicht er. Aber wenn du meinst, dass es etwas bringt, sprich ihn an. Alles, was weiterhilft, ist gut«, sagte Bea.

Drei Viertel der Wegstrecke lagen bereits hinter ihnen. Vom Ahrtalweg aus hatten sie die Hubertuskapelle in Hönningen erreicht und waren von dort über den Hang des Lierser Nück das Liersbachtal entlanggelaufen. Sie hatten den Laubachshof passiert und befanden sich nun am Ortsrand von Sierscheid, und vor ihnen eröffnete sich ein herrlicher Panoramaweg rund um den Dümpelhardt.

»Ich liebe alles hier oben«, sagte Johannes, breitete die Arme aus und ergänzte: »Auch wenn der Wald mein

Zuhause ist. Dieser unendlich freie Blick. Keine Grenzen. Keine Hindernisse.«

»Wunderschön ist das.« Beas Augen wanderten über die sanft geschwungenen, grünen Hügel. Sie hatte Mr. Fred und Sappho dabei, die aufgeregt schnüffelnd und schwanzwedelnd über die Wiesen liefen. Pferde, die neben dem Weg hinter Zäunen weideten und mit ihrem Schweif Mücken vertrieben, hinterließen bei Bea den Eindruck, sie befände sich in einem Heimatfilm. Landidylle pur. Sie ertappte sich bei dem Gedanken, für welches Produkt die Landschaft hier eine optimale Werbekulisse abgeben würde. Bioäpfel? Am Hang hatte sie eine Obstbaumplantage entdeckt.

Eine ganze Weile gingen sie still nebeneinander her, versunken in ihre Gedanken und die friedliche Atmosphäre.

Als er ihr zwei Stunden später die Schuhe auszog, flüsterte sie nur noch: »Pflaster!«

Insgesamt waren sie viereinhalb Stunden unterwegs gewesen, und Bea, die neuen Wanderschuhe nicht gewohnt, war der letzte Wegabschnitt bergab nach Liers zunehmend schwerer gefallen. Müde, aber gut gelaunt und entspannt beobachtete sie nun, wie er am Herd seiner zum Wohnraum offenen Küche hantierte und ein Essen für sie zubereitete. Einen Spätburgunder Ahrwein vor sich im Glas, wanderte ihr Blick von ihm zu den Hunden, die zusammengerollt auf einer Decke lagen und schnarchten. Sein Haus war charmant. Von außen unspektakulär, stand es wie ein weißer Riegel mit braunen Fensterläden dicht am Wald. Innen offenbarte es seinen ganzen Charme, denn er hatte es in einer Mischung aus modernen und antiken Möbeln in warmen Braun- und Rottönen, durchzogen von Weiß, eingerichtet. Der Boden bestand aus massiven, alten

Eichendielen, und Bea mochte es, sie mit den nackten Füßen zu berühren. Die großen, drei geteilten Fenster eröffneten einen weiten Blick auf unbebaute Hügel, und auf einmal überkam sie eigenartigerweise das Gefühl, nach Hause gekommen zu sein.

»Ich hoffe, du magst Wildgulasch?«, hörte sie ihn über die Schulter hinweg fragen.

Der Duft des Fleisches, das mit Lorbeer, Piment und etwas Thymian in Rotwein schmorte, ließ Bea das Wasser im Mund zusammenlaufen. »Ich bin gespannt, es riecht jedenfalls fantastisch«, gab sie zurück.

»Damit du mir nicht verhungerst, kommt hier schon einmal ein kleiner Appetizer.« Johannes kam mit einem Teller voller kleiner Brote zu ihr ans Sofa und stellte ihn auf einen kleinen Tisch. »Rillette von der Entenleber auf Bauernbrot. Magst du probieren?«

Bea nickte dankbar. Es schmeckte gut, sehr gut sogar. Der Rotwein harmonierte perfekt mit den feinen, leicht bitteren Aromen der Leber.

Wohlig ließ sie sich zurück in die Kissen sinken, und auf einmal konnte sie den Blick von den Lachfältchen, die sich auf beiden Seiten seines Mundes gebildet hatten, nicht abwenden. Als er aufstand, um mit den Worten: »Zum Wild darf er ruhig etwas schwerer sein«, eine weitere Flasche öffnete, fiel ihr Blick auf die Muskeln an seinen Armen und wanderte zu seiner Brust, und in diesem Moment überkam sie das unglaubliche Verlangen, ihn herabzuziehen, ihn zu berühren und ganz mit sich fluten zu wollen.

Er sah sie an, als könne er in ihr lesen wie in einem offenen Buch. Und als habe er nur darauf gewartet, ihre Begierde als leises Schwingen auf seiner Haut zu spüren, setzte er langsam die Flasche ab.

Mit einem beinahe ausdruckslosen Blick zog er sie vom Sofa hoch, dicht zu sich heran, und da konnte sie es wieder wahrnehmen, wie dieser Mann nach Waldboden roch.

39

Innerlich bebte er noch immer, obwohl bereits eine halbe Stunde vergangen war und er sich längst wieder hätte beruhigen müssen.

Ben Stur saß zu Hause vor seinem PC und starrte auf den Monitor. Sein Hirn fühlte sich an wie aus Watte, und ihm war, als habe sich sämtliches Blut daraus verflüchtigt und sei woanders hingeflossen. In den Solar Plexus vielleicht, mutmaßte er, denn der brannte wie Hölle. Er straffte sich, drückte den Rücken durch und sah auf die Uhr. Er musste es schaffen, den Deutschaufsatz zu Ende zu schreiben, bevor er zum Fußballtraining aufbrach. Wie zur Ablenkung strich er sich über die Wade, die Caro neulich massiert hatte, aber sie war immer noch bretthart und schmerzte. Er versuchte erneut, die letzten Sätze so zu formulieren, dass sie Sinn machten, doch seine Gedanken schweiften immer wieder ab. Nach einigen Minuten klappte er Stefan Zweigs ›Schachnovelle‹ zu und schob sie ebenso frustriert wie wütend in die äußerste Ecke seines Schreibtischs. Er konnte sich jetzt einfach nicht konzentrieren. Ben biss sich so heftig auf die Lippe, dass es schmerzte. Sein Vater machte ihn wahnsinnig. Was glaubte er eigentlich, wer er war? Für ihn stand es inzwischen fest: Sein Vater war ein Idiot, nichts anderes, und Ben fragte sich, womit er ihn verdient hatte. Die Wut über ihn pulsierte immer noch in seinen Adern und ließ ihn innerlich zittern.

Immer wieder gerieten sie aneinander, wegen seiner Leistung in der Schule, die nie gut genug war, wegen der vielen

Stunden, die er mit Fußballspielen verbrachte und wegen seines Engagements im Verein *Gegen Rechts.* Vor allem deswegen. Der Verein half Caro und ihren Freundinnen dabei, Unterschriften für den Erhalt des Tempels zu sammeln, und sein Vater hatte ihn dabei erwischt. Ben lächelte bitter. Aber es war ja auch klar, dass es seinem Erzeuger nicht in den Kram passte. Das Engagement seines Sohnes betrachtete er als Affront gegen die eigenen Überzeugungen und damit gegen sich als Person. Er hatte etwas gegen Ausländer, und kein Argument der Welt konnte ihn eines Besseren belehren. Ausländer nehmen uns die Arbeitsplätze weg und belasten unser Sozialsystem, außerdem vergiften sie die deutsche Gesellschaft mit fremdem Kulturgut. So war es für ihn und nicht anders.

Seit der Tempel auf dem Grundstück der Wangs stand, spuckte er jedes Mal, wenn er dort vorbeiging, verächtlich auf die Straße, und Ben schämte sich dafür in Grund und Boden.

Er holte tief Luft. Wenn es nur beim Spucken blieb, aber er traute seinem Vater nicht. Früher hatte er ihn manchmal geschlagen, aber seitdem Ben über mindestens so viel Muskelmasse verfügte wie er, und sich eines Tages erfolgreich gewehrt hatte, blieb er auf Abstand. Ben überlegte, ob er sich auch einmal zu einem solchen Choleriker entwickeln würde, und musste sich instinktiv schütteln. Insgeheim betete er fast täglich darum, dass dies niemals passieren würde. Er wusste, dass auch er schnell in Rage geriet und dieses Gen in sich trug, aber im Vergleich zu seinem Vater hatte er sich bislang immer noch beherrschen können.

Vor seinem inneren Auge tauchte seine Mutter auf, eine grazile, ruhige Frau, die oft genug von ihrem Mann eingeschüchtert worden war.

Sie stand zwischen ihnen. Ben sah aus dem Fenster hinaus in den Garten, wo sie Unkraut jätete, und er wusste nicht warum, aber ihr gebeugter Rücken und die schwerfälligen Bewegungen, mit denen sie das Unkraut auszupfte, trieben ihm die Tränen in die Augen. Lange Jahre hatte sie versucht, auszugleichen, wo es nur ging, aber in letzter Zeit hatte sie oft genug die Vergeblichkeit dieser Mühe erfahren müssen. Wenn er und sein Vater sich anbrüllten, waren ihre vorsichtigen Schlichtungsversuche untergegangen im Lärm und im Handgemenge, und irgendwann hatte sie nur noch mit den Schultern gezuckt und war einfach in ein anderes Zimmer gegangen. Ben seufzte. Eine Sprachlosigkeit hatte sich zwischen ihm und seiner Mutter eingeschlichen, die sie sich beide nicht eingestehen wollten, von der sie aber wussten, dass sie existierte, und die sie täglich ein Stückchen weiter voneinander entfremdete. Wie bei zwei rohen Eiern, die man davor bewahrte, dass sie einander zu nahe kamen, gab ihnen der sichere Abstand Schutz.

Ben holte tief Luft. Er vermisste ihre frühere Vertrautheit, aber ihm war klar, dass die distanzierte Haltung seiner Mutter auch mit Caroline Neumann zusammenhing. Erst hatte sie ihm Vorwürfe gemacht, als sie erfuhr, dass er gerne mit Caro im Garten des ›Ahrstübchens‹ plauderte. Dann war sie missbilligend still geworden, als sie erfuhr, dass Caro ihm die Wade massiert hatte. Und jetzt strafte sie ihn mit Schweigen und hielt sich von ihm fern. Ben seufzte. Seine Mutter war eifersüchtig, das war's.

Trotzig strich er sich die Locken aus dem Gesicht. Es passte ihr nicht, dass er sich für eine ältere Frau interessierte, aber er tat, was er wollte. Sollte seine Mutter ihre Machtlosigkeit ruhig spüren, dachte er. Ben schloss die Augen. Ines Schmitz goss mit ihrem Gerede natürlich Öl ins Feuer.

Sie verbreitete hartnäckig das Gerücht, Caro mache sich an ihn heran. Es war so albern, so unsagbar albern. Mit einem lauten Türknallen verließ er sein Zimmer.

40

Mehrere Tage waren vergangen, bevor sie wieder hinunter zum Ahrufer ging. Selbstbewusst warf sie den Kopf in den Nacken, als sie vor ihm stand, und lächelte ihn an. Er nickte ihr jedoch nur kurz zu, versunken in seine Übung, und sie fühlte einen leichten Stich.

Mit einem knappen Handzeichen forderte er sie auf, ihre Ausgangsposition einzunehmen und seinen Bewegungen zu folgen.

»Den Bogen spannen und auf den Adler schießen«, erklärte er kurz und machte ihr vor, wie diese Brokatübung aus dem Qi Gong funktionierte.

Wie du willst, dachte sie.

Mit einer langsamen, nach rechts ausgerichteten Drehung spannte sie einen imaginären Bogen und zielte. Wieder und wieder, und Bruni war klar, dass der Adler, den sie langsam aber sicher im Geiste erlegte, niemand anders war als Wang San. Die Übung tat gut. Sie verhalf ihr zu dem nötigen Abstand und ermöglichte es, ihre Gefühle für ihn auseinanderzudividieren. Den potenziellen Liebhaber hatte sie soeben erschossen, den Freund ließ sie am Leben.

Dieser Übung folgten weitere, und nach einer halben Stunde etwa griff sie, erfüllt von einem tiefen Gefühl innerer Zufriedenheit, zu ihren Schuhen und zog sie an. Wang San beschäftigte sich ebenfalls mit seinen Schuhen. Mit keinem Wort fragte er nach, warum sie in den letzten Tagen nicht erschienen war, und mit keinem Wort erwähnte er den Abend im *Western Saloon*.

Während sie sich gemeinsam auf den Weg zurück zu ihren Restaurants machten, sagte er: »Wang Ai hat hin und her überlegt, aber inzwischen ist sie von der Idee, gleich hier zu bleiben, zu studieren und für die ›Eintracht Neuenahr‹ zu spielen, ganz angetan.«

»Das freut mich«, sagte Bruni. Ihre Stimme klang etwas reserviert.

»Ihr Verein in China und der chinesische Fußballverband müssen sie freigeben, aber vor allem muss erstmal der Verein aus Neuenahr sie wirklich haben wollen. Dann sehen wir weiter. Sie hat sich übrigens schon vorgestellt und probehalber beim Training mitgemacht.«

Brunis Blick glitt über das Wasser der Ahr, das heute besonders schnell floss und dabei ein rauschendes, gurgelndes Geräusch von sich gab. »Wie schätzt du die Chance, dass man sie gehen lässt, ein?«

»Fifty, fifty. Einerseits wird sie in ihrer Mannschaft und in der chinesischen Nationalmannschaft gebraucht, andererseits ist es für die VR China auch eine Ehre, wenn sie in Deutschland spielt. Außerdem kann sie hier wertvolle Erfahrungen sammeln.« Wang San machte eine kleine Pause, bevor er weitersprach. »Für nächsten Sonntag ist in Bad Neuenahr ein Freundschaftsspiel mit der männlichen B-Jugend aus Köln angesetzt worden.«

»Ein Test für Wang Ai?«

»Genau. Danach wird entschieden, ob sie sie haben wollen, oder nicht.« Mit einem Seitenblick versuchte Wang San herauszufinden, ob irgendetwas mit Bruni nicht stimmte. Sie ging ungewohnt schnell.

»Ach, die nehmen sie doch mit Kusshand. Der Verein ist froh, wenn er so eine gute Spielerin kriegen kann. Das Problem ist das Geld. Es muss endlich ein neuer Sponsor her.«

»Und wenn sie den nicht finden, können sie auch Wang Ai nicht bezahlen.« Er seufzte. »Der chinesische Verband übernimmt die Kosten für ihren Aufenthalt in Deutschland bestimmt nicht zu 100 Prozent. Aber …« Er blieb stehen. »Bei uns gibt es ein ganz interessantes Sprichwort, abgeleitet von einem chinesischen Schriftzeichen.«

Verblüfft sah Bruni ihn an, denn er hielt ihr seinen Handteller vor die Nase und begann, mit den Fingern seiner rechten Hand ein Zeichen hineinzumalen.

»Das ist das Sinnbild für Krise«, erklärte er, während Bruni ihm zusah. »Und das«, unerwartet griff er nach ihrer Hand und hielt sie einen Moment fest. »Schau …«

Bruni verspürte den Impuls, ihm ihre Hand zu entziehen, überlegte es sich dann aber anders und ließ es zu, dass er sie festhielt und streckte, und langsam damit begann, mit seinem Finger in ihre Handfläche zu malen.

»Das ist das Zeichen für Chance«, sagte er aufblickend, als er fertig war.

»Und was willst du mir damit sagen?«

»In jeder Krise steckt auch eine Chance. Komm in den nächsten Tagen einfach wieder zum Qi Gong.«

41

Bruni sah nur halb hin, die Nacktheit ihres großen Körpers verstörte sie. Während sie versuchte, den Reißverschluss des Rockes, in den sie sich gezwängt hatte, zuzuziehen, vermied sie jeden weiteren Blick in den Spiegel. Ihr helles Fleisch, das an den Oberarmen schon die Anzeichen erster Schlaffheit zeigte, erschien ihr alles andere als sexy, und der Ring um den Bauch, der sich in den letzten Jahren dort ausgebreitet hatte, war scheußlich anzusehen. Bruni begann zu schwitzen. Es war eng und stickig in der Garderobe. In letzter Zeit hatte sie häufiger leichte Anflüge von Hitze verspürt, aber jetzt schien das Wasser in einem unaufhörlichen Strom förmlich aus ihr herauszufließen. Der Rock klebte an ihren Schenkeln. Mit hochrotem Gesicht zog sie das Futter glatt, zerrte ungeduldig den Fummel von Bluse vom Kleiderbügel, den Caro ihr eben gereicht hatte, zog ihn rasch über und knöpfte ihn zu. Dann riss sie den Vorhang auf.

»Stark siehst du aus«, sagte Caro, die vor der Garderobe bereits neugierig auf sie wartete, freudestrahlend. »Grün und orange sind genau deine Farben. Dreh dich mal um.«

»Gib mir erst einmal ein Taschentuch, ja? Ich zerfließe«, stöhnte Bruni beinahe ärgerlich und wischte sich mit dem nackten Arm übers glänzende Gesicht. Mitleidig reichte die Verkäuferin, die nur zwei Schritte von ihnen entfernt stand, ihr ein Papiertuch. Die Außentemperaturen waren heute nicht so, dass man in der Boutique, die an der Rodenkirchener Hauptstraße lag, ins Schwitzen geraten müsste.

»Ich fühle mich ein bisschen wie beim Karneval.« Bruni trocknete sich mit dem Tuch die Stirn und spürte, wie sie begann, sich für ihren Schweißausbruch zu schämen. Vermutlich musste sie das Outfit allein deswegen kaufen, weil sie es gleich durchnässt hatte. Aber so schlecht sah es gar nicht aus, registrierte sie nach einem Blick in den Spiegel, der an der gegenüberliegenden Wand hing.

»Soll ich Ihnen ein Glas Wasser bringen?«, fragte die Verkäuferin, die vielleicht gerade mal 30 war.

Bruni nickte dankbar und die Frau verschwand.

»Mensch, du hast ja richtig schöne, lange Beine! Warum hast du die nur immer versteckt? Und dein Hals ist topp. Die Sachen stehen dir super«, sagte Caro euphorisch und begutachtete sie von allen Seiten.

Bruni murmelte etwas Unverständliches und tat so, als ob sie dem Kommentar der Freundin keine weitere Beachtung schenke. Sie drehte sich hin und her und warf kritische Blicke in den Spiegel. So schlimm sahen ihre Arme gar nicht aus, und der Ring um den Bauch fiel kaum auf. Vielleicht war aber auch nur der Spiegel manipuliert. Sie hatte davon gelesen, dass Boutiquen in die Trickkiste griffen und Schlankmacherspiegel aufhängten, damit die Kundinnen sich gefielen. Außerdem wurden die Kleidergrößen von manchen Herstellern extra eine Nummer niedriger angegeben, damit vor allem den älteren Damen beim Shoppen nicht die gute Laune und die Lust am Kaufen verging.

»Ja, steht mir ganz gut«, murmelte sie wie unbeteiligt und dachte überrascht: Steht mir *richtig* gut. Aber konnte sie sich in diesem Aufzug jemals wohlfühlen? Seit Ewigkeiten schon hatte sie keinen Rock und keine Bluse mit Ausschnitt mehr getragen. Auf jeden Fall war die Kleidung ungewohnt. Irritiert griff sie sich an den Hals, der vertraute Schutz des Rollkragens fehlte.

»Und wann soll ich so etwas tragen?«, fragte sie.

»Jeden Tag«, erwiderte die Verkäuferin, die inzwischen zurückgekommen war und ihr und Caro ein Glas Wasser in die Hand drückte, leichthin. »Absolut alltagstauglich. Dazu pflegeleicht. Waschbar in der Maschine.«

»Abends an der Theke«, fügte Caro lachend hinzu. »Die Männer werden dich nicht wiedererkennen.«

Bruni schwieg. *Die Männer werden dich nicht wiedererkennen.* Was sollte das jetzt. Als ob es das Einzige wäre, was im Leben einer Frau Geltung besaß. Für sie bestimmt nicht. Und die Männer aus Altenahr interessierten sie schon mal gar nicht. Bis auf … auf einmal hatte sie Wang Sans Gesicht vor Augen, doch sie wischte den Gedanken an ihn schnell beiseite. Er stand auf blond, das war Fakt, und daran, dass sie sich in ihn verguckt hatte, waren einzig und allein die Hormone schuld. Außerdem hatte sie ihn gestern erst abgeschossen.

Sie leerte das Glas bis auf den letzten Tropfen und reichte es der Verkäuferin zurück.

»Was kostet der Spaß?«, fragte sie.

»650 Euro.«

Bruni schluckte. »Gekauft«, beschied sie knapp, dachte mit einem schmerzlichen Gefühl an ihren Kontoauszug, und fragte: »Gibt es hier auch eine Apotheke?«

»Warum? Ist dir nicht gut?« Caro sah sie erschrocken an.

»Doch, aber ich glaube, jetzt werde ich völlig verrückt. Ich muss mir unbedingt ein Mittel mit Silberkerze besorgen.«

»Das ist gut, das hilft. Meine Mutter nimmt das auch«,

sagte die Verkäuferin erfreut. »Und eines kann ich Ihnen garantieren«, fügte sie lächelnd hinzu: »In *dem* Outfit kommt kein Mensch auf die Idee, dass Sie schon in den Wechseljahren sind!«

42

Die Flammen loderten hell vor dem dunklen Nachthimmel, und das grelle Licht ihres Scheins blendete die Augen. Eine Breitseite des Tempels sank ächzend unter der Wucht der Hitze zusammen und riss das halbe Dach mit sich. Die Töne, die das brennende Holz von sich gab, erinnerten Bea an das Wimmern eines Babys.

Lao Wang und seine Familie standen unter Schock.

Mit Wassereimern, Decken und Gartenschlauch hatten sie versucht, die Flammen zu ersticken, aber erfolglos, sie griffen zu schnell um sich, und auch die Hilfe der Freundinnen, die durch den Lärm und die Schreie aufmerksam geworden waren, war vergeblich gewesen. Schließlich hatte Wang San die Feuerwehr gerufen, inzwischen war sie vor Ort und versuchte, der Flammen Herr zu werden. Aus den riesigen Gummiröhren des Löschzugs spritzten die Feuerwehrmänner harte Wasserstrahlen direkt in sie hinein. Mit Erfolg, denn die unmittelbare Gefahr, dass noch andere Gebäude in Brand gerieten, konnte schon nach wenigen Minuten gebannt werden. Stumm sahen die Wangs dem Einsatz zu.

Als der letzte Funken erloschen war und nur noch schwarze Rauchschwaden über ihren Köpfen hingen, atmete Wang San auf. Er stand mit seiner Familie gegenüber dem Tempel an der Hauswand des Restaurants. Seine Knie waren weich, doch er war froh, dass nichts Schlimmeres passiert war. Ihr eigenes Haus war unversehrt geblieben. Auch war keines der Nachbarhäuser zu Schaden gekommen. Er begann zu husten. Der Rauch füllte seine Lungen, die zu bersten schienen, und einen Moment ahnte er, wie es sich anfühlen musste, wenn man erstickte. Schnell presste er eine Hand vor den Mund.

In diesem Moment traf sein Blick auf fremde Augen, die ihn mit ihrem starren Blick an Adleraugen erinnerten. Aus den Fenstern der umliegenden Häuser beobachteten sie ihn und seine Familie. Die Leute hatten sich hinausgelehnt und reckten die Köpfe, und in manch einem Gesichtsausdruck erkannte er unverhohlene Freude.

Wang San spürte Wut in sich hochschäumen wie eine Fontäne orangeroter Lava. Sie umnebelte sein Hirn und blockierte seine Gedanken. Er wurde von Abscheu geschüttelt, die Schaulust und Schadenfreude der Anwohner waren ekelhaft, und plötzlich verlor er die Beherrschung.

»Habt ihr nun, was ihr wolltet?«, schrie er außer sich und rannte auf die Straße. Er ballte die Fäuste und schüttelte sie drohend. »Seid ihr jetzt endlich zufrieden?« Er tobte und schrie, und erst, als er merkte, dass Mei Ling hinter ihm stand, dass sie begütigend auf ihn einsprach, ebbte seine Wut langsam ab.

»Wir finden heraus, wie das passieren konnte«, flüsterte sie ihm zu. »Beruhige dich.«

Mit wildem Blick sah er sie an. Dann war es, als würde ein Schalter umgelegt und er wurde ruhiger, seine Augen leer. Mei Ling legte eine Hand auf seinen Arm, fasste ihn mit der anderen unter, und gemeinsam gingen sie langsam zum Haus zurück.

Die meisten Fenster waren inzwischen geschlossen worden. Der Großteil der Leute hatte sich in die Häuser zurückgezogen, und während Wang San den warmen Druck ihrer Hand auf seinem Arm spürte, dachte er voll Bitterkeit: Sie haben ihr Schauspiel gehabt.

43

Das Orakel hatte sich erfüllt. Mei Ling steckte die Hände tief in die Hosentaschen und betrachtete die Stelle, an der der Tempel gestanden hatte. Es roch noch immer verbrannt, auch wenn die Gebäudereste inzwischen abtransportiert worden waren. Einzig der Fischteich und die Steine ihres Onkels zeugten noch von der kleinen Tempelanlage. Die Buddhastatue, die erstaunlicherweise unversehrt geblieben war, hatten sie von Ruß und Dreck befreit, und wie zum Trotz lächelte sie ihnen nun in mattem, goldenen Glanz von einem Brett, das sie auf zwei Holzböcke gesetzt hatten, entgegen.

Kein Unheil ist so groß, dass es nicht noch größer werden könnte. Das wirst du bald erfahren. So hatte die Prophezeiung gelautet, als sie für sich und Bea das Orakel geworfen hatte. Mei Ling fragte sich, ob sie die Gefahr hätte erkennen müssen, ob ihr Gefühl sie hätte aufmerksamer sein lassen und warnen müssen.

»Nein, ich bleibe nicht«, versetzte Wang Ai mit entschlossener Stimme in ihre Gedanken hinein und fuhr sich erregt durch ihr schwarzes, kurzes Haar. Ihr rundes Gesicht wirkte heute seltsamerweise eckig. »Was zu viel ist, ist zu viel. Das Graffiti war schon schlimm genug, und nun auch noch das. Ein Anschlag! Es ist widerlich.«

Mei Ling sah die Cousine an. Sie konnte verstehen, dass sie unter diesen Voraussetzungen kein Interesse mehr daran hatte, in Deutschland zu studieren, geschweige denn für den Verein ›Eintracht Neuenahr‹ zu spielen. Sie zerbrach sich den Kopf auf der Suche nach einer Antwort auf die Frage, wie es so weit hatte kommen können. Obwohl ihre Familie die Gemeinde mit dem Tempelbau provoziert hatte, war die Reaktion darauf unfassbar.

»Es sind nicht alle hier so«, wandte sie nachdenklich ein. »Es gibt auch sehr viele nette Menschen im Ort. Christine Schäfer zum Beispiel. Schau …« Sie wies mit dem Kopf Richtung Trockenblumengesteck, das die Wangs auf die Theke gestellt hatten. »Und Ben Stur, die Frau aus dem Lebensmittelladen, die Blumenverkäuferin, die Leute von der Winzergenossenschaft, und …« Sie holte kurz Luft und unterbrach sich selbst, indem sie sagte: »Die Polizei wird die Verantwortlichen sicher bald finden. Der oder die Täter waren offenbar blöd genug, einen kleinen Rucksack zurückzulassen, der vom Feuer weitgehend unversehrt blieb.«

»Meinst du, das wird etwas nützen?« Wang Ais Stimme klang schriller als gewöhnlich, und Mei Ling erkannte in der Dissonanz der Töne den Beginn einer Hysterie. Sie presste die Lippen aufeinander. Seit dem Brand war nichts mehr wie vorher. Jedes einzelne Familienmitglied schien eine Wesensveränderung durchzumachen, und niemand konnte mehr sicher sein, wohin sie einen führte. Momentan hatte Mei Ling nur einen einzigen Wunsch: Sie wollte sich dem Fluchtinstinkt, der sie lähmte, widersetzen und den Leuten im Ort die Stirn bieten. Vor allem aber wollte sie verstehen, wie es zu dieser Eskalation hatte kommen können.

»Es würde mich nicht wundern, wenn der Schuldige nie gefunden wird. Warum musstet ihr diesen Tempel auch nur bauen? Dazu noch ohne Genehmigung!« Wang Ai sah Mei Ling außer sich vor Wut an, und sie erschrak über die Heftigkeit der eigenen Gefühle. Als sie jedoch nur Ratlosigkeit und auch Traurigkeit in den Augen ihrer Cousine sah, spürte sie, wie ihr Zorn an Schärfe verlor, und etwas ging ihr durch den Kopf, das alles, was sie bislang gedacht und gesagt hatte, schlagartig relativierte. Ihre Wut war nichts anderes als der Ausdruck ihrer eigenen, kreatürlichen Angst. Der Angst davor, dass es ein nächstes Mal geben könnte. Dass der nächste Cocktail das Haus treffen könnte, in dem *sie wohnten*, und dass sie vielleicht sogar alle sterben könnten. Wang Ai schloss die Augen. Im Grunde ihres Herzens wusste sie, dass sie selbst ebenso wie ihre Familie nach Wegen gesucht hätte, etwas gegen die vorangegangenen Schikanen zu unternehmen. Sie schluckte, und äußerte leise: »Tut mir leid, ich habe es nicht so gemeint.«

Mei Ling sah auf.

»Ich kann verstehen, dass ihr den Tempel gebaut habt«, vesicherte Wang Ai.

Ein Lächeln glitt über Mei Lings Gesicht. »Weißt du, es gibt viele hier, die uns zur Seite stehen. Denke nur daran, was Johannes Frier und die Kölnerinnen für uns tun. Ich empfinde das als großen Trost. Inzwischen haben sie schon einige 100 Unterschriften zusammen, und die Presse berichtet beinahe täglich über uns.«

»Na, jetzt erst recht«, Wang Ais Stimme klang bitter.

Mei Ling hatte Kopfschmerzen. Sie saßen über dem rechten Auge und pochten. Sie wusste nicht, wie sie sich ausdrücken sollte. »Ich hatte mich so darauf gefreut, dass du hier bleibst. Im Geiste habe ich schon unsere Wohnung in Köln eingerichtet.«

»Ja, wirklich?« Gerührt setzte sich Wang Ai neben sie auf den Rand des kleinen Fischteichs und pflügte mit einer Hand das Wasser, die Augen auf den Boden gerichtet, der noch schwarz war vom Feuer.

»Ich auch«, flüsterte sie nach einer Weile kaum wahrnehmbar.

»Geh nicht, besorg dir kein Flugticket zurück. Bitte«, sagte Mei Ling und fügte leise hinzu: »Du kannst doch jetzt nicht alles hinschmeißen.«

44

Bea ließ die Zeitung sinken. Das Foto vom brennenden Tempel war farbig gedruckt und wirkte auf sie genauso verzerrt und unscharf wie die Erinnerung an die Nacht, die alles verändert hatte. Nichts wünschte sie sich in diesem Augenblick sehnlicher, als dass die Ereignisse vor 30 Stunden nur ein böser Traum gewesen wären. Die Küchentür ging auf, herein taumelte Bruni. Vom Schlaf sah sie noch ganz verquollen aus.

»Morgen«, murmelte sie in die Runde und fragte: »Ist noch Kaffee da?« Dann setzte sie sich zu den Freundinnen, die alle schon wach waren, obwohl es erst 6 Uhr war, an den Tisch. Caro schob ihr die Kaffeekanne hin, und Bruni schenkte sich ein. Sie drehte den Becher mit dem warmen Getränk zwischen beiden Händen hin und her, als wisse sie nicht, was sie tun oder sagen sollte, und irgendwie wirkte sie, als habe man ihr die Flügel gestutzt. Schließlich fragte sie mit gedrückter Stimme: »Habt ihr auch so schlecht geschlafen wie ich? Eigentlich hätten wir doch wenigstens letzte Nacht durchschlafen müssen.«

Bea nickte. Sie stellte fest, dass auch die anderen dunkle Ränder unter den Augen hatten.

»Drei Stunden vielleicht«, sagte Ulrike und knabberte unlustig an einem Stück Brot.

»Ich vielleicht vier«, schätzte Caro.

»Am liebsten würde ich mich in meinem Bett verkriechen und nie wieder aufstehen«, seufzte Bruni, saugte einen Orangenschnitz aus und knabberte am weißen

Fruchtfleisch. Sie hielt einen Moment inne, bevor sie weitersprach. »Vielleicht war ja an allem nur eine brennende Kerze schuld.«

»Nein, leider nicht«, betonte Bea. Mit einer müden Geste wies sie auf die Zeitung, die neben ihrem Teller lag. »Es heißt, dass die Polizei gestern Vormittag Reste eines Molotow-Cocktails vor dem Tempel gefunden hat. Die Wangs haben den sicher nicht gebastelt.«

Bruni starrte sie an. »Dann ist es also wahr. Ein Anschlag. Wie sie sich jetzt wohl fühlen?«

»Ich möchte nicht in ihrer Haut stecken«, sagte Ulrike. »Es muss schrecklich sein zu wissen, dass es Leute gibt, die dir schaden, dich vielleicht sogar töten wollen.« Sie schüttelte sich.

Caro nickte. »Unfassbar ist das. Sich gegen den Tempel zur Wehr zu setzen, ist ja völlig legitim, aber nicht auf diese Weise.« Sie stand auf und ließ Wasser in den Wasserkocher laufen. Dann setzte sie das Gerät in den Kontakter, drückte auf ON, stellte sich mit verschränkten Armen daneben und wartete darauf, dass das Wasser zu kochen begann.

»Ich versuche gerade mir vorzustellen, wer das gewesen sein könnte«, sagte Bruni und zog den Reißverschluss ihrer Joggingjacke hoch bis unter das Kinn.

Caro dachte an Bens Vater und fragte vorsichtig: »Vielleicht Volker Stur?« Ben hatte ihr ja kürzlich davon erzählt, dass sein Vater politisch rechts stand, und von ihm wusste sie auch, dass er zur Gewalttätigkeit neigte.

Die anderen schwiegen. Schließlich sagte Bea, die wie gestern auch schon, noch im Schlafanzug am Tisch saß: »Oder irgendwelche Jugendlichen? Es gibt hier einige, die ziemlich schräg drauf sind.«

Caro schenkte frischen Kaffee ein und setzte sich wieder zu den anderen an den Tisch. »Wer weiß«, erwiderte sie matt.

»Die Frage ist doch, ob der Graffitischmierer und der Molotow-Cocktail-Werfer ein und dieselbe Person sind. Vielleicht waren es aber auch mehrere, oder gleich eine ganze Gruppe«, überlegte Bruni. Unruhig rutschte sie auf der Bank hin und her.

»Hauptsache, demnächst brennt nicht auch noch das ›Ahrstübchen‹«, stöhnte Ulrike. Der Gedanke machte ihr Angst.

Die Freundinnen sahen sich mit blassen Gesichtern an.

»Nein«, verwarf Bea die Überlegung. »Das traue ich ihnen nicht zu. Ich glaube auch nicht, dass die jemanden aus der Familie Wang verletzen wollten. Dann wäre der Molotow-Cocktail in ihrem Haus gelandet. Nein, der Anschlag galt nur dem Tempel. Eindeutig.«

»Hoffentlich hast du recht«, erwiderte Caro und nahm vorsichtig einen Schluck von dem frischen Kaffee.

Ja, hoffentlich, dachte Bea. Ihr geisterten die Firmenanteile von *Best Promotion* wieder durch den Sinn, aber sie verscheuchte sie wie lästige Fliegen, die nicht aufhören wollten, von verwesendem Fleisch zu kosten.

Sie seufzte leise. Gehen kann man immer, dachte sie.

45

Einen Tag später saßen dort, wo ehemals der Tempel gestanden hatte, an die 100 Menschen aller Altersklassen. Manche hatten Klappstühle mitgebracht, andere campierten auf Decken. Auf einem Tisch standen brennende Kerzen, daneben lagen Unterschriftenlisten. Transparente wurden hochgehalten, die forderten: ›*Wir wollen einen neuen Tempel!*‹ und ›*Solidarität mit den Chinesen!*‹

Die Buddhastatue war mit Blumen geschmückt.

Ben Stur verteilte Flugblätter, und Bruni und Caro sprachen jeden an, der vorbeikam, und drückten ihm einen Stift in die Hand.

Christine Schäfer und Marianne Hohenstein schenkten Wasser, Saft und warme Getränke aus, und Christine Schäfer freute sich darüber, dass auch die erste Vorsitzende des Landfrauenvereins die Mahnwache, die Ben Stur und der Verein *Gegen Rechts* organisiert hatten, aktiv unterstützte.

»Meine Familie und ich, wir sind sehr gerührt über das Verhalten der Menschen hier«, versicherte Wang San mit einer ausholenden Armbewegung zu einem Journalisten aus Ahrweiler, der für die regionale Zeitung ein Interview mit ihm führte. »Wir fühlen uns geehrt und sind glücklich darüber, so viel Solidarität zu erfahren. Jetzt hoffen wir, dass der Brandstifter bald gefunden und das Thema Tempelbau noch einmal ganz neu diskutiert wird.«

»Gegen den Abriss haben Sie Widerspruch eingelegt?«, fragte der Journalist, ein junger Mann von vielleicht 30 Jahren, und zückte seinen Stift.

Wang San nickte. »Wir erwarten den Bescheid der Kreisverwaltung in eineinhalb Wochen, vielleicht helfen ja die gesammelten Unterschriften etwas. Sie werden in den nächsten Tagen eingereicht.« Er holte Luft. »Aber so sehr wir auch hoffen, dass wir einen neuen Tempel bauen können, so sehr wünschen wir uns jetzt, dass der Brandstifter gefunden wird. Das ist erst einmal das Wichtigste.«

»Die Polizei ermittelt, also ist es nur eine Frage der Zeit, und man weiß, wer es war. Wie groß ist Ihre Angst, dass so etwas wieder passiert?« Der Journalist strich sich über seinen spärlichen Bart.

Die Antwort fiel Wang San nicht leicht. Er dachte daran, dass seine Eltern das Haus seit dem Anschlag nicht mehr verlassen hatten. Der Schock saß tief. Auch jetzt hielten sie sich drinnen auf, außer der Familie wollten sie niemanden sehen, geschweige denn mit jemandem sprechen. Sein Vater widmete sich tagsüber fast ausschließlich der Kalligrafie, und abends las er. Seine Mutter saß stundenlang schweigend am Fenster, und hin und wieder schrieb sie einen Brief.

Schließlich sagte er: »Wir haben Angst vor einer Wiederholung, natürlich, aber wir wollen uns auch nicht zu Sklaven unserer Furcht machen.«

Der Blick des Journalisten war teilnahmsvoll. »Überlegt Ihre Familie, aus Altenahr wegzuziehen?«

»Wir *haben* es überlegt, ja. Aber wir haben uns entschieden, zu bleiben, auch wenn die Umstände äußerst schwierig sind.« Seine Familie hatte inzwischen das Gefühl, in einem beängstigend fremden Land zu leben, einem Land, von dem sie geglaubt hatten, dass es ihnen wohlgesonnen war und das ihnen im Laufe der Jahre vertraut geworden war. Doch offensichtlich hatten sie sich getäuscht. Sie schienen etwas übersehen zu haben. Wang San strich sich über die Stirn. Aber sie waren sich einig. Sie wollten sich nicht von ihrer plötzlichen Einsamkeit, dem Gefühl angefeindeter Fremdheit, beherrschen lassen.

»Hat der Anschlag auch Konsequenzen für Ihren Restaurantbetrieb?«, fragte der Reporter.

Wang Sans Mund war trocken, als er antwortete. »Ja, bis einschließlich nächster Woche haben wir den Betrieb geschlossen, wir fühlen uns momentan zu nichts anderem in der Lage.«

»Und der Verdienstausfall?«

Wang San zuckte die Schultern. Er bemerkte die Silhouette seines Vaters am Fenster, der von dort aus, halb versteckt hinter einer Gardine, zu ihm herüber sah. Sie hatten lange darüber nachgedacht, worin die tieferen Beweggründe für den Anschlag liegen mochten und waren zu keinem befriedigenden Ergebnis gekommen. In einem waren sie sich jedoch einig gewesen. Ein abgrundtiefer Hass musste langsam aber stetig gegen sie gewachsen sein, und der Tempelbau war der Auslöser dafür gewesen, dass die negativen Gefühle explodierten. Seine Familie hatte sich kopfschüttelnd gefragt, wie ein Mensch sämtliche Moralvorstellungen über Bord werfen und bereit sein konnte, sogar den Tod von Menschen in Kauf zu nehmen, denn genau das hatte der Brandstifter getan. Welcher Entwicklungsprozess war dem vorangegangen? Was hatten sie übersehen, nicht bemerkt, vielleicht nicht bemerken wollen? Dummheit als Ursache schien ihnen zwar einigermaßen erträglich, aber zu einfach. Vermutlich steckte mehr dahinter, ein im Innersten des Menschen verankerter Hang zur Bösartigkeit, die nur ein Ventil benötigte, um sich den Weg an die Oberfläche zu bahnen. Die Schlussfolgerung, dass die Guten also gleichermaßen auch die Bösen sein konnten, ließ sie Abgründe der menschlichen Seele erahnen, die sie schaudern ließen.

Nun, da das Interview mit dem Journalisten beendet war, fühlte Wang San sich unendlich müde. Wahrscheinlich begriff man die Spezies Mensch erst dann, wenn man sehenden Auges seine Fähigkeit zur Bösartigkeit begriff, in all ihrer Komplexität, dachte er. Was hatte sein Vater erst gestern noch zu ihm gesagt?

»Es gibt Grenzen, die man überschreiten muss, um die Welt zu verstehen.«

46

Während Ulrike in Köln mit ihren Söhnen um den Decksteiner Weiher lief und an einer flachen Uferstelle den Enten Brotkrumen aufs Wasser streute, betrat ein Mann mit Rastalocken, die ihm bis auf die Schultern fielen, das ›Ahrstübchen‹ in Altenahr.

»I am looking for Ulrike Maifeld, does she work here?«, wandte er sich mit einem freundlichen Lächeln an Bruni, die mit fachkundiger Miene die Krone des Pils' in Augenschein nahm, das sie gerade für Dieter Schmitz zapfte. Er saß mit einigen seiner Freunde im hinteren Teil des Restaurants und aß zu Mittag. Bruni fand, dass ihre Schaumkronen von Woche zu Woche preisverdächtiger aussahen. Wie immer trug sie eine weite Hose, darüber einen hellgelben, leichten Sommerrolli. Die neuen Kleider, die sie in Rodenkirchen gekauft hatte, hatte sie in der hintersten Ecke ihres Kleiderschranks verstaut.

»Yes, she does. But at the moment she is not here. She went to Cologne«, antwortete sie, von ihrem Zapfhahn aufblickend. Neugierig sah sie den Schwarzen an. Sie schätzte ihn auf Ende 30. Er trug eine Jeans, dazu ein bunt geblümtes Hemd, und im rechten Ohr glänzte ein silberner Ring. Der Mann war ein optisches Highlight.

»Schade«, sagte er plötzlich auf Deutsch und fügte mit deutlichem Akzent hinzu: »Isch möschte ein Bier, bitte.« Er zog den Barhocker heran und setzte sich, während Bruni ein Glas aus dem Regal griff und erneut den Zapfhahn betätigte.

»Sie sprechen Deutsch?«, fragte sie überrascht.

Er nickte. »A little bit. Ein bisschen«, sagte der Schwarze, und schüttelte seine Rastalocken. »Habe isch von eine deutsche Freundin gelernt. Aber mein Deutsch is nix gut.«

In diesem Moment kam Caro aus dem hinteren Teil des Restaurants und setzte die von Bruni auf der Theke abgestellten Getränke auf das Tablett. Fasziniert blieb sie stehen und starrte den Mann an.

»Isch heiße John.« Mit diesen Worten streckte er ihr seine riesige Hand entgegen, die perfekt zu dem großen, massigen Körper passte, wie Caro fand. Irgendwie erinnerte er sie an einen amerikanischen Footballspieler.

Dann gab er auch Bruni über die Theke hinweg die Hand, und sie schüttelte sie kräftig.

»Das ist Caro«, stellte sie die Freundin vor. »Und ich heiße Bruni.«

Die Freundinnen lächelten ihn an.

»Was wollen Sie denn von Ulrike?«, fragte Bruni und bedachte Caro mit einem vielsagenden Blick, und in genau demselben Moment dachten beide genau dasselbe.

Barbados.

»Wir haben uns in Bridgetown kennengelernt. Bridgetown Barbados. Isch bin hier, weil isch in Deutschland einen Job suche, und Ulrike hat misch vor ein paar Wochen ihre Adresse gegeben.« Er strahlte sie an.

»Wo bleiben die Getränke?«, rief Dieter Schmitz. Seine Augen verweilten einen Moment länger als nötig auf John.

Caro beeilte sich, zu seinem Tisch zu kommen. Auf dem Rückweg setzte sie rasch das Tablett auf der Theke ab und verschwand mit einem kurzen, auffordernden Nicken Richtung Bruni in der Küche.

»Bin gleich zurück«, sagte Bruni daraufhin unmittelbar

zu John und legte ihm die Speisekarte vor. »Werfen Sie doch mal einen Blick hinein, bestimmt haben Sie Hunger.«

In der Küche belegte Bea gerade ein Kuchenblech mit Aprikosen.

»Ulrikes Lover aus Barbados ist hier!« Nahezu gleichzeitig sprudelte es aus Caro und Bruni heraus.

»Was?« Bea sah sie verständnislos an, in jeder Hand ein Stück Obst.

»Ulrikes Lover aus Barbados ist da«, wiederholte Caro mit Nachdruck und prustete los.

Es dauerte einen Moment, bis Bea begriff. »Das ist nicht euer Ernst«, zweifelte sie und legte das Obst beiseite.

»Doch«, antwortete Caro.

»Und wo ist er?«, wollte Bea wissen.

»Vorn an der Theke«, grinste Bruni und sagte: »Ein Bild von einem Mann.«

Bea wusch sich die Hände. »Da wird Ulrike sich aber freuen.«

Caro grinste jetzt auch und sagte: »Angeblich will er in Deutschland arbeiten. Allerdings scheint er davon auszugehen, dass sie ihm einen Job besorgen kann.«

Bea, das Handtuch noch in der Hand, holte tief Luft. »Super Idee. Doch nicht etwa im …?« Sie fragte sich, was in Ulrike vorging. Was hatte sie diesem Typen versprochen, und wie naiv konnte jemand überhaupt sein?

»Ulrike muss sofort herkommen.« Mit diesen Worten griff sie entschlossen nach ihrem Handy, das auf der Fensterbank lag, und tippte eine Nummer ein, aber Fehlanzeige. Die Freundin nahm nicht ab.

»Nur die Mailbox«, schimpfte sie und drückte auf den Ausknopf.

»Und nun?«, fragte Bruni.

Bea schob rasch den Kuchen in den Ofen, stellte die Küchenuhr ein und pfefferte ihre weiße Schürze über einen Stuhl. »Jetzt plaudern wir erst einmal ein bisschen mit ihm.«

Als sie in den Gastraum kamen, saß neben John ein Mann. Ulrikes Mann. Bea, Bruni und Caro fielen beinahe die Augen aus dem Kopf. Im Vergleich zu dem hünenhaften Schwarzen sah Claus schmal und unscheinbar aus. Sein strähniges, fast graues Haar, das müde Gesicht und die gebeugten Schultern zeugten von seinem Seelenzustand und standen in deutlichem Kontrast zu John, der vor Selbstbewusstsein und Vitalität nur so strotzte. Die beiden unterhielten sich.

Noch, dachte Bea und flüsterte den Freundinnen zu: »Bitte nicht. Das darf nicht wahr sein. Was macht *der* denn hier?«

Sie verspürte den heftigen Impuls, auf dem Absatz kehrtzumachen, denn die nahende Katastrophe war so unausweichlich wie die Tatsache, dass auf den Tag immer die Nacht folgte. Sie merkte, dass sie in höchste Alarmbereitschaft geriet.

Mit verhaltener Euphorie begrüßten die Freundinnen Claus, und Bea dachte: Hoffentlich verschwindet er bald wieder. Sie fragte sich, ob sie sich für diesen Gedanken schämen musste, wischte ihn aber rasch beiseite und erkundigte sich danach, wie es ihm ginge.

»So lala.« Claus erzählte ein wenig von seinem Job und den Zwillingen, aber sein Blick flackerte unruhig, und dann stellte er die Frage, die ihm wohl schon die ganze Zeit unter den Nägeln brannte.

»Wo ist Ulrike?« Zum ersten Mal sah er einer nach der anderen in die Augen.

»In Köln«, sagte Bea und Caro ergänzte: »Sie hat heute ihren freien Tag.«

Bruni stellte zwei weitere Bitburger vor ihn und John auf die Theke. »Geht aufs Haus«, lächelte sie.

Caro verschwand im hinteren Teil des Raumes, wo sie in sicherer Entfernung und zur Freude von Dieter Schmitz an dessen Tisch Platz nahm.

»Ah, Sie wollen auch zu Ulrike?« John sah Claus erstaunt an. »When will she be back?«, wandte er sich an Bea und fügte hinzu: »Kann isch hier auf sie warten?«

»Selbstverständlich. Aber es kann dauern, bis sie zurückkehrt. Wir haben ja erst Mittag.« Bea spürte, wie ihr Puls sich beschleunigte, was dazu führte, dass ihr heiß wurde. Lächelnd schlug sie vor: »Vielleicht kommt ihr besser ein anderes Mal wieder.«

Claus starrte erst sie, dann John mit weit geöffneten Augen an. »Sie wollen zu meiner Frau? Ulrike Maifeld?«

»Wir warten zusammen auf sie, Mann.« Mit diesen Worten schlug John Ulrikes Mann beschwichtigend auf die Schulter und lachte über das ganze Gesicht. »No problem.«

An Claus' Schläfe begann eine Ader zu pochen. »Woher kennen Sie sie?«

»Von Barbados. Wirklisch nette Frau.«

Claus' Augen wurden groß. Auf jeder Postkarte, die Ulrike ihm geschickt hatte, hatte sie geschrieben, dass sie sich gut amüsieren würde, und in diesem Moment war er sich sicher, dass der Grund ihres Amüsements leibhaftig vor ihm saß. Was wurde hier gespielt? Aber sie war nicht einmal hier, um ihm alles zu erklären. Warum hatte sie so lange vorgegeben, auf Barbados zu sein, sich stattdessen jedoch in Altenahr aufgehalten? Das kurze Telefonat, das sie nach seiner Rückkehr miteinander geführt hatten, hatte ihm keine Klarheit gebracht.

»Du hättest dich besser mit ihr verabredet«, sagte Bea vorsichtig zu Claus.

»Wir *sind* verabredet.«

»Ehrlich?«

»Und ob.«

Auf einmal war Bea danach zumute, der Freundin eigenhändig den Hals umzudrehen. Warum, verdammt noch einmal, war sie bloß so unfähig, sich ihren Problemen zu stellen? Ulrike war also wieder einmal davongelaufen, und sie hatte weder sie noch Bruni noch Caro auch nur mit einem einzigen Wort auf Claus' Kommen vorbereitet.

Bruni stellte eine Schale mit Wasabinüssen auf die Theke und John griff sofort zu. Er legte den Kopf in den Nacken und warf sich die Portion, die er in seiner großen Handfläche hielt, mit einem ruckartigen Schwung in den Mund. Die Ungeniertheit der Geste und die darin verborgene Gier irritierten Bea, fasziniert beobachtete sie, wie er die Nüsse mit seinen kräftigen Zähnen zermalmte.

Plötzlich erhob Claus sich von seinem Barhocker und baute sich vor John auf, der ganz offensichtlich nicht verstand, was vor sich ging. Caro, die gerade mit einem voll beladenen Tablett näher kam, blieb wie angewurzelt stehen.

»Sie schlafen mit meiner Frau und besitzen auch noch die Unverfrorenheit, ihr nachzustellen? Ihr hinterherzureisen? Und ihr …?«, wandte Claus sich empört an Bruni und Bea, »… ihr spielt diese Schmierenkomödie auch noch mit?«

Bea, Bruni, Caro und John stierten Ulrikes Mann an. Sie waren sprachlos.

»Sie irren sisch«, erwiderte John erregt. Er war sichtlich erschrocken. »Isch habe wirklisch nie mit Ihrer Frau …« Weiter kam er nicht, denn Claus warf verächtlich einen Fünf-Euro-Schein auf die Theke und stapfte erhobenen Hauptes hinaus zur Tür, die mit einem lauten Knall ins Schloss fiel.

Die Männer am hinteren Tisch blickten ihm mit offenem Mund hinterher.

»Crazy little guy. Will he come back with a gun?«, fragte John Bruni mit aufgerissenen Augen.

»Ich glaube nicht«, beruhigte sie ihn. »Aber ziemlich geladen ist er schon.«

Nachdem der erste Schreck nachgelassen hatte, sah Caro die Freundinnen an. Mit dem Kopf auf John deutend flüsterte sie: »Ich schätze, er sagt die Wahrheit. Goldzähne hat er jedenfalls nicht.«

»Wieso Goldzähne? Was meinst du damit?«

»Na, Ulrikes Lover hatte welche, das hat sie uns doch erzählt.«

47

Eine Stunde später kehrte Bea dem ›Ahrstübchen‹ mit einem Aufatmen den Rücken und überließ es der Obhut von Caro und Bruni, die die Stellung hielten. Sie wusste, dass John nach wie vor an der Theke saß, fest entschlossen, auf Ulrike zu warten, ganz egal, wie lange es dauern mochte. Ein Blick auf die Uhr zeigte, dass sie sich beeilen musste. Das Fußballspiel begann um 15 Uhr, und wenn sie noch rechtzeitig zum Anpfiff ins Apollinaris-Stadion nach Bad Neuenahr kommen wollte, musste sie sich beeilen. Sie war innerlich aufgewühlt, denn Johns und Claus' Erscheinen hatte ihr wieder einmal Ulrikes Probleme vor Augen geführt, und irgendwie tat Claus ihr sogar leid, es schien, als kämpfe er auf verlorenem Posten. Er hatte schlecht ausgesehen, fahl und grau. Während der Fahrt über die schmale Landstraße, vorbei an Mayschoß, Rech und Dernau, versuchte sie sich davon zu lösen, sie wollte einfach nur den Wind im Gesicht spüren, sonst nichts. Von Problemen hatte sie momentan genug.

Inzwischen war es glühend heiß geworden. Das Thermometer hatte die 30-Grad-Marke überschritten, und als Bea sich zwischen den Zuschauern auf der Tribüne zu der Reihe durchschlängelte, wo die anderen schon auf sie warteten, stöhnte sie unwillkürlich unter der Hitze. Das Stadion war gut besucht.

Wang Ai war nervös. Sie atmete schwer und registrierte, wie der Schweiß in Strömen ihren Körper hinunterrann. In den letzten Tagen hatte sie nahezu ununterbrochen trainiert, und so verließ sie sich nun darauf, dass ihr Körper inzwischen gelernt hatte, mit der Hitze zu leben. Ihr Ehrgeiz, der sie vorantrieb und sie unermüdlich auf ihren kurzen, stämmigen Beinen über den Platz rennen ließ, bildete die Basis für die Zukunft ihrer Familie, das wusste sie, und so hatte sie sich ihr Ziel gesteckt: Sie würde der ›Eintracht Neuenahr‹ und damit dem ganzen Ahrtal zeigen, dass den beiden nichts Besseres widerfahren konnte, als sie, Wang Ai aus Shanghai, Spielerin der chinesischen Nationalmannschaft, für den hiesigen Kader zu gewinnen. Sie würde den Einheimischen schon demonstrieren, wofür Chinesen gut waren.

Nach dem Gespräch mit Mei Ling hatte sie sich einen ganzen Tag lang in ihr Zimmer zurückgezogen und nachgedacht, und als sie am nächsten Morgen zum Frühstück heruntergekommen war, hatte sie mit ernster Miene verkündet, dass sie zum Testspiel antreten würde. »Ich mache es«, hatte sie gesagt, »aber unabhängig davon, ob der Verein mich will oder nicht, werde ich nach dem Spiel meine eigene Entscheidung treffen.«

Wang San hatte ihr zugelächelt. »Ich bin froh, dass du nicht absagst. Wir demonstrieren den Leuten damit, dass wir uns von den Vorkommnissen nicht einschüchtern lassen. Wir zeigen ihnen, wie stark wir sind.«

»Wie stark Wang Ai ist«, hatte seine Schwester ihn korrigiert.

Jetzt saßen Mei Ling, ihr Bruder, Christine Schäfer samt Mann sowie Bea und Johannes zusammen auf der Tribüne und verfolgten gespannt das Spiel. Bea dachte kurz an Caro, die ihr die Karte überlassen hatte, und dankte ihr insgeheim noch einmal für ihre Selbstlosigkeit. Sie hatte gewusst, dass es für Bea *die* Gelegenheit war, Johannes wiederzusehen, und obwohl sie selbst gern auf der Tribüne gesessen hätte, hatte sie ihr kurzerhand die Karte zugesteckt. Bea wurde warm ums Herz.

Nach der ersten Halbzeit stand es 1:0 für die B-Mannschaft, und Wang Ai, die als Stürmerspitze eingesetzt war, hatte bislang keine der wenigen Chancen nutzen können, die sich im Verlauf des Spiels für die ›Eintracht Neuenahr‹ ergeben hatten.

»Die Jungen sind einfach zu stark«, sagte Christine Schäfer resigniert in der Pause und biss frustriert in eine Bockwurst, auf die sie reichlich Senf gestrichen hatte.

»Körperlich weit überlegen«, stimmte ihr Mann ihr zu.

Christine Schäfer schüttelte sich, hatte die Wurst aber schon fast vertilgt. Angewidert verzog sie das Gesicht. »Lecker ist das nicht.«

»Warum isst du es dann?«, fragte ihr Mann.

»Gibt ja nichts Besseres, und ich komme um vor Hunger.«

»Wenn die Mädels ihre Taktik nicht bald ändern, passiert da nichts mehr«, prophezeite ihr Angetrauter und sagte: »Sie sind im Abschuss zu ungenau, außerdem müssten sie aggressiver spielen. Vor allem Wang Ai spielt extrem defensiv.«

Mei Ling und Wang San, die sich bislang nicht wesentlich am Gespräch beteiligt hatten, nickten und fixierten mit ihren Augen den staubigen Boden.

»Ich verstehe es einfach nicht«, sagte Mei Ling schließlich und hob den Kopf. »Sie hatte doch so viel Biss.«

»Irgendetwas bremst sie. Vielleicht die Tatsache, dass alle Welt auf sie schaut und von ihr erwartet, dass sie mindestens ein Tor schießt«, vermutete Wang San.

Christine Schäfer nickte zustimmend und erwiderte knapp: »Psychologischer Hemmschuh.«

»Vielleicht ist es auch die Hitze«, beschwichtigte Johannes Frier und nahm das Stück Kuchen entgegen, das Bea ihm reichte. Sie hatte es an einer der Catering-Buden gekauft.

»Glaube ich nicht.« Mei Ling schüttelte den Kopf. »Nein, es ist bestimmt der Druck, unter dem sie steht. Der blockiert sie.«

»Wartet doch mal ab«, sagte Bea genervt und fügte hinzu: »Was nicht ist, kann ja noch werden.«

Christine Schäfer sprang auf. In der sechsundsechzigsten Minute hatte eine Spielerin der ›Eintracht‹ den Ball gegen den Torpfosten geschossen. Er prallte ab, und Wang Ai, die sofort zur Stelle war, köpfte ihn am Torwart vorbei in die rechte Torecke.

»Tor!« Die Freunde auf der Tribüne klatschten. »Sie hat es geschafft!«

Das laute Geräusch von Tröten erfüllte die Luft.

Mei Ling erhob sich, riss die Arme hoch und hüpfte auf und ab. »Ich habe gewusst, dass sie uns nicht enttäuscht!«, schrie sie strahlend.

»Tor!, Tor!, Tor!«, riefen die ›Eintracht‹-Anhänger rhythmisch im Chor.

15 Minuten später landete Wang Ai einen weiteren Treffer. Aus spitzem Winkel entschied sie das Freundschaftsspiel mit einem 2:1 für den Verein ›Eintracht Neuenahr‹.

48

Lao Wang und seine Frau hatten zu Hause alles vorbereitet und die Gerichte in Töpfen und Schüsseln ins ›Ahrstübchen‹ getragen. Zur Feier des Tages und Wang Ais erwartetem Siegesfeldzug hatten sie ›Rippchen 1, 2, 3, 4, 5‹ gekocht, ein altes Familienrezept. Das Gericht hieß deswegen so, weil man für vier Personen 1 Pfund Fleisch benötigte, 2 Esslöffel Zucker, 3 Esslöffel Reisessig, 4 Esslöffel Sojasoße und 5 Esslöffel Wasser, gewürzt mit etwas Reiswein. Das alles wurde zusammen eine gute Stunde in einem Bratentopf geschmort, und in den restlichen zehn Minuten köchelten noch zarte Karottenscheiben mit.

Als Vorspeise gab es gekochte Hühnerbrüstchen, die 24 Stunden lang in einem Sud aus Sojasoße, Sternanis, Orangensaft und Wasser mariniert worden waren und nun dunkel marmoriert, mit Orangenfilets dekoriert, auf einer großen Platte angerichtet darauf warteten, verzehrt zu werden.

Seit dem Brand war es das erste Mal, dass Lao Wang und Zhang Liu ihr Haus wieder verlassen hatten.

Es duftete köstlich, und Ulrike kräuselte die Nase, als sie überrascht das ›Ahrstübchen‹ betrat. Die komplette chinesische Familie einschließlich der Kinder, Johannes Frier, Bea und Bruni sowie die Schäfers und auch John saßen an einem langen Tisch, lachten und ließen es sich schmecken.

Caro aß nicht mit. Sie bediente die Freunde und kümmerte sich auch um die zwei Tische, an denen Touristen saßen. »Es macht mir nichts aus, ich komme später zu euch«, hatte sie lächelnd versichert. »Wir können uns ja abwechseln. Jetzt esst erst einmal ihr.«

Das ist typisch Caro, dachte Bea, und ihr wurde dabei ganz warm ums Herz. Sie ist ein echter Kumpel, und sie hat Mannschaftsgeist, und das ist ziemlich selten. Bea war sich sicher, dass sie nichts mit Wang San hatte, wenn sie es sagte, dann stimmte es.

Als sie die große, fröhliche Gesellschaft sah, wollte Ulrike in einer ersten Regung direkt umkehren, doch John hatte sie bereits bemerkt. »Ulrike!« Freudestrahlend sprang er auf und lief ihr entgegen. »Endlisch bist du da! Wir haben schon auf disch gewartet!«

Ihre Augen wurden kreisrund, als sie begriff, wer vor ihr stand. »Du hier?« Verblüfft stellte sie ihre kleine Reisetasche ab und umarmte ihn unsicher. »Was machst *du* denn hier?« Zur Begrüßung der anderen nickte sie kurz in die Runde.

»Isch besuche disch!« John lachte, und seine weißen Zähne blitzten. »Du siehst super aus, rischtisch super!«, rief er, hielt sie auf Armlänge von sich entfernt und betrachtete sie wohlwollend. »Und nette Freundinnen hast du, und so nette Freunde! Komm, setz disch zu uns.«

John war regelrecht euphorisch. Der chinesische Reiswein hatte seine Zunge gelockert, und er benahm sich so, als gehöre er schon seit Ewigkeiten zum Haus wie altes Inventar, das seinen angestammten Platz hier einnahm.

Irgendwie führt er sich so auf, als sei *er* hier der Hausherr, dachte Bea. Halb amüsiert beobachtete sie die Szene, dabei registrierte sie, wie Ulrike ihrem Blick auswich, aber sie machte sich nicht allzu viel daraus, denn der Ausgang des Fußballspiels hatte sie positiv gestimmt. Vielleicht stand ihre gute Laune aber auch damit in Zusammenhang, dass Johannes über Nacht bei ihr bleiben würde. Unwillkürlich lächelte sie ihn an, und die Art, wie er zurücklächelte, führte dazu, dass eine Welle tiefer Sehnsucht sie erfasste. Sie griff nach ihrem Glas, und während sie sich in ihrem Stuhl zurücklehnte und einen Schluck Wein trank, wartete sie darauf, dass die Hitze, die sich explosionsartig in ihrem Körper ausbreitete, sich wieder verflüchtigte. Glücklicherweise hatte sie in der vergangenen Nacht fünf Stunden geschlafen, was für ihre Verhältnisse viel war. Obwohl es mit dem ›Ahrstübchen‹ finanziell langsam bergauf ging, machte sie sich nach wie vor Gedanken über die Zukunft, und vor allem in den Stunden, wenn sie allein in der Dunkelheit lag, fragte sie sich, wie lange sie das Projekt noch zu viert betreiben würden. Insgeheim fürchtete sie manchmal, dass sie bald ganz allein da stehen könnte. Doch was dann?

Sie spürte Johannes' Hand auf ihrem Bein und hörte, wie er ihr leise ins Ohr flüsterte: »Sieh mal, wie John sich freut, sie zu sehen.«

Bea nickte. Ihre Gefühle für Ulrike waren gespalten.

»Hallo allerseits«, grüßte Ulrike nervös in die Runde und setzte sich, John nahm direkt neben ihr Platz. In einer zufriedenen, ausladenden Geste legte er seinen Arm hinter ihr über ihre Stuhllehne, was den Eindruck vermittelte, als sei er stolzer Besitzer eines Schmuckstücks mit dem Namen Ulrike.

Verlegen schüttelte sie ihre blonden Locken, und nachdem sie vom Gewirr der vielen Stimmen darüber aufgeklärt worden war, dass Wang Ai im Freundschaftsspiel zwei Tore geschossen hatte, hob sie wie die anderen ihr Glas und prostete ihr mit den Worten ›Gan bei‹ zu.

Den Blicken der Freundinnen wich sie aus, sie konzentrierte sich ganz auf John. »Seit wann bist du hier? Wie lange willst du bleiben? Und wo wirst du schlafen?«, bestürmte sie ihn mit Fragen.

»Angekommen bin isch heute vormittag, und schlafen werde isch bei den Chinesen«, antwortete er aufgeräumt. Er schien es zu genießen, mit so vielen Menschen an einem Tisch zu sitzen, das Essen schmeckte ihm offensichtlich auch sehr gut. Geschickt hantierte er mit den Stäbchen und angelte sich etwas Hühnerbrust vom Teller. Seine dunklen Rastalocken, die ihm fast bis auf die Schultern fielen, hatte er mit bunten Bändern zu vielen dünnen Zöpfen gebunden.

Bea, die das Gespräch zwischen Ulrike und John über den Tisch hinweg aufmerksam verfolgte, dachte daran, was Lao Wang und Zhang Liu für ein Gesicht gemacht hatten, als sie ihnen John vorhin vorgestellt hatte. Sie waren regelrecht erschrocken gewesen, als sie in ihrem Hotel ein Zimmer für ihn buchen wollte. Der Anblick von Schwarzen irritierte sie, und Johns Haut war tiefschwarz. Außerdem glaubten sie, wie Bea später von Mei Ling erfuhr, dass Schwarze faul waren und stanken. Ein schiefes Lächeln glitt über Beas Gesicht. Die Leute in Altenahr hatten etwas gegen Chinesen, die Chinesen hatten etwas gegen Schwarze, und die Schwarzen? Sie hatten vermutlich etwas gegen Eskimos, wer wusste das schon. Die Welt war voller Vorurteile, es war der reinste Zirkus. Die Wangs hatten ihm aber ein Zimmer vermietet, und inzwischen schien sich auch ihre Befangenheit gelegt zu haben, denn sie stießen fröhlich mit ihm an, obwohl sie nicht viel Alkohol vertrugen. Bea registrierte, dass der Rastamann Zhang Liu mit Komplimenten über das hervorragende Essen überschüttete, was ihr ganz offensichtlich schmeichelte, denn sie konnte gar nicht mehr aufhören zu lächeln.

Sie selbst hatten keinen Platz mehr im Haus für ihn, wollten ihn vielleicht auch gar nicht haben, dachte sie. In Ulrikes Zimmer sollte er jedenfalls ohne ihr persönliches Einverständnis nicht übernachten. Ob sie überhaupt wusste, was die Freundinnen alles für sie taten?

Bea beobachtete, wie Zhang Liu Hühnerbrust auf Ulrikes Teller hievte und ihr auffordernd zunickte. »Bitte essen Sie doch, essen Sie.«

Ulrike bedankte sich, füllte eine Schale mit klebrigem Reis und langte nach den Stäbchen. Während sie versuchte, sie in die richtige Position zu bringen, sagte Bruni mit einem verhaltenem, aber für Insider deutlich hörbaren Vorwurf in der Stimme: »Ich hoffe, es war schön in Köln.«

»Sehr schön«, antwortete Ulrike. Über die Reisschale hinweg sah sie der Freundin zum ersten Mal seit ihrer Rückkehr voll ins Gesicht. »Bastian, Peter und ich hatten endlich einmal Gelegenheit, uns in aller Ruhe zu besprechen.«

Bea betrachtete aufmerksam Ulrikes Gesichtszüge, die aber nichts von dem verrieten, was sie besprochen haben mochten. Sie fragte sich, ob Ulrike etwas mit John gehabt hatte oder nicht. Er behauptete nein. Aber wusste sie, ob er die Wahrheit sagte? Man sah den Menschen immer nur *vor* den Kopf, ihre tatsächlichen Gedanken blieben einem verwehrt, aber letztendlich war es auch völlig egal, ob John log oder nicht.

»Du hast noch weiteren Besuch gehabt«, informierte Bea.

»Ja?« Ulrike sah erstaunt zu ihr herüber.

»Claus war da.«

Ulrike ließ die Stäbchen sinken und starrte die Freundin an.

»Er hat John bei uns angetroffen.«

»Nein!«

»Doch, und er hat ihn beschimpft.«

»Oh nein! Warum?«

»Er geht davon aus, dass ihr etwas miteinander gehabt habt.«

»Das ist völliger Quatsch.« Ulrike kniff die Augen zusammen.

»Habe isch auch gesagt«, meldete John sich zu Wort. Dann erhob er sich und sagte: »Entschuldigt misch bitte, aber isch glaube, isch störe jetzt nur.«

»Ich komme gleich mit«, meinte Johannes.

Zusammen schlenderten sie hinüber zur Theke, wo Caro gerade Softdrinks in Gläser goss. Bea sah, wie John irgendetwas zu ihr sagte, woraufhin alle drei lachten.

»Du hättest uns besser darüber aufgeklärt, dass er kommt«, versetzte Bruni mit müder Stimme. »Du wusstest es doch, oder nicht?«

Ulrike biss sich auf die Unterlippe. »Ja und nein«, antwortete sie. »Wir hatten darüber gesprochen, dass wir uns sehen und reden müssen, und auch ein Treffen ins Auge gefasst, aber fest vereinbart war nichts. Ich wäre nie auf die Idee gekommen, dass er einfach so hier auftaucht.«

»Wir waren jedenfalls ganz schön perplex, als er plötzlich an der Theke saß«, tadelte Bea. »Wir dachten, er sei noch auf Barbados.«

»War er ja auch, aber seit einigen Tagen ist er wieder zurück. Deswegen wollte er mich ja treffen. Tut mir wirklich leid.«

Bruni senkte ihre Stimme, sodass die Chinesen, die sich angeregt unterhielten, nicht hören konnten, was sie sagte. »Vielleicht solltest du eine Therapie ins Auge fassen, damit du die Sache endlich einmal klärst. So geht es doch nicht weiter. Höre auf, immer nur wegzurennen.«

Ulrike blickte sie entgeistert an, aber nach einer Weile gab sie zu: »Vielleicht hast recht, die Situation ist völlig verfahren.« Sie blinzelte, und murmelte leise: »Wisst ihr, ich habe Angst, dass ich wieder schwach werden könnte, wenn ich ihm begegne.«

»Und deswegen meidest du ein Wiedersehen?«, fragte Bruni.

Ulrike senkte den Kopf.

»Davon wird es aber auch nicht besser«, sagte Bea.

»Ich weiß.«

»Und er?« Bea wies mit dem Kopf Richtung Theke und fragte: »Ist er wirklich nur ein Freund?«

»Mein Lover auf Barbados hieß Ismael«, erklärte Ulrike und strich sich eine blonde Locke aus dem Gesicht. In ihren haselnussbraunen Augen blitzten kleine Lichter.

Nach einer Weile fragte Bea: »Hast du John einen Job versprochen?«

»Nein, wo denkt ihr hin.« Ulrike schüttelte energisch den Kopf.

»Zumindest geht er davon aus, dass du ihm eine Arbeit besorgen kannst«, warf Bruni ein.

»Dann täuscht er sich eben.«

»Nett ist er ja«, lobte Bruni.

Ulrike sah auf.

»Und er kennt keinen Menschen hier außer uns«, fügte Bea hinzu.

Ulrike nickte langsam.

»Er scheint sich auch ganz wohl bei uns wohl zu fühlen«, gab Bruni zu bedenken.

»Habt ihr irgendetwas im Sinn?«

Bea sah die Freundinnen an, dann holte sie tief Luft und stellte eine Gegenfrage: »Kann er gut Kartoffeln schälen?«

49

»Der Frauenfußballverein aus Neuenahr will sie haben«, freute sich Wang San, während er neben Bruni am Ahrufer entlang ging. Sie waren auf dem Weg zurück zu ihren Restaurants. Nach langer Pause hatten sie heute zum ersten Mal wieder zusammen *auf das Jadekissen geklopft*.

Wang San brauchte die Qi-Gong-Übungen zurzeit mehr denn je, denn auch er konnte, wie alle anderen Familienmitglieder, den Schock des Anschlags noch nicht ganz überwinden. Qi Gong half ihm dabei, seine Nervosität im Griff zu behalten und seine Lebensenergie, die enorm ins Stocken geraten war, wieder in Fluss zu bringen.

Außerdem rückte der Termin, an dem die Kreisverwaltung über die Baugenehmigung für den Tempel entscheiden sollte, näher, was seine innere Unruhe verstärkte. Das Restaurant war immer noch geschlossen, und Wang San vertrieb sich die Zeit ausschließlich mit Müßiggang, wie er fand. Er las viel, ging spazieren, praktizierte Qi Gong, und zweimal am Tag meditierte er. Im Grunde erkannte er sich selbst nicht wieder. Manchmal betrachtete er sein Gesicht aufmerksam auf der Suche nach sich selbst im Spiegel, und er entdeckte Spuren innerer und äußerer Veränderung an sich. Seine Augen blickten nicht mehr so offen wie früher in die Welt, und um seinen Mund herum hatte sich ein bitterer Zug eingeschlichen. Auch fiel ihm auf, dass er blasser geworden war und schmaler. Wang San fand, er sah irgendwie verhärmt aus.

»Das freut mich«, erwiderte Bruni und fügte hinzu: »Wang Ai ist sicher sehr stolz auf sich.«

»Vor allem sind wir sehr stolz auf sie«, erwiderte Wang San.

»Und? Hat sie sich schon entschieden?«, fragte Bruni. »Bleibt sie hier?«

»Das Visum ist schon beantragt.«

Unwillkürlich blieb sie stehen. »Das ging aber schnell.«

Wang San nickte. »Zumindest hat sie vor, zu bleiben, aber noch ist unklar, wie ihr Aufenthalt finanziert werden kann.«

»Ist immer noch kein neuer Sponsor für den Verein in Sicht?«

»Nein.« Wang San schüttelte den Kopf. »Parallel hat sie vorsichtshalber ein Stipendium beantragt.«

»Gute Idee.«

»Leicht ist ihr die Entscheidung, hier zu bleiben, übrigens nicht gefallen, aber ich glaube, sie empfindet so etwas wie Sippenhaft, und das hat den Ausschlag gegeben. Du kannst es auch Solidarität mit der Familie nennen, ganz wie du willst.« Er sah Bruni an. In seinen Augen war kein Glanz. »Hast du noch einen Moment Zeit?«, fragte er.

Sie zögerte, nickte dann aber zustimmend. John half Ulrike in der Küche, also kam es auf ein paar Minuten nicht an.

Bruni sah an sich hinunter, und auf einmal schämte sie sich dafür, dass sie heute ihre älteste Jogginghose trug. Sie war grau und schlabberig, und an der Außennaht vom linken Bein hatte sie soeben auch noch ein Loch entdeckt.

Sie betraten die Wiese am Ufer, die um diese Zeit noch feucht vom Morgentau war. An Grashalmen glitzerten Wassertropfen wie Diamanten im Licht, und die klare Unschuld des frühen Tages versetzte Bruni einen schmerzhaften Stich.

Still beobachtete sie Wang San, der für sie beide einen halbwegs trockenen Platz suchte, an dem sie sich niederlassen konnten. Schließlich führte er sie unter das Blätterdach einer riesigen Birke, das sich hoch über dem Boden ausbreitete wie ein luftiges Zelt. In den Wipfeln der Bäume, die das Ufer umsäumten, turnten Vögel umher und sangen fröhlich ihr Lied, obwohl die Zeit der Balz und der Paarung längst vorüber war. Bruni stellte fest, dass ihr Gesang sich tatsächlich nicht mehr ganz so enthusiastisch anhörte wie noch vor wenigen Wochen.

Sie zogen ihre Jacken aus und ließen sich nieder, und Bruni schlang ihre Arme um die Knie, als ob sie sich daran festhalten wollte.

»Wang Ai will euch nicht im Stich lassen, ist es das?«, fragte sie.

»Ich glaube schon.« Wang San machte eine kleine Pause, bevor er weitersprach. »Und irgendwie ist sie hier ja auch unser Aushängeschild. Mit ihr können wir punkten.«

»Du meinst, ohne Wang Ai gelänge euch das nicht?«

»Nicht so einfach jedenfalls.« Wang San nickte, und Bruni fand, dass er in diesem Moment unglaublich traurig aussah. Sie verspürte die Regung, ihm über den Arm zu streicheln, ihn zu trösten, aber sie unterließ es. Seit dem Abend im *Western Saloon* hatte sich eine Kluft zwischen ihnen aufgetan, die sie erst einmal überwinden mussten, und die eine neue, vorsichtige Art des Umgangs bewirkte. Bislang hatten sie noch kein einziges Mal offen über den Abend gesprochen, und vielleicht war es auch besser so.

»Natürlich ist es für Wang Ai nach wie vor auch verlockend, in Deutschland zu studieren und nebenbei in einer deutschen Frauenmannschaft Fußball zu spielen«, relativierte Wang San das zuvor Gesagte.

»Viel Zeit für das Studium wird ihr aber nicht bleiben. Es wartet doch sicher ein straffes Trainingsprogramm auf sie, oder?«

»Ja, aber wir Chinesen sind fleißig, wie du weißt.«

Zum ersten Mal sah sie ihn heute lächeln, aber sein Lächeln war voller Selbstironie. Es tat ihr weh, ihn so traurig zu sehen.

»Wir alle hoffen darauf, dass bald ein neuer Sponsor gefunden wird«, meinte er und lehnte den Kopf in den Nacken. Inzwischen war das blasse Blau des Morgenhimmels einem tieferen Blau gewichen, keine Wolke war weit und breit zu sehen. »Mei Ling und Wang Ai studieren schon ständig im ›Kölner Blick‹ die Wohnungsanzeigen.«

»Und was sagen deine Eltern dazu?«

»Es gefällt ihnen nicht, dass Mei Ling ausziehen will, aber was sollen sie machen? Sie ist erwachsen, und wir sind in Deutschland und nicht in China. Wenn sie und Wang Ai ihren Weg zusammen gehen wollen, sollen sie ihn gehen. Meine Mutter hofft natürlich, dass Mei Ling in Köln dann öfter den Sohn einer befreundeten Familie trifft, den sie schon seit Längerem als potenziellen Kandidaten ins Auge gefasst hat. Spätere Heirat nicht ausgeschlossen.«

»Weiß Mei Ling von den Plänen eurer Mutter?«

»Natürlich, sie liegt ihr oft genug damit in den Ohren.«

Bruni nickte. »Und wer wird sie im Restaurant ersetzen?«

»Sie wird weiterhin mithelfen, zumindest an einem Tag am Wochenende. Aber natürlich wird sie uns an allen Ecken und Enden fehlen, nicht nur im Restaurant.«

Bruni lehnte den Kopf in den Nacken und sah durch das Blätterdach nach oben. Das Blau des Himmels war immer intensiver geworden, inzwischen hatte es einen azurfarbenen Ton angenommen. Wenn es eine Farbe gab, die etwas in ihr zum Klingen brachte, dann diese. Doch schrieb man die Farbe Blau nicht eher kopflastigen Menschen zu? Bruni lächelte. Eigentlich war heute ein Tag für Orange.

»Für die Arbeit im Restaurant müssen wir vermutlich bald noch jemanden einstellen.«

Sie musterte Wang San. »Was hältst du von Jobsharing?«, fragte sie.

Er wandte den Kopf. »Jobsharing?«

»Zwei Betriebe teilen sich eine Arbeitskraft.«

»Das weiß ich. Na, und?«

»Wir könnten uns John teilen.«

Wang San zögerte einen Moment. »Keine schlechte Idee. Ich werde es mit Wang Yi und unserem Vater besprechen.«

»Gut.«

Er ließ seinen Oberkörper wieder auf die Wiese sinken und beobachtete den Grünfink, der direkt über ihnen auf einem Ast saß. »Bruni?«

»Ja?«

»Mit Caro, das tut mir leid.« Er hielt den Blick immer noch gen Himmel gewandt.

Sie schluckte. »Schon gut, es braucht dir nicht leid zu tun.« Nur wenige Sekunden später fragte sie nach: »Was überhaupt?«

»Ich wollte dich nicht verletzen, es ist nur …«

»Ja?«

»Ach, nichts.«

Nun ließ auch Bruni sich wieder ganz zurück auf ihre Jacke fallen.

»Wann habt ihr das letzte Mal zusammen getanzt?«,

fragte sie, und sie hätte sich im selben Moment für diese Indiskretion die Zunge abbeißen mögen.

»Seit dem Abend, als du im *Western Saloon* warst, haben wir es nicht mehr getan.«

Sie biss sich auf die Lippen.

»Ich war nicht mehr im *Western Saloon*«, versicherte Wang San.

»Warum nicht?« Bruni spürte einen heißen Knoten im Bauch.

»Keine Lust.«

Über ihr Gesicht glitt ein Lächeln, doch als würde der Teufel sie reiten, hörte sie sich sagen: »Dann solltest du aber ganz schnell wieder dorthin.«

50

Sie trafen sich außerhalb der Bürgersprechstunde, und Hubertus Hohenstein reichte Johannes Frier und Dieter Schmitz eine Tasse mit frisch aufgebrühtem Kaffee. Beide hatten in seinem Büro auf zwei klapprigen Stühlen vor dem wuchtigen Eichenschreibtisch Platz genommen, der so aussah, als stamme er aus den 50er-Jahren, und der für jedermann sichtbar die Spuren einer bewegten Vergangenheit trug. Unzählige feine Risse, gefüllt mit Staub und Schmutz, hatten ihn im Laufe der Jahrzehnte gezeichnet. An der einen oder anderen Stelle waren blaue Kugelschreiberspuren und helle, kreisrunde Ringe sichtbar, wie feuchte Gläser sie auf Holz hinterließen. An diesem Schreibtisch ist schon viel passiert, dachte Johannes Frier.

»Die Bürgerinitiative hat fast 1.000 Unterschriften gesammelt. Hört sich im ersten Moment nicht wirklich großartig an, aber wenn man bedenkt, dass die Ortsgemeinde Altenahr nur knapp 1.700 Einwohner hat, ist die Zahl beachtlich«, meinte er zum Bürgermeister gewandt und strich sich über die grüne Arbeitshose, die etwas knapp saß und über den Schenkeln spannte. Er hatte vor, nach dem Gespräch die Bäume im Wald hinter Burgsahr zu kennzeichnen, die demnächst gefällt werden sollten.

»Die Kreisverwaltung ist und bleibt, wie es aussieht, aller Unterschriften zum Trotz gegen den Bau des Tempels«, erklärte Hubertus Hohenstein mit ruhiger Stimme und nahm einen Schluck von dem Kaffee, doch der war so heiß, dass er sich beinahe die Zunge daran verbrannte. Vorsichtig setzte er die Tasse wieder ab.

»Vielleicht lässt sich daran ja noch etwas ändern«, entgegnete Dieter Schmitz.

»Glaube ich nicht, aber wie kommst du darauf?« Der Bürgermeister war erstaunt.

»Wir haben vor, ein paar Gespräche zu führen.« Dieter Schmitz und Johannes Frier schauten sich an.

»Wie meinst du das?«

»Johannes und ich werden uns dafür einsetzen, dass im Rechtsausschuss doch noch *für den Tempel* gestimmt wird«, erklärte Dieter Schmitz, dessen stoppelkurzes Haar durch die pralle Sonne der letzten Wochen ausgeblichen war.

Hubertus Hohenstein hob erstaunt die Augenbrauen. »So? Und wie wollt ihr das anstellen?« Sein Blick ging vom einen zum anderen.

»Ganz einfach«, übernahm Johannes Frier das Wort. »Wir suchen die Mitglieder des Ausschusses auf und reden mit ihnen, ganz privat.«

»Völlig informell«, ergänzte Dieter Schmitz.

Hubertus Hohenstein nickte bedächtig.

»Das könntest du übrigens auch tun«, äußerte Dieter Schmitz, und seine Stimme klang fest.

Der Bürgermeister schwieg. Ja, er könnte es auch tun, da hatte Dieter Schmitz recht. Aber *wollte* er es auch tun? Er war unentschlossen. Einerseits gönnte er den Chinesen ihren Tempel, nach dem feigen Anschlag sowieso, andererseits gingen sie und ihre unzähligen Landesgenossen ihm auf die Nerven. Er dachte einen Augenblick nach, und ohne dass es ihm bewusst war, kratzte er mit entrücktem Gesichtsausdruck an einem Mückenstich am Ellenbogen herum. Ihm fielen die Gesichter von zwei Männern ein, die im Rechtsausschuss der Kreisverwaltung saßen und die er einigermaßen gut kannte. Sie gingen zur Jagd wie er, hin und wieder traf man sich im selben Revier, und anschließend aß und trank man noch etwas in einer Gastwirtschaft zusammen. Die beiden könnte er in jedem Fall ansprechen.

»Der Tempel würde Altenahr nur gut tun, nach allem, was vorgefallen ist«, unterbrach Johannes Frier seine Gedanken. »Er wäre öffentliches Symbol der Wiedergutmachung und Akzeptanz zugleich«, sinnierte er.

»Mit Sicherheit wäre er auch eine Touristenattraktion«, ergänzte Dieter Schmitz. Sie waren alle zusammen zur Schule gegangen, das war zwar lange her, aber dennoch meinte er immer noch ein unsichtbares Band zu spüren, das zwischen ihnen schwang. Hubertus und er begegneten sich regelmäßig im örtlichen Vereinsleben, und mit Johannes war er seit der Schulzeit befreundet, auch wenn sie sich zwischendurch, als Johannes in Köln lebte, etwas aus den Augen verloren hatten. Seit Jo aber wieder in der Nähe wohnte, gingen sie beieinander ein und aus wie in früheren Zeiten, und jetzt hatten sie sich zusammengetan im Kampf gegen die rechten Tendenzen in der Gemeinde, in der sie geboren waren. Dieter Schmitz strich sich energisch über sein Kinn, das sich genauso rau und trocken anfühlte wie die Haare auf seinem Kopf.

Er hatte Angst, dass die Frauen aus Köln ihren Pachtvertrag kündigen könnten, denn schließlich waren nicht nur die Chinesen, sondern auch sie im Ort angefeindet worden, und dem Bürgermeister gönnte er sein ›Ahrstübchen‹ nicht. Er hatte genug andere Lokale im Tal gepachtet, in die er dann Geschäftsführer setzte, die er schlecht bezahlte. Er selbst sahnte ab. Dieter Schmitz fragte sich, ob Hubertus ihm inzwischen verziehen hatte, dass er nicht ihm den

Pachtvertrag für das ›Ahrstübchen‹ gegeben hatte. Hubertus ließ sich jedenfalls nichts anmerken.

»Als touristische Attraktion würde der Tempel der hiesigen Gastronomie sicher guttun«, stellte Johannes fest und blickte den Bürgermeister aufmerksam an.

»Ach, was.« Hubertus Hohenstein machte eine wegwerfende Handbewegung. »Die Kassen der Chinesen wären voll, sonst nichts, und die haben sowieso schon genug. Unsere Gastronomie würde leer ausgehen, das sage ich euch.«

»Wenn sie ihr Qualitätsniveau endlich einmal ein bisschen anheben würde, bestimmt nicht«, insistierte Johannes und fügte hinzu: »Dann würde neben den vielen Senioren vermutlich auch jüngeres Publikum hierherkommen.«

Der Bürgermeister schwieg. Er sah auf die Uhr, gleich wäre es wieder so weit, aber das Donnern der Reisebusse würde ihn heute, wie seit Tagen schon, nicht aus der Ruhe bringen. Erstaunt stellte er fest, dass er das Geräusch beinahe vermisste.

»Die Wangs haben im Augenblick übrigens einen erheblichen Verdienstausfall«, wechselte Johannes das Thema und fragte: »Das weißt du doch?«

Der Bürgermeister nickte.

»Ist die Gemeinde nicht in der Pflicht, weiterzuhelfen? Bei allem, was passiert ist?«

Hubertus Hohenstein nahm noch einen Schluck Kaffee. »Rechtlich gesehen nicht, moralisch vielleicht …, ein bisschen …«, räumte er ein und fragte: »Und wie stellt ihr euch das vor?«

»Ganz einfach«, antwortete Johannes Frier. »Die Gemeinde leistet einen Solidaritätsbeitrag. Die Summe muss nicht allzu hoch sein, aber es wäre eine symbolische

Geste, und die Scheckübergabe wäre doch schon ein wunderbarer Pressetermin …«

Hubertus Hohenstein sah seine alten Schulkameraden nachdenklich an. Er nahm noch einen Schluck Kaffee und zu ihrer großen Überraschung sagte er: »Wisst ihr, ich habe auch schon an so etwas gedacht.«

51

Ben hatte sich so heftig mit seinem Vater wegen seines Engagements im Verein *Gegen Rechts* gestritten, dass ihm vor Wut die Tränen gekommen waren, nun sehnte er sich nach einem Platz, wo er in Ruhe nachdenken konnte. Türe knallend hatte er sein Elternhaus verlassen, und während er gedankenversunken durch den Ort Richtung abgebranntem Tempel ging, war er froh über die Dunkelheit, die Altenahr einhüllte wie ein dicht gewebtes Tuch. Der Mond hing als beinahe runde Scheibe groß und blass am Himmel, doch seltsamerweise waren heute nur vereinzelt Sterne zu sehen. Kein Mensch war auf der Straße, und die Wahrscheinlichkeit, dass er noch jemandem begegnen würde, war verschwindend gering. Um diese Zeit, es war bereits 23 Uhr, lagen die Leute längst in den Betten.

Ben gestand sich ein, dass er jetzt gern mit Caro gesprochen hätte. Sie war der einzige Mensch, von dem er sich vorstellen konnte, dass er seine Gefühle verstand. Sie war die Einzige, der er seine Gedanken anvertrauen könnte. Sie kamen ihm vor wie ein furchtbarer Verrat, unter dem er bereits litt, ohne dass er auch nur ausgesprochen worden wäre.

Als er am ›Ahrstübchen‹ vorbeikam, musterte er die Fenster, aber es brannte kein Licht, und auch bei den Wangs war alles dunkel. Enttäuscht ging er weiter.

In den Taschen seines Blousons suchte er nach einem Tempo, aber er fand nur die Minitaschenlampe, die er immer bei sich trug, und so wischte er sich rasch mit der

Hand über das nasse Gesicht. Gleich würde er sich ein paar Räucherstäbchen anzünden, er wusste auch nicht genau warum, aber der Duft würde ihn entspannen. Er hatte sich die Stäbchen bereits vor Tagen besorgt, als der Tempel noch stand. Außerdem war der Platz von einer Aura umgeben, die ihn friedlich stimmte und beruhigend auf ihn wirkte.

Leise betrat er den zur Straße hin offenen Hof der Wangs, und schon erkannte er die Buddhastatue, die vor ihm auftauchte. Er knipste die Taschenlampe an, um besser sehen zu können, schaltete sie aber sofort wieder aus. Wie angewurzelt blieb er stehen, denn er hörte Stimmen. Sie kamen ihm bekannt vor, aber so sehr er sich auch bemühte, exakt einordnen konnte er sie nicht. Plötzlich vernahm er ein Geräusch, und zu seinem Entsetzen kippte ihm die schwere Buddhastatue entgegen. Er konnte sie gerade noch auffangen.

»Sagt mal, habt ihr sie noch alle?«, schrie er die zwei Gestalten an, deren Umrisse hinter der Statue sichtbar wurden. Er spürte, wie sein Blut mit hohem Druck durch die Adern an seiner Schläfe raste. »Was soll das?« Mit Mühe hielt er die Figur in Händen, darauf bedacht, nicht das Gleichgewicht zu verlieren. Dann stellte er sie vorsichtig auf dem Boden ab und rannte den Jungen hinterher, die schon fast aus dem Hof herauswaren. Es war zwecklos, ihr Vorsprung war zu groß und sie waren schneller als er. Ben erkannte, dass er keine Chance hatte, sie einzuholen. Keuchend blieb er stehen, zwang sich, tief durchzuatmen. Er hatte die beiden erkannt.

Langsam ließ er sich am Rand des Fischteichs nieder, und eine sanfte Welle der Erleichterung durchflutete ihn. Jede Befürchtung war zerstreut, es waren andere gewesen. Sein Vater hatte mit dem Anschlag nichts zu tun.

52

Der Gemeinderat hatte seinem Vorschlag zugestimmt, und so stand Hubertus Hohenstein nun mit einem Blumenstrauß in der Hand vor dem Chinarestaurant. Seit zwei Tagen hatten die Wangs ihren Betrieb wieder geöffnet.

Er war zum ersten Mal hier, und nachdem er eingetreten war, sah er sich neugierig um. Noch war kein Tisch besetzt, sie waren allein. Der Fotograf, den er mitgebracht hatte, schoss die ersten Fotos und der Journalist, der sie begleitete, schaltete das Aufnahmegerät ein. An den Wänden hingen Bilder von chinesischen Landschaften, auf einem war eine Frau mit schwarzen Haaren, die zu einem Knoten zusammengebunden waren, zu sehen. Sie hielt einen Blütenzweig in Händen und betrachtete mit verklärtem Blick einen Sonnenaufgang über den Gipfeln eines Berges.

»Das ist der Huang Shan, einer der schönsten Berge Chinas«, hörten sie eine brüchige Stimme sagen.

Lao Wang, der gerade aus der Küche gekommen war, lächelte ihnen freundlich zu. Hinter ihm erkannte der Bürgermeister seine Frau und seinen Sohn Wang San. »Wenigstens einmal im Leben muss man dort gewesen sein«, erklärte der alte Chinese und fragte freundlich: »Was führt Sie zu uns?«

»Ich habe Neuigkeiten«, antwortete Hubertus Hohenstein, der näher getreten war, und überreichte Zhang Liu den Strauß. »Gute Neuigkeiten.«

Der Fotograf drückte auf den Auslöser. Behände bewegte er sich im Raum.

»Wir dürfen doch?«, fragte der Journalist und deutete auf das Gerät ebenso wie auf den Fotografen.

Lao Wang nickte irritiert.

Dass der Bürgermeister den Chinesen mit seinen Blumen keine Freude bereitete, ahnte er nicht. Nach altem Brauch verschenkten sie, zumindest, wenn sie so betagt waren wie Lao Wang und seine Frau, keine Schnittblumen, denn das war eine barbarische, westliche Sitte. Auch wenn die Blüten noch prachtvoll aussahen, waren sie doch bereits tot, ermordet von unwissenden Händen. Traditionell denkende Chinesen verschenkten Topfblumen, denn sie trugen das Leben in sich.

Lao Wangs Frau verneigte sich, nahm den Strauß entgegen und bedankte sich höflich.

»Bitte setzen Sie sich doch. Möchten Sie einen Tee trinken?«, fragte Wang San.

Der Bürgermeister nickte. »Gern. Haben Sie auch grünen Tee?«

»Sicher.« Wang San ging lächelnd über den zweiten Fehltritt des Gastes hinweg, den er sich innerhalb kurzer Zeit geleistet hatte. Sie fanden es unhöflich, einen Wunsch zu äußern, wenn man Gast war und die Gastgeber nicht ausgesprochen gut kannte. *Bescheidenheit ist eine Tugend*, dachte er und rief auf Chinesisch etwas über die Schulter in die Küche. Dann nahmen sie alle an einem Tisch Platz, über dem eine rote, mit schwarzen Schriftzeichen versehene Papierlampe baumelte.

»Die Brandstifter sind gefasst«, erklärte der Bürgermeister ohne Umschweife. »Ich habe es vorhin von der Kripo erfahren und die Erlaubnis erhalten, Ihnen die Nachricht zu überbringen. Die Polizei wird sich noch bei Ihnen melden.«

Zhang Liu griff sich an die Brust.

»Wer war es?«, fragten Lao Wang und Wang San gebannt wie aus einem Munde.

»Zwei Jungen aus dem Ort, beide 17 Jahre alt.«

»Wie heißen sie?«, wollte Wang San wissen. Er bemerkte, dass er zu zittern begann.

»Frank und Thorsten Maar.«

»Die Söhne von Dorothée Maar?« Wang San war entsetzt. »Aber, ich verstehe das nicht, sie ist immer so freundlich zu uns gewesen.«

»Wir alle verstehen es nicht«, sagte der Bürgermeister. »Fakt ist aber, dass ihre Söhne gestanden haben. Die Jungen sind dafür bekannt, dass sie sich in rechten Kreisen bewegen.«

Mit weit aufgerissenen Augen sahen ihn die Chinesen an. Keiner sagte etwas.

»Es gibt keinen Zweifel.« Der Bürgermeister hielt einen Moment inne, bevor er weitersprach. »Außerdem hat Ben Stur die beiden vor zwei Tagen spätabends dabei überrascht, wie sie Ihre Buddhastatue demolieren wollten. Er hat sie gleich erkannt.«

Mei Ling brachte den grünen Tee, schenkte dem Bürgermeister ein, und setzte sich an den Tisch.

»Sie haben den Molotowcocktail bei sich zu Hause im Keller gebastelt«, erläuterte der Bürgermeister und nahm einen Schluck von dem heißen Getränk, das ihm in einer blauen Porzellanschale serviert worden war. »Die Zutaten dafür hatten sie im Internet bestellt.«

Die Chinesen schwiegen immer noch, jeder von ihnen hing seinen Gedanken nach.

»Was hat denn Ben Stur auf unserem Hof zu suchen gehabt?«, fragte Mei Ling. Sie hatte ihn hin und wieder bei ihren Freundinnen im ›Ahrstübchen‹ getroffen, und er war ihr auf Anhieb sympathisch gewesen.

»Er wollte ein paar Weihrauchstäbchen anzünden.«

»Das kann er doch auch am helllichten Tage tun«, sagte Lao Wang und schüttelte den Kopf. »Jeder kann das tun«, fügte er hinzu und sagte: »Jeder, dem danach zumute ist.«

»Immerhin, gut, dass er da war«, sagte Wang San. »Sonst wäre inzwischen wohl auch die Statue hin.«

Der Bürgermeister nickte und schlürfte seinen Tee. Das heiße Getränk verströmte einen feinen, blumigen Duft.

Nach einer Weile setzte er die Schale ab. »Ich bin aber auch noch aus einem anderen Grund zu Ihnen gekommen.«

»Ja?«

»Ich möchte Ihnen gern etwas übergeben.«

Die Chinesen lächelten ihn an.

»Würden Sie erlauben, dass wir die Übergabe fotografieren? Vielleicht dort drüben?«

Der Bürgermeister tat so, als bemerke er die verwunderten Blicke der Wangs nicht und zeigte auf das eine Bild an der Wand. »Das ist doch ein schöner Hintergrund, kommen Sie …« Er erhob sich von seinem Platz und winkte dem Fotografen.

Wang San, seine Eltern und seine Schwester zögerten etwas, folgten dann aber seiner Aufforderung und stellten sich unter dem Bild, auf dem der Huang Shan, der gelbe Berg, im Morgenrot leuchtete, in Positur. Der Fotograf und der Journalist bezogen Stellung, und unter dem Blitz des Fotoapparates hub der Bürgermeister zu einer kleinen Rede an.

»Liebe Familie Wang«, sagte er und lächelte über das

ganze Gesicht. »Zur Entschädigung all Ihrer Unannehmlichkeiten infolge des Brandanschlags auf Ihren Tempel, und als kleine Hilfe für die Zeit, in der Sie keine Einnahmen hatten, möchte ich Ihnen im Namen der Gemeinde einen Scheck überreichen und Ihnen versichern, dass uns die Vorfälle außerordentlich leidtun.«

Bei diesen Worten zog Hubertus Hohenstein ein Stück Papier aus der Tasche und überreichte es Lao Wang, der sich höflich bedankte und sich als Zeichen der Ehrerbietung tief vor ihm verbeugte. Schnell sah er auf die Zahlen. Der Scheck war auf eine Summe von 1.000 Euro ausgestellt. Lao Wang lächelte zufrieden und begann zu rechnen. In normalen Zeiten war das zwar nicht einmal eine Tageseinnahme, aber immerhin. »Das ist wirklich nicht nötig«, versicherte er und wollte dem Bürgermeister den Scheck zurückreichen. »Wir können ihn leider nicht annehmen.«

Hubertus Hohenstein aber wies sein Ansinnen entrüstet von sich.

Wenn er ein Chinese gewesen wäre, hätten sie jetzt eine ganze Reihe von Höflichkeitsfloskeln ausgetauscht. Lao Wang hätte darauf bestanden, dass er den Scheck unter keinen Umständen annehmen könne, und Hubertus Hohenstein hätte immer wieder insistiert, dass er als Geschenk einfach angenommen werden *müsse*, und schließlich wäre der Scheck ohne Gesichtsverlust irgendwann in Lao Wangs Kitteltasche verschwunden.

Aber der Bürgermeister war ein Deutscher, und so reduzierten sich die Höflichkeitsfloskeln auf ein Minimum.

»Doch, natürlich«, sagte Hubertus Hohenstein nur und fügte rigoros hinzu: »Keine Widerrede!« Er merkte, dass er sich darin gefiel, Gutes zu tun. Und die Wangs waren wirklich ganz nett. Außerdem roch es gut aus der Küche.

Der Duft von gebratenem Ingwer kitzelte seine Nase und ließ ihm das Wasser im Mund zusammenlaufen.

Lao Wang beobachtete ihn und lächelte weise. Die Deutschen waren und blieben Barbaren. Aber der Scheck fühlte sich gut an in seiner Hand.

53

Wenn ich alles, was einmal wichtig war in meinem Leben, hinter mir lassen möchte und Dinge wagen will, die ich schon vor 20 Jahren wagen wollte, dann müsste ich sie jetzt endlich wagen dürfen, überlegte Ulrike. Das Dumme war nur, die Zeit war viel schneller als sie.

Unwillkürlich verlagerte sie ihr Gewicht gleichmäßig auf beide Beine und schürzte die Lippen, während sie den Fisch filettierte.

Claus hatte sie seit seinem Auftauchen in Altenahr mit Anrufen bombardiert, aber ganz offensichtlich begriff er nichts von dem, was sie ihm zu erklären versuchte.

Lange genug hatte sie ihre eigenen Bedürfnisse zurückgestellt. Sie hatte sich um Haus, Mann und Kinder gekümmert, war zweimal täglich mit Mr. Fred spazieren gegangen, hatte die Urlaubsreisen gebucht und auch sonst alle organisatorischen Belange einer kleinen Familie in die Hand genommen. Nach außen war es ein Bilderbuchleben gewesen. Sie hatte eingekauft, gekocht, gewaschen und gebügelt, war einmal im Monat ins Theater und einmal im Monat ins Konzert gegangen, und hin und wieder hatte sie auch das Museum Ludwig besucht. In gewisser Weise hatte sie den Traum von der perfekten Familie gelebt, so wie er in den Jungmädchenbüchern, die sie gelesen hatte, geschildert wurde. In ihrer großen Altbauwohnung in Sülz hingen Originalbilder an der Wand, und gelegentlich kamen Freunde zum Essen. Die ersten Anzeichen von Wechseljahresbeschwerden, die dazu führten, dass sie wegen starker Blutungen und wiederkehrenden Kopfschmerzen, die migräneartigen Charakter aufwiesen, nicht mehr so hundertprozentig wie üblich funktionierte, hatte sie sofort mit Hormonen bekämpft. Seit ein paar Monaten schluckte sie Gestagene, und sie war zufrieden damit. Immerhin ermöglichten sie ihr ein Leben, wie sie es jahrzehntelang gewohnt war.

Ulrike zog die Stirn kraus und fragte sich zum ersten Mal, ob sie mit dem hehren Ziel allzeitiger Funktionstüchtigkeit und ihrem Traum von der perfekten Familie letztendlich nicht nur sich selbst, sondern auch Claus und die Kinder betrogen hatte, betrogen um das wahre Leben, das sich hinter jedem Traum verbarg.

Aber mussten Träume immer Illusionen bleiben?

»Gibst du mir mal ein scharfes Messer?«, hörte sie John fragen.

»Die meisten sind stumpf, du musst sie erst schleifen«, antwortete sie und schob ihm den Schleifstein hinüber. John hatte gerade damit begonnen, Zwiebeln zu schälen, und der beißende Geruch trieb ihr die Tränen in die Augen, obwohl sie mindestens zwei Meter von ihm entfernt am Arbeitstisch stand.

Vor 20 Jahren schon hatte sie davon geträumt, ein eigenes Restaurant zu besitzen, vielleicht auch eine Pension oder ein kleines Hotel, aber finanziell war es einfach nicht machbar gewesen. Und heute? Ulrike kniff die Augen zusammen. Ohne Geld ging nichts. Bea und Caro trugen die finanzielle Hauptlast für das ›Ahrstübchen‹, und wenn sie von beiden als Geschäftspartnerin ernst genommen werden wollte, musste sie in jedem Fall mehr Geld investieren.

Sie fragte sich, ob und wie sie sich finanziell mit Claus einigen würde, falls sie nicht zu ihm zurückkehrte.

»Was hast du eigentlich für Träume?«, fragte sie aus

einer spontanen Eingebung heraus John, der inzwischen mit einem frisch gewetzten Messer hantierte und schon einen Berg klein gewürfelter Zwiebeln vor sich auf dem Holzbrett aufgetürmt hatte.

»Isch? Isch habe keine Träume«, antwortete er und zog nachdenklich die Stirn in Falten. Er überlegte einen Moment, dann sagte er: »Weißt du, isch bin schon froh, wenn isch keinen Hunger haben und wenig arbeiten muss, gute Musik hören kann, jede Woche einen interessanten Menschen kennenlerne und mindestens sieben Mal die Woche Sex habe.«

»Ach, mehr nicht?« Ulrike lachte. In ihren Ohren klang, was er gesagt hatte, wie ein Sechser im Lotto. Aber ohne Träume wären die Psychiatrien vermutlich restlos überfüllt, überlegte sie und dachte, dass sie so lebensnotwendig waren wie das Blut, das durch unsere Adern fließt. Wenn wir keine Träume mehr haben, sind wir tot, dachte sie.

54

Bea trug einen dunkelblauen Hosenanzug aus sommerlich dünnem Stoff, darunter ein weißes T-Shirt und flache, ebenfalls weiße Mokassins. So viel Eleganz war sie schon lange nicht mehr gewohnt, und ihr Outfit fühlte sich irgendwie fremd an. Seitdem sie im ›Ahrstübchen‹ arbeitete, trug sie nahezu ausschließlich Jeans, manchmal auch ein leichtes Sommerkleid, dazu aber fast immer bequeme Sneakers. Sie warf einen raschen Blick in den Rückspiegel und stellte fest, dass sie vergessen hatte, Lippenstift aufzutragen, und im selben Moment erinnerte sie sich, dass sie ihn in ihr Kosmetiktäschchen gesteckt hatte. Frank mochte rote Lippen, und am liebsten mochte er korallenrote.

Auf ihren Anruf hatte er überrascht, aber positiv reagiert.

»Endlich!«, hatte er ausgerufen und mit leichtem Vorwurf hinzugefügt: »Ich dachte schon, ich würde dich nie mehr wiedersehen.«

»Es wird Zeit, dass wir die Friedenspfeife rauchen«, hatte sie erklärt und zu ihrer eigenen Überraschung gesagt: »Weißt du was? Manchmal vermisse ich dich.«

»Dann komm«, hatte die schlichte Antwort gelautet, und mit einem gespielt drohenden Unterton hatte er gesagt: »Aber warte nicht zu lange.«

Und nun war sie unterwegs zu ihm nach Köln. Ihre Gefühle waren gemischt. Einerseits freute sie sich darauf, ihn wiederzusehen, andererseits hatte sie ihm immer noch nicht ganz verziehen, dass er die Firmenanteile seinem Freund und nicht ihr verkauft hatte. Immerhin, inzwischen hatte er ihr ja ein Angebot gemacht und das hatte sie ein wenig besänftigt.

Sie wusste, dass er Bratwürstchen liebte, und da aus dem verregneten Frühling ein heißer Grillsommer geworden war, war sie noch schnell nach Ahrbrück gefahren, wo es die besten Bratwürstchen nördlich des Mains gab. Die ›Nürnberger‹ lagen jetzt sicher in einer Kühlbox auf dem Rücksitz, und je weiter sie sich vom ›Ahrstübchen‹ entfernte, desto mehr begann sie sich darauf zu freuen, gleich etliche davon auf Franks Dachterrasse zu verspeisen. Vorsichtshalber hatte sie auch noch körnigen Senf besorgt.

Während ihr Haar im Fahrtwind flatterte, summte sie den Amy-Winehouse-Song ›Back to Black‹ vor sich hin.

In der lang gezogenen Kurve hinterm Campingplatz am Ahrbogen sah sie den Mann am Stand sitzen, der um diese Zeit an immer derselben Stelle Obst verkaufte. Sie winkte und grüßte ihn wie einen alten Bekannten, denn fast immer, wenn sie hier vorbeifuhr, nahm sie etwas mit. Heute hielt sie nicht an, aber sie freute sich jetzt schon auf den Herbst, wenn er Pflaumen und Federweißer anbot, den leckersten der ganzen Gegend, wie sie fand.

Nach 50 Minuten Fahrtzeit hatte sie Köln erreicht. Sie fuhr über das Kreuz Köln Süd die Rheinuferstraße entlang bis zum Chlodwigplatz und von dort über den Ring Richtung Eifelplatz, wo nicht nur *Best Promotion* seinen Firmensitz hatte, sondern wo auch Frank wohnte.

Als er ihr die Tür öffnete, waren ihre Lippen korallenrot, und sie verströmte den leichten Hauch ihres Sommerparfums, das dezent nach grünem Tee und Hölzern duftete.

Sein Anblick überraschte sie, offenbar hatte sie vergessen, wie gut er aussah. Mit der weit ausholenden, selbstsicheren Geste eines Mannes, der sich seiner gesellschaftlichen Stellung voll und ganz bewusst ist, bat er sie hinein. Sein kurzes, dunkles, an den Schläfen grau meliertes Haar lag glatt an, die Gesichtshaut war gebräunt, und Bea fragte sich, woher er eigentlich die Zeit zum Sonnenbaden nahm. Er trug eine schwarze Jeans, dazu ein königsblaues Hemd, dessen Stoff so edel aussah, dass sie fast sicher war, dass er es in Italien bei seinem Lieblingsschneider hatte anfertigen lassen. Vielleicht trug er auch die passende Unterhose dazu, die er in der Regel bei ›Intimissimo‹ einkaufte. Zweimal im Jahr gönnte er sich den Spaß und flog zum Shoppen für ein verlängertes Wochenende nach Mailand. Es war das Vergnügen eines Mannes in den mittleren Jahren, der es sich leisten konnte. Wer viel arbeitet, sagte er immer, muss sich auch etwas gönnen dürfen. Hin und wieder mietete er auch einen Helikopter und zeigte seinen Geschäftskunden oder guten Freunden Köln von oben.

Im Zentrum der Wohnung befand sich eine ultramoderne, große Designerküche, die in einen Wohnbereich überging, in dem mehrere hellbeige Sofas standen. An den Wänden hingen Bilder der ›Jungen Wilden‹, und Bea hatte bis heute nicht zu schätzen gewagt, welcher Wert sich in der Einrichtung und vor allem in der Kunst verbarg. *Best Promotion* war eine Goldgrube, daran war nicht zu zweifeln, und Frank war der Prototyp des erfolgreichen, selbstzufriedenen Geschäftsmannes. Sie seufzte leise. Das ›Ahrstübchen‹ brachte ihr bislang nur Peanuts ein.

»Grüß dich. Super schaust du aus«, sagte Frank gut aufgelegt und hielt ihre Hände etwas länger als nötig fest.

»Du aber auch«, erwiderte sie, entzog sich ihm rasch und überreichte ihm die Kühltruhe. »Du wirst bald keine anderen Würstchen mehr wollen. Wir grillen doch?«, fragte sie.

»Sicher. Ich weiß ja, worauf du dich den ganzen Tag schon gefreut hast«, erwiderte er und lachte. »Komm, lass uns hinausgehen.«

Sie folgte ihm auf die Dachterrasse, deren Bäume, Büsche, Gräser und Blumen sich dank eines ausgeklügelten Bewässerungssystems einer Üppigkeit erfreuten, die sie in Erstaunen versetzte.

»Aperol, Schampus, Campari?«, fragte er und fügte hinzu: »Oder doch lieber ein Gläschen Noilly Prat?«

»Aperol mit Soda und dem Saft einer halben Zitrone, bitte«, antwortete sie und machte es sich in einem der weiß lackierten, massiven Holzsessel bequem, auf denen grüne Auflagen für einen weichen Sitz sorgten. Ein schräg über die Terrasse gespanntes Sonnensegel schützte sie vor der zwar milden, aber immer noch heißen Glut der Abendsonne.

Während er mit Flaschen und Gläsern hantierte und Eiswürfel hineinfüllte, beobachtete sie ihn. Der Bauch über seinem Gürtel war noch etwas praller geworden, seit sie ihn das letzte Mal gesehen hatte. Das liegt am Kölsch, am Wein und dem vielen Käse, dachte sie und lächelte unbewusst. Wenigstens legten auch die meisten Männer an Gewicht zu, wenn sie älter wurden, sogar einige Jahre früher als Frauen. Im Geiste verglich sie ihn mit Johannes, der wesentlich muskulöser war als Frank, aber im Gegensatz zu ihm arbeitete er auch körperlich, und das konnte man sehen.

»Wie läuft's denn so im ›Ahrstübchen‹?«

»Immer besser«, antwortete Bea und nahm das Glas mit der roten Flüssigkeit entgegen. In der Tat machten sie inzwischen von Woche zu Woche mehr Umsatz.

»Das freut mich zu hören«, meinte er und sah sie prüfend an. »Na dann, auf die Geschäfte unseres Lebens.«

Sie prosteten sich zu und redeten eine ganze Weile über

seine Aufträge und die Kunden, die sie kannte. Mittlerweile war ein neuer Auftraggeber, ein Hersteller für Sportbekleidung, hinzugekommen, und Frank nahm das zum Anlass, zu fragen: »Hast du es dir inzwischen anders überlegt? Mein Angebot steht, und gerade jetzt könnten wir Verstärkung gut gebrauchen. Du fehlst uns.«

Bea sog an ihrem Strohhalm, seine Worte schmeichelten ihr. »Dein Angebot ist wirklich verlockend, Frank«, antwortete sie nach einem Moment. »Aber weißt du, es hätte früher kommen müssen. Ich habe jetzt mein eigenes Geschäft, das ›Ahrstübchen‹, und das braucht mich auch.«

Seinem Gesichtsausdruck konnte sie entnehmen, dass er sie und das ›Ahrstübchen‹ immer noch nicht ernst nahm, und unbewusst begann sie, sich über ihn zu ärgern. Mit seiner gut gehenden Werbeagentur saß er auf einem sehr hohen Ross.

»Du vergeudest deine Fähigkeiten, das sage ich dir«, erwiderte er und stand auf, um sich am Grill zu schaffen zu machen. »Es ist wirklich bedauernswert«, fügte er hinzu und sah sie an. »Du bist so ein kluges Mädchen. Wir könnten wirklich alles so regeln, dass du zufrieden bist. Es reicht auch für drei, das Geschäft wächst. Du kannst mir doch nicht erklären, dass du in diesem Eifelort mit einem kleinen Restaurant glücklich bist.«

»Ob ich dort glücklich bin, weiß ich tatsächlich nicht«, sagte sie und fügte schmunzelnd hinzu: »Aber immerhin bin ich ein kluges Mädchen, danke für das Kompliment. Verzeih, wenn ich dir sage, dass deine Sprache etwas gewöhnungsbedürftig ist.«

»Wieso?«

»Sind 50-jährige Frauen denn noch Mädchen?«

»Ich dachte, du seiest 49!«

»Aber nicht mehr lange. In ein paar Monaten schon werde ich 50, ich frage mich die ganze Zeit, ob ich diesen Tag feiern soll.«

»Natürlich, plane ein rauschendes Fest. Ich schenke dir dann den Sekt dazu. Wie wäre es mit einer Sonderedition, passend zum 50.ten?« Frank sah sie amüsiert an und lachte. »Jetzt funktioniert das mit dem Feiern und Tanzen noch, der 60. Geburtstag fällt dann schon eher gediegen aus.«

Bea grinste. »Du meinst, dann bringen meine Gäste und ich noch ein paar Kilo mehr auf die Waage, haben mindestens ein körperliches Gebrechen und sind geistig schon so dröge, dass wir nur noch debil vor uns hinstarren?«

Frank Flick lachte. Er liebte es, sie zu ärgern und fand es köstlich, wenn sie direkt auf seine Frotzeleien ansprang. Er selbst hatte die 50 längst überschritten und kein Problem damit. Die 60 allerdings machte ihm Angst.

»Vielleicht überlege ich es mir noch einmal. Man sollte eigentlich immer feiern, wenn es einen Anlass gibt.« Bea setzte ihr Glas ab, öffnete die Kühltruhe und reichte ihm die Würstchen. »Jetzt aber noch einmal zurück zum Thema Glück. In meinem Innersten weiß ich genau, dass ich in Altenahr mitsamt dem ›Ahrstübchen‹ noch glücklich werde.«

Zweifelnd sah er sie an. Völlig unerwartet mutmaßte er: »Es gibt einen neuen Mann in deinem Leben!«

Sie stutzte. Frank hatte einen siebten Sinn.

»Auch das«, erwiderte sie langsam. »Aber er ist nur die eine Hälfte vom Glück, und oft nicht einmal das. Die andere Hälfte besteht aus dem ›Ahrstübchen‹ und meinen Freundinnen.«

»Erzähl mir nichts. *Er* ist es. Von wegen ›Ahrstübchen‹.« Frank grinste.

Bea nahm noch einen Schluck Aperol, diesmal ohne Strohhalm.

»Ach, der große Frauenkenner spricht«, sagte sie amüsiert und fügte herablassend hinzu: »Frankieboy, Männer sind definitiv nur die Hälfte vom Glück. Aber, wem sage ich das …« Sie lächelte ihn süß an: »Vor mir steht ja Mister Universum …«

»Na also«, er lachte. »Geht doch. Ich wusste, dass du es eines Tages begreifst.«

Nachdem sie noch etwas herumgealbert hatten, prosteten sie sich zu, und Frank widmete sich wieder den Würstchen, die zischend auf dem Rost lagen und inzwischen einen würzigen Duft verströmten. Auf dem Tisch stand eine große Schale mit Salat und frisches Baguette, das so knusprig aussah, dass Bea sich sofort ein Stück davon abbrach.

»Köstlich.« Sie verdrehte die Augen und nahm gleich noch einen Bissen.

»Ich will, dass du Folgendes weißt, Bea …«, sagte Frank mit auffallend ernster Stimme. »Wenn du zurückkommen willst, komm. Egal wann. Bei *Best Promotion* ist immer ein Platz für dich.«

Bea blinzelte, er meinte es ernst, und seine Worte taten ihr gut. Letztendlich war er wohl doch ein echter Freund.

»Danke, gut zu wissen.«

Frank nickte und legte ein Würstchen auf ihren Teller.

»Darf ich fragen, wie er aussieht?«, wechselte er das Thema. »Besser als ich?«

»Nein«, Bea grinste. »Wo denkst du hin? Er ist klein, bucklig und hat falsche Zähne.«

»Dann bin ich beruhigt.«

»Aber er ist ein guter Liebhaber.«

»Dann bin ich beunruhigt. Ich bin eifersüchtig.«

»Ganz wie du willst.«

Nach einem Moment fragte er: »Was ist da in Altenahr eigentlich los?«

»Du meinst die Sache mit dem Tempel?«

»Ja.« Er nickte und häufte sich noch etwas Salat auf den Teller. »Was man so in der Zeitung liest, ich meine, dieser buddhistische Tempel geistert doch überall durch die Presse.«

»Klar, nach allem, was passiert ist.« Sie erzählte ihm von dem Brandanschlag, den jugendlichen Tätern, der Mahnwache und der Unterschriftenaktion, der versöhnlichen Geste der Gemeinde. Irgendwann sprach sie auch von den Konflikten, die sie mit den Freundinnen austrug, und von den schönen Dingen, die sie teilten. Sie erzählte von John, dem Rastamann und von ihren chinesischen Freunden.

»Lecker«, Bea fuhr sich mit der Zunge über die Lippen. »Noch eins, bitte.« Sie nahm sich vor, am nächsten Tag nur Reis zu essen. Die Würstchen schmeckten hervorragend, und nachdem sie sich den Bauch so vollgeschlagen hatten, dass sie vor Wonne stöhnten, lehnten sie sich satt und zufrieden in ihren Holzstühlen zurück. Die Sonne war bereits untergegangen, und es wurde langsam dunkel.

»Die Menschen, die in Altenahr leben, sind schon sehr anders als wir«, nahm Bea den Faden wieder auf. »Ich könnte dir stundenlang von den verschiedenen Typen erzählen.«

»Trotzdem fändest du nur vage Erklärungen für das, was den Chinesen passiert ist, oder?«

»So ist es.«

Sie schwiegen einen Moment, dann sprach sie das Thema an, das sie den ganzen Abend über unterschwellig beschäftigt hatte. »Frank? Die Friedenspfeife haben wir jetzt symbolisch geraucht, ich bin heute aber auch noch aus einem anderen Grund zu dir gekommen.«

»So?«

»Ich möchte dich etwas fragen.«

»Ja?«

Er war inzwischen zu Kölsch übergegangen, und während sie ihr Wasserglas absetzte, öffnete er sich eine neue Flasche Reissdorf. Der Kronkorken plumpste mit einem leichten Zischen auf den Tisch.

»Hätte nicht einer deiner Kunden Lust, einen Frauenfußballverein zu fördern? Konkret: Die ›Eintracht Neuenahr‹?«

»Frauenfußball?«

»Ja.«

»Hm.« Er nahm einen Schluck. »Ich habe natürlich nichts gegen Frauenfußball, aber nimmt irgendein Mensch außer Frauen ihn überhaupt ernst?«

»Und ob. *Millionen* von Frauen und *Millionen* von Männern.«

Frank Flick lachte auf. »Ich meine, im Vergleich zu Männerfußball veranstalten die Frauen doch wirklich ein reines Nachtjackenprogramm, oder?«

»Nein«, erwiderte Bea empört. »Die deutschen Fußballfrauen sind zweifacher Weltmeister. Und in der Bundesliga geht es auch ganz schön ab. Das ist richtiger Leistungssport, mein Herr.«

»Ach so.« Er grinste immer noch. »Mir kommt es eher so vor, als würde der DFB sich nur deshalb für Frauenfußball stark machen, weil es dem Zeitgeist entspricht und gesellschaftspolitisch korrekt ist.«

»Das ist hoffentlich nicht der Hauptbeweggrund.« Bea blieb streng.

»Hm.«

»Jetzt hör mir einfach einmal zu«, sagte sie und begann, von der finanziellen Schieflage des Vereins zu berichten. Sie sprach von den vielen Fans, die der Verein nicht nur in Neuenahr und Altenahr hatte, und von Wang Ai, die ihn aus dem spielerischen Abseits holen könnte. Zuletzt spannte sie den Bogen und erklärte, warum sich durch Wang Ais Engagement ein deutliches Zeichen gegen die Fremdenfeindlichkeit setzen ließe, der ihre Familie ausgesetzt war.

Je länger sie erzählte, desto ernsthafter und aufmerksamer wurde Frank Flick, und nachdem sie geendet hatte, schwieg er eine ganze Weile.

»Also, was meinst du? Kannst du mir bei der Sponsorensuche helfen?«

Ohne ein Wort stand er auf, verließ die Dachterrasse und kam nach einem Moment mit einem weiteren Kölsch in der Hand zurück. Schwer ließ er sich auf seinen Terrassenstuhl fallen, dann öffnete er die Flasche und setzte sie an den Mund. Das laut gluckernde Geräusch beleidigte ihre Ohren.

»Die ›Eintracht Neuenahr‹ braucht nicht nur einen, sondern gleich mehrere Sponsoren«, erklärte sie und fügte hinzu: »Dann sind sie breiter aufgestellt.«

»Ich werde sehen, was sich machen lässt.«

55

Ungnädig wurde sie von Sonnenstrahlen geweckt, die schräg und warm auf ihr Gesicht fielen. Bea blinzelte und drehte sich unwillig auf die Seite, sie presste ihren Kopf dicht an Johannes' Schulter, um der Helligkeit des Morgenlichts zu entfliehen. Träge überlegte sie, ob sie demnächst nicht besser eine Zweitschlafbrille bei ihm deponieren sollte. Aber vielleicht wartete sie damit besser noch ein paar Monate, bis sie sich länger kannten. Eine Frau mit Schlafbrille im Gesicht war nicht der Inbegriff von Erotik, und wer wusste schon, ob auf die Schlafbrille nicht schon bald die Gurkenscheiben folgen würden. Bei diesem Gedanken musste sie leise kichern, vorsichtig hob sie den Kopf und öffnete die Augen. Johannes schlief noch. Ein Blick auf die Uhr zeigte ihr, dass es bereits 11 war, schon spät, dennoch ließ sie sich wieder zurück in ihr Kissen sinken. Wann waren sie im Bett gelandet gestern Nacht? Sie wusste es nicht, aber als sie endlich eingeschlafen waren, war es draußen bereits hell geworden. Sie seufzte wohlig und schob ein Bein über seinen Schenkel. Darauf bedacht, ihn nicht zu wecken, strich sie zart mit der Hand über seine Brust. Zwischen die schwarzen Haare mischten sich graue, sie kringelten sich zu kleinen Locken und kitzelten ihre Wange.

Der Duft seiner Haut war morgens am intensivsten, und sie sog ihn tief in sich ein. Ein Moment für die Ewigkeit. Sie hielt die Augen geschlossen, seine Atemzüge gingen gleichmäßig, der Brustkorb hob und senkte sich in immer demselben Rhythmus, und Bea spürte, wie sie wieder schläfrig wurde.

Gestern Abend, als sie von Frank weggefahren war, hatte sie auf einmal eine große Sehnsucht nach Johannes verspürt, und kurz entschlossen bei ihm angerufen. Eine gute Stunde später war sie bereits bei ihm gewesen. Lange hatten sie auf seiner Terrasse gesessen, Wein getrunken, von ihrem früheren Leben erzählt und die Milchstraße betrachtet, die sich als heller Streifen über ihren Köpfen am Himmel abzeichnete. Und als sie dort beieinandersaßen, in eine Decke gehüllt, hatte sie ganz deutlich gespürt, wie viel vertrauter und harmonischer sein Haus verglichen mit Franks teurer Designerwohnung war. In Johannes' vier Wänden fühlte sie sich wohl, sie strahlten eine Wärme aus, die sie der Coolness von Franks Wohnung eindeutig vorzog. Und sie hatte erkannt, dass die beschauliche Eifel inzwischen ein richtiges Zuhause für sie geworden war.

Er räkelte sich, und Bea öffnete seufzend ein Auge, am liebsten hätte sie noch Stunden so gelegen. Es war schön, bei ihm zu sein.

»Guten Morgen«, flüsterte er mit weicher Stimme und gab ihr einen Kuss. Sie spürte, wie sie begann, jegliches Zeitgefühl zu verlieren.

Dann klingelte ihr Handy. Wieder und wieder, bis sie es schließlich mit der Hand vom Boden fischte und den Anruf entgegennahm.

Caro war am Apparat. »Bea, wo bist du? Noch in Köln?« Ihre Stimme klang aufgeregt.

»Nein, in Hürnig.«

Caro stockte. »Tut mir leid, wenn ich dich störe, aber wir haben hier Land unter. Ich weiß nicht, was los ist, die Touristen strömen nur so durch unsere Tür. Du musst unbedingt herkommen.«

Bea seufzte. Sie sah Johannes mit einem bedauernden Gesichtsausdruck an, und er zog fragend die Augenbrauen hoch.

»Hallo? Bist du noch da?«, rief Caro in den Apparat. »Bea ...?«

»Ja, ja, ich bin dran. Kurze Empfangsstörung«, gab sie vor und fragte: »Wie viel Gäste ungefähr?«

»An die 60, schätze ich, und Bruni und Ulrike sind heute früh überraschend nach Köln gefahren. Irgendetwas Wichtiges. Ich bin allein mit John.«

»Was?« Jetzt saß sie senkrecht im Bett. »Warum sind die beiden weg? Das ist doch *mein* freier Tag!«

»Wir dachten, ich schaffe es alleine ...«

»Mist«, fluchte Bea.

Fünf Minuten später war sie angezogen und aus der Tür.

56

Stimmengewirr schlug Bea entgegen, als sie im ›Ahrstübchen‹ eintraf. Die Besucher aus Köln, die mit einem Reisebus angekommen waren, hatten sämtliche Tische auf der Terrasse belegt, und auch die Tische im Inneren des Restaurants waren gut besetzt. Das sah nach Arbeit aus. So sehr sie sich auch über den unverhofften Touristenstrom freute, so sehr geriet sie beim Anblick der vielen Gäste in Panik, denn sie fragte sich, wie sie diesem Ansturm gerecht werden sollten. Zu ihrem Erstaunen realisierte sie aber schnell, dass Caro bereits Hilfe organisiert hatte. Mei Ling und sie eilten zwischen den Tischen hin und her, nahmen Bestellungen auf und servierten Getränke. Hinter der Theke stand Ben und zapfte Bier.

»Super, ich wusste gar nicht, dass du das kannst«, rief Bea und winkte ihm zu. »Du schwänzt doch nicht etwa die Schule?«, fragte sie besorgt.

»Nein«, antwortete er lachend und erklärte: »Heute ist doch der erste Ferientag.«

Bea gab ihm rasch einen Kuss auf die Wange. »Du bist ein Schatz«, versicherte sie und verschwand in der Küche, wo John wie besessen Salat schleuderte. Das Schwingen der Schüssel verursachte ein anschwellendes, summendes Geräusch, er war so vertieft in die Arbeit, dass er Bea nicht hereinkommen hörte. Hinter ihr eilte Caro durch die Tür.

»Gut, dass du da bist«, rief sie erleichtert. »Ich weiß nicht mehr, wo mir der Kopf steht.« Ihr blondes Haar hatte sie mit einem Band zusammengebunden, ihre Augen und Wangen waren gerötet und glänzten.

John sah auf. »Alles no problem, girls.« Aufmunternd strahlte er sie an.

Bea schnappte sich eine Schürze vom Haken. Ein kurzer Blick auf ihre Anzughose bestätigte, dass sie einigermaßen geschützt war.

»Was soll ich tun?«, fragte sie Caro und versuchte, sich einen Überblick zu verschaffen.

»Pellkartoffeln schälen. Dort drüben.« Caro machte eine entsprechende Kopfbewegung. »Ich habe die Speisekarte kurz entschlossen auf drei Gerichte reduziert«, erklärte sie und sagte: »Bratkartoffeln mit Sülze und Remouladensauce für 9,50, Sommersalat mit Erdbeeren, Radieschen und Lachsforelle für 10,50.«

»Frisch aus den Teichen?«, unterbrach Bea sie.

»Ja. Wang San hat sie für uns aus Schuld geholt, sind schon ausgenommen. Außerdem gibt es Filet vom Eifellamm mit Kürbis-Chutney, dazu einen Klecks Kartoffelgratin und einen Artischockensalat mit frischer Minze für 24,50 Euro.«

»Hört sich gut an, aber für so viel Leute?« Beas Stimme war voller Zweifel. »Kriegen wir das hin?«

»Kein Problem. Das Fleisch ist schnell gebraten und das Chutney ist schon vorbereitet. John kümmert sich gleich um die Artischocken.«

»Ich bin platt«, sagte Bea beeindruckt. Ihre Schale mit gepellten Kartoffeln füllte sich bereits. »Du bist ein echtes Organisationstalent.« Sie schwieg einen Moment, dann fragte sie: »Aber wieso haben Wang San und Mei Ling Zeit, uns zu helfen? Sie haben doch seit ein paar Tagen wieder auf.«

Caro sah kurz auf. »Bei den Wangs ist nichts los.«

»Was?«, fragte Bea erstaunt.

»Die chinesischen Touristen sind noch nicht wieder da.«

»Warum?«

»Keine Ahnung.«

»Und wo kommen auf einmal all die Kölner her? Ich verstehe das nicht.«

»Das ist ein Kegelverein, der einen Tagesausflug macht. Sie haben von dem Tempel gelesen, und deswegen sind sie hier. Sie haben sich vorhin schon alles angesehen. Wenn sie gegessen haben, fahren sie weiter nach Dernau, zum Rotweinwanderweg.«

»Aber wieso essen sie nicht bei den Wangs?«, fragte Bea und starrte Caro an: »Das wäre doch wohl angebracht.«

»Das kann ich dir auch nicht erklären.« Caro sortierte die gewaschenen Salatblätter und begann dann damit, Erdbeeren zu putzen. Nach einer Weile sagte sie: »Die Leute sind älter als 60, das ist doch die Generation, die Angst hat, dass ihr Dackel im Kochtopf landen könnte. Ich schätze, sie fremdeln mit der chinesischen Küche.«

»Hm.«

»Das Leben ist ungerecht«, erklärte Caro und seufzte tief. »Heute stehst du noch auf der Gewinnerseite, und morgen nimmt schon ein anderer deinen Platz ein. Mei Ling und Wang San haben jedenfalls sofort die Ärmel hochgekrempelt, als ich sie um Hilfe gebeten habe. Ben war übrigens gerade zufällig hier, als die vielen Leute eintrafen.«

»Ach, ja?« Beas Stimme klang müde.

»Er ist unsagbar froh, dass die Brandstifter gefasst sind, und dass es nicht sein Vater war.«

Sie sah auf. »Hatte er ihn ernsthaft in Verdacht?«

»Ja.«

Sie schwieg. Inzwischen war sie so weit, dass sie die Kartoffeln in feine Scheiben schnitt. »Jetzt sage mir bitte, wo Bruni und Ulrike stecken, dann stelle ich auch keine Fragen mehr.«

Caro beschäftigte sich mit ihren Erdbeeren, und Bea wartete vergeblich auf eine Antwort.

»Caro?«

»Ja?«

»Ich wollte etwas von dir wissen.«

»Ach so, ja. Ich habe dir doch bereits gesagt, dass sie in Köln sind.«

»Und was machen sie da?«

»Du wolltest doch keine Fragen mehr stellen.«

Bea grinste, und Caro sagte: »Was Wichtiges. Ulrike hat einen Anruf bekommen und dann sind sie auch schon losgedüst. Keine von uns hat damit gerechnet, dass ausgerechnet heute so viele Gäste hier hereinschneien.«

Bevor sie weiter nachhaken konnte, öffnete sich die Küchentür, und im Raum standen Christine Schäfer und Marianne Hohenstein. Überrascht betrachteten sie das Chaos. Überall lag Gemüse herum, Ofenformen mit Kartoffelscheiben darin waren übereinandergestapelt, und Zwiebelschalen und Salatblätter fanden sich auf dem Fußboden verstreut.

»Wir wollten nur mal kurz *Hallo* sagen …«

»Achtung, Rutschgefahr!«, warnte Caro die beiden.

»Das sieht ganz so aus, als ob ihr Unterstützung gebrauchen könntet«, lachte Christine Schäfer nach einem kurzen Rundumblick.

Marianne Hohenstein nickte.

Erstaunt sahen Bea und Caro die beiden Frauen an. »Also

gut. Hier ist ein Besen«, stimmte Caro zu und drückte ihn Christine Schäfer in die Hand.

»Was soll *ich* tun?«, fragte Marianne Hohenstein.

»Das Dressing für den Salat muss noch angerührt werden«, antwortete Bea und reichte ihr Essig und Öl.

»Immer her damit.«

Bald waren nur noch die Geräusche von klappernden Schüsseln, zischendem Fett und schabenden Messern zu hören. Dazwischen ertönte hin und wieder ein deftiger Fluch.

Während Bea erste Portionen Bratkartoffeln mit Sülze und Remouladensauce anrichtete, stippte John ungerührt seinen Finger in das von Marianne Hohenstein angerichtete Dressing, leckte ihn ab, schüttelte sich, und sagte mit fachkundiger Miene: » Zu viel Essisch. Nimm noch ein bisschen mehr Zucker, all right?« Dann hievte er sich mehrere Teller auf seine muskulösen Oberarme und balancierte sie hinaus Richtung Gastraum.

Marianne Hohenstein stand wie erstarrt. Als sie wieder zu sich kam, schüttelte sie den Kopf und murmelte vor sich hin: »Chinesen sind eins, da gewöhne ich mich schon noch dran, aber jetzt auch noch an Schwarze?«

57

»Ich habe es geschafft«, erklärte sie und holte tief Luft. Sie wiederholte ihre Worte, als könne sie es selbst nicht glauben, als müsse sie sich noch davon überzeugen, dass es wahr war. »Ich habe es tatsächlich geschafft.«

»Hast du«, stimmte Bruni zu und versuchte, der Freundin über den Arm zu streichen. »Au.« Sofort zog sie ihre Hand wieder zurück. »Die Nadeln pieksen aber ziemlich!«

»Du solltest dich besser nicht bewegen«, erwiderte Ulrike und blickte stoisch an die Decke.

Sie und Bruni lagen nebeneinander auf zwei Liegen, und jede von ihnen hatte mindestens zwölf Akupunkturnadeln im Körper stecken, verteilt auf Hände, Arme, Brust, Kopf, Rücken, Beine und Füße. Bruni hatte in der Praxis angerufen, die sich in Köln in der Trierer Straße nahe dem Barbarossaplatz befand, da Mei Ling schon jahrelang zu dieser Ärztin ging und regelrecht von ihr schwärmte. Sie war eine Deutsche, die nicht nur in chinesischer Medizin, schwerpunktmäßig Kräutermedizin und Akupunktur versiert war, sondern auch über eine westliche, schulmedizinische Ausbildung verfügte. Eine gute Kombination, wie Bruni fand, und so hatte sie sich kurzerhand einen Termin geben lassen, weil ihre Hitzewallungen zunehmend lästig wurden und Silberkerze allein keine Abhilfe schaffte. Sie hatte davon gelesen, dass sich Wechseljahresbeschwerden mit Akupunktur und chinesischen Kräutern gut behandeln ließen, und Zhang Liu, die das alles seit Jahrzehnten bereits hinter sich hatte, hatte sie darin bestärkt. Nach Auffassung der chinesischen Medizin schwinden unsere vitalen Körperflüssigkeiten, wenn wir älter werden, was zu einem Überschuss von Yang, gleichzusetzen mit Vitalenergie und Hitze, führt. Bruni hatte nicht nur für sich, sondern auch gleich für Ulrike einen Termin vereinbart, denn sie hatte sie davon überzeugen können, ihren Ängsten nicht nur im Rahmen einer Psychotherapie zu Leibe zu rücken. Chinesische Medizin war für vieles gut, und da Bruni auch jeder Hormonersatztherapie gegenüber skeptisch eingestellt war, hoffte sie, dass Ulrike sich dank diverser Kräuter und Nadeln demnächst vielleicht sogar von den Gestagenen verabschieden würde, die sie gegen erste Wechseljahresbeschwerden schluckte. Sie nahm sich vor, Bea beim nächsten Mal auch mit hierher zu nehmen.

Im Hintergrund dudelte leise Panflötenmusik, die ungeheuer entspannend wirkte, und Ulrike fühlte, wie sie von Minute zu Minute schläfriger wurde. »Danke, dass du mich begleitet hast«, sagte sie. »Mir wären bestimmt all die Fragen nicht eingefallen, wenn ich allein zu dem Anwalt gegangen wäre.«

»Vier Augen sehen mehr als zwei, und zwei Hirne denken besser als eines«, erwiderte Bruni sanft. Unter der Wolldecke war es wohlig warm, aber inzwischen achtete sie darauf, stillzuliegen.

»Die wichtigste Information war, dass ich ein Anrecht auf die Hälfte unseres Vermögens habe«, gähnte Ulrike und fügte hinzu: »Ich hatte schon befürchtet, dass ich mittellos werden könnte.«

»Nicht in diesem Land, und eine Gütertrennung habt ihr ja nicht vereinbart. Weißt du überhaupt, von wie viel Geld du redest?«

»Nein, ich muss das mit Claus klären, selbst habe ich nicht den Überblick.«

»Dachte ich mir schon«, seufzte Bruni und fragte nach: »Traust du ihm?« Eine unbedachte Bewegung führte dazu, dass ihr wieder ein »Au!« herausrutschte.

Ulrike schwieg einen Augenblick, bevor sie antwortete. »Ja, ich denke, er wird sich fair verhalten.«

»Wann willst du es ihm sagen?«

»Sehr bald.«

»Wann?«

»Dränge mich nicht. Du wirst schon sehen.«

58

Der Kegelverein aus Köln hatte das ›Ahrstübchen‹ mittlerweile verlassen, und nachdem die Ordnung einigermaßen wiederhergestellt war, hatte Bea die letzten Bratkartoffeln gebraten, die sie jetzt zusammen mit Salat und Sülze auf der Terrasse genossen. Es war angenehm draußen, nicht zu heiß, und es wehte ein laues Nachmittagslüftchen, das mit den Enden der Tischdecke spielte. Auch Lilly saß mit am Tisch. Sie war überraschend zu Besuch gekommen, und nachdem sie von ihrer Mutter umarmt worden war, hatte sie sich kurzerhand zu Ben hinter die Theke gesellt und ihm geholfen, sodass auch die Getränkeversorgung der Gäste einwandfrei funktionierte.

»Eure Unterstützung war großartig«, lobte Bea und tauschte einen müden, aber sehr zufriedenen Blick mit Caro. »Vielen, vielen Dank. Selbstverständlich bezahlen wir euch das.«

Christine Schäfer und Marianne Hohenstein blickten von ihren Tellern auf und starrten sie an, und nachdem Christine Schäfer sich eine weitere Gabel voll Bratkartoffeln in den Mund geschoben und lange darauf herumgekaut hatte, sagte sie: »Willst du uns beleidigen? Das läuft unter Nachbarschaftshilfe. Oder, Marianne?«

Die Frau des Bürgermeisters nickte und spießte bedächtig ein Salatblatt auf. Nach einem Moment sagte sie: »Das haben wir gern gemacht. Irgendwann bekommen Sie sicher die Gelegenheit, sich zu revanchieren.«

Wang San und Mei Ling tauschten einen Blick. »Wir wollen ebenfalls kein Geld dafür haben«, erklärte Wang San.

»Dann teilen sich John und Ben euer Honorar, wenn ihr einverstanden seid. Was haltet ihr davon?«, schlug Bea vor.

»Klar«, und »gute Idee«, tönte es von allen Seiten. Lilly, die neben Ben saß, betrachtete ihn interessiert. Er war rot geworden und sah verlegen auf seinen Teller. Er hatte etwas an sich, das ihr gefiel, auch wenn sie nicht genau wusste, was es war. Sein spitzbübisches Lächeln oder die Verlegenheit, die sich in seine Augen schlich, wenn er merkte, dass er beobachtet wurde. Einerseits benahm er sich wie ein schüchterner Junge, andererseits wirkte er schon sehr erwachsen auf sie. Zumindest sein Körper schien es bereits zu sein.

»Ich schlage vor, dass wir uns duzen«, sagte Marianne Hohenstein plötzlich und sah in die Runde. »Was halten Sie davon? Jetzt, wo wir quasi als Team funktionieren …«

Alle am Tisch waren überrascht, und es breitete sich eine kleine verlegene Pause aus. Die Frau des Bürgermeisters fügte hinzu: »Mit meinem Vorschlag meine ich ausnahmslos alle hier am Tisch.« Sie hob ihr Glas und richtete ihren Blick auf jeden Einzelnen, auf Johns Gesicht verweilte er eine Spur länger als auf den anderen.

»Ich schließe mich Mariannes Vorschlag an«, meinte Christine Schäfer, die auf einmal sehr stolz auf die 1. Vorsitzende des Landfrauenvereins war, und ehe sie es noch recht begriff, tönte es schon laut durcheinander: »Gan bei! Cheers!«

»Und nicht zu vergessen: Auf Deutsch heißt es Prost!«, ergänzte Marianne Hohenstein fröhlich.

59

Am späten Nachmittag des nächsten Tages saß Lao Wang still in seinem Arbeitszimmer. Nachdem er einen Stein, den er kürzlich erst an der Ahrschleife gefunden hatte, mit kalligrafischen Schriftzeichen verziert hatte, fühlte er sich gelassen genug, um nach dem zierlichen Brieföffner aus hellgrüner Jade zu greifen, den seine Frau ihm vor etlichen Jahren geschenkt hatte. Er hatte den Umschlag, der vor zwei Tagen mit der Post gekommen war, ungeöffnet in einer Porzellanschale auf seinem Schreibtisch liegen lassen, denn er traute dem Inhalt des Schreibens nicht. Warum, konnte er nicht genau sagen, aber wie bislang alle Briefe von der Verbandsgemeinde Altenahr war auch dieser hier von einer unheilvollen Aura umgeben, die sich mit nichts messen, sondern nur erahnen ließ. Der blaue Drachen, der die Schale verzierte, hatte nichts an der düsteren Ausstrahlung des Umschlags zu ändern vermocht, obwohl er inzwischen mehr als 40 Stunden direkt auf ihm gelegen hatte.

Der alte Chinese nahm den Brief vorsichtig in die Hand. Er kam aus China, war relativ dick und den Absender kannte er gut. Wieso hatte die Reisegesellschaft aus Shanghai keine E-Mail geschickt? Was war so wichtig, dass es als ordentliches Briefdokument versandt werden musste? Normalerweise korrespondierten sie per Mail. Auf einmal kam Lao Wang sich vor wie ein kleiner Junge, der schon vieles spürte, aber noch nichts begriff. Bedächtig neigte er den Kopf und lauschte den Stimmen seiner

Singvögel, die um diese Zeit wieder munter vor sich hinzwitscherten, nachdem sie ausgiebig Mittagsruhe gehalten hatten.

Seit ihr Restaurant wieder geöffnet war, hatten sie kaum Umsatz gemacht. Es war still geworden im Gastraum, trotz der Presseberichte und obwohl sie ihrem chinesischen Vertragspartner längst mitgeteilt hatten, dass sie wieder betriebsbereit waren. Die wenigen Einheimischen wie Christine Schäfer mit Familie oder Dorothée Maar vom Supermarkt, die bei ihnen hereinschauten, kamen aus Solidarität. Sie aßen eine Frühlingsrolle oder bestellten Schweinefleisch süß-sauer, aber das war es auch schon. Jeden Abend, wenn sie schlossen und Zhang Liu die Einnahmen zählte, schüttelte sie sorgenvoll den Kopf, denn das Klappern der Kasse klang nicht mehr so süß in ihren Ohren wie vor wenigen Wochen noch. Deutsche Touristen zogen die einheimische Küche vor. Der Kegelverein hatte zwar neugierig ihren Hof inspiziert und den goldenen Buddha fotografiert, aber anschließend waren sie nicht bei ihnen, sondern im ›Ahrstübchen‹ eingekehrt. Lao Wang strich sich über sein Kinn und beobachtete versonnen den Singvogel, der in der Voliere akrobatische Übungen vollführte und in halsbrecherischem Tempo von Stange zu Stange hüpfte. Dann gab er sich einen Ruck und schlitzte den Umschlag auf. Das reißende Geräusch fuhr ihm in die Glieder. Es verstärkte seinen Eindruck, dass die Kette unglücklicher Wendungen noch nicht abgerissen war. Langsam entfaltete er das Schreiben, dann beugte er sich darüber und las.

Die ganze Familie war in ihrem Wohnzimmer versammelt, und lange Zeit sagte niemand ein Wort. Selbst die Kinder saßen still. Erst vor wenigen Minuten hatte Lao Wang ihnen mitgeteilt, dass das chinesische Reiseunternehmen den Vertrag gekündigt hatte.

Begründung:

1. Vertragsverletzung durch vorübergehende Schließung des Restaurants.

2. Die der Schließung zugrunde liegende Fremdenfeindlichkeit in Altenahr sei unzumutbar für ihre Kunden.

Genausogut hätte Lao Wang seiner Familie auch sagen können, dass er Insolvenz beantragt habe.

»Vertragsverletzung, dass ich nicht lache. Die paar Tage, die wir geschlossen hatten!«, empörte sich Wang San, in dessen Gesicht langsam die Farbe zurückkehrte. »Als sei es ein Problem gewesen, in Dernau einzukehren. Wir hatten doch alles geregelt. Der Schmidt-Räkel hat ein unerwartetes Geschäft gemacht, unsere Landsleute waren zufrieden, und alles lief völlig unproblematisch.«

»Es war doch mit der Reisegesellschaft abgesprochen?« Fragend sah Mei Ling ihren Vater und ihre Brüder an. Neben Wang San saßen Wang Yi und seine Frau, und alle nickten.

»Natürlich«, erklärte Wang Yi. Er hob seine Jüngste auf den Schoß und fügte hinzu: »Wo denkst du hin. Wir hätten sie niemals sich selbst überlassen.«

»Dann verstehe ich die Reaktion nicht«, seufzte Mei Ling.

»Wisst ihr was?«, fragte Wang Ai. »Ich vermute, dass sie sauer darüber sind, dass ich bei einem deutschen Frauenfußballverein spielen werde, da sie ja die chinesische Frauenfußball-Nationalmannschaft sponsern. Demnächst ist Frauen-Fußball-WM!«

»Aber du hast das offizielle O.k.!«, wandte Wang Yi ein.

»Na und? Dem Reiseunternehmen ist es egal, was die Vereine untereinander ausklüngeln und ob die chinesischen Behörden den Weg ebnen. Die wollen einfach nur, dass die Chinesinnen Weltmeister werden, schließlich haben sie einiges dafür investiert.«

»Gut möglich«, überlegte Wang San und sagte: »Fakt ist, dass sie uns ausbooten. Du meinst, die wollen, dass du das Angebot von der ›Eintracht Neuenahr‹ ausschlägst?«

Wang Ai nickte.

Lao Wang hielt Zhang Liu seine Teetasse hin, und sie schenkte noch einmal nach. Das halblange, weit geschnittene Hemd, das sie über ihrer Hose trug, war an den Ärmeln dezent mit bunten Stickereien verziert, die den Blick des Betrachters auf die Anmut ihrer Bewegungen lenkten. Trotz ihres hohen Alters konnte man erkennen, dass sie einmal eine sehr schöne Frau gewesen war.

»Wir hätten das Restaurant nicht schließen dürfen«, stöhnte Wang Yi mit sorgenvoller Miene.

»Haben wir aber«, erwiderte Mei Ling. In ihrer Stimme lag eine Heftigkeit, die man kaum von ihr kannte. Am liebsten wäre sie weggerannt, hätte sich auf ihre Kawa geschwungen und wäre all dem mit Vollgas entflohen.

»Und nun?«, fragte ihre Cousine. »Was machen wir nun? Das Beste ist, ich gehe zurück nach China.«

»Jetzt dreh mal nicht durch. Keiner weiß, ob du mit deiner Vermutung überhaupt richtig liegst«, erwiderte Mei Ling.

»Solange die ›Eintracht‹ noch keinen Sponsor hat, ist meine Zukunft hier sowieso nicht gesichert. Und wenn ich weiter in China spiele, wäre ich mit Sicherheit auch bei der WM dabei.«

»Meinst du?«

»Ziemlich sicher, und nach all dem, was ich hier erlebt habe, ist das immer noch sehr verlockend für mich.«

»Fang jetzt bitte nicht wieder damit an«, sagte Mei Ling. »Das haben wir schon tausendmal gehört. Ich denke, du willst hier studieren? Für die ›Eintracht Neuenahr‹ zu spielen bedeutet eine tolle Chance für dich, du weißt das …« Sie merkte, dass sie wütend auf Wang Ai war. Da sie aber kein Magengeschwür bekommen wollte, beherrschte sie sich. Wer seine Wut herausschrie, wurde krank. Oft hatte sie sich gefragt, wer richtig lag, die Chinesen oder die Deutschen, die glaubten, dass man krank würde, wenn man den Ärger in sich hineinfraß. Irgendwann hatte sie sich für die chinesische Sicht der Dinge entschieden, zumal Unbeherrschtheit immer auch Gesichtsverlust bedeutete.

»Wang Ai, ich glaube nicht, dass du bei der ganzen Sache eine so große Rolle spielst«, sagte Wang San sanft zu Wang Ai. »Du bist bestimmt nicht der Grund für die Vertragsauflösung, dich trifft keine Schuld.« Insgeheim war er jedoch nicht so sicher. Er hielt es durchaus für möglich, dass sie mit ihrer Vermutung richtig lag.

»Ich könnte morgen bei der Reisegesellschaft anrufen und nachfragen, ob sie nicht noch einmal darüber nachdenken wollen. Schließlich habe ich auch dafür gesorgt, dass der Vertrag zwischen uns und ihnen überhaupt zustande kam«, schlug Mei Ling vor.

»Ich weiß nicht, ob das eine gute Idee ist.« Wang San strich sich über die Stirn.

»Ich könnte ihnen versichern, dass hier alles beim Alten ist. Ich meine, unser Service stimmt nach wie vor, unsere Gerichte sind ausgezeichnet, und im Zweifel gehen wir auch mit dem Preis noch ein bisschen runter …«, insistierte Mei Ling.

Lao Wang nickte bedächtig.

Er hält die Teetasse in der Hand, als wäre sie sein Halt, dachte Wang San.

Nach einer Weile flüsterte sein Vater: »Wir machen uns vor niemandem klein.« Seine Worte kamen leise, aber in aller Deutlichkeit über seine Lippen, und so weich sie auch klangen, so waren sie doch unverkennbar ein Befehl. Die Familie starrte ihn an. Langsam schlürfte er noch etwas von dem Tee, der nicht nur seinen Körper, sondern auch seine Seele wärmte. Es war der zweite Aufguss, und er schmeckte ganz so, wie er ihn liebte, mild, blumig und zart. Den ersten Aufguss fand er streng und unausgewogen, weswegen er seit jeher darauf bestand, dass er weggeschüttet wurde.

»Wir akzeptieren die Vertragsauflösung, auch wenn wir noch nicht wissen, welche Konsequenzen sie für uns hat«, entschied er und fügte mit erhobenem Kopf hinzu: *»Bitte bedenkt: Ein tiefer Fall führt oft zu höherem Glück.«*

60

Wer hatte ihr von der *Ameisenschaukel* erzählt? War es Bruni gewesen, oder hatte sie nur davon geträumt? Wer hatte ihr das Wort, das sich in keinem Lexikon nachschlagen ließ, zugeflüstert? Sie wusste es nicht, aber dennoch konnte sie sich gut an das Gefühl erinnern, das das Bild in ihr hinterlassen hatte. Bis zur Hüfte sah sie sich im Wasser stehen und mit ineinander verschränkten Händen Ameisen schaukeln. Sie schwenkte sie hin und her, und die kleinen, umtriebigen Tiere schienen die Waschung in vollen Zügen zu genießen.

»Was, meinst du, hat das Bild von der Ameisenschaukel zu bedeuten?«, wollte Ulrike wissen und deutete auf den Stapel Blätter, der vor Bruni auf dem Terrassentisch lag. Ohne ihre Antwort abzuwarten, stellte sie bereits die nächste Frage. »Kommst du gut voran?«

»Morgen bringe ich die Seiten zur Post.«

»Irgendwelche wichtigen Erkenntnisse?«

»Ja und nein. Es gibt natürlich viele Dinge, die Frauen glücklich machen, und die sich von denen, die Männer glücklich machen, unterscheiden.«

»Das hätte ich euch auch gleich sagen können«, lachte Caro, die aus dem Restaurant kam und sich zu ihnen gesellte. »Autowaschen? Bier trinken? Am Lagerfeuer hocken?«

Bruni nickte. »Und noch viel mehr. Aber es gibt auch Auslöser, die *beide* Geschlechter in denselben Glückszustand versetzen.«

»Kann ich mir nicht vorstellen«, erklärte Ulrike.

»Fußball?«, fragte Caro.

Bruni grinste. »Lest selbst, einige überraschende Informationen sind drin. Ich hoffe, an der Uni wollen sie das Thema für ein paar Vorlesungen haben.« Sie griff nach der Sonnencreme mit Lichtfaktor 30, verteilte einen Klecks im Gesicht und auf ihrem Handrücken, die Arme waren ja bereits durch Stoff geschützt, lächelte Ulrike zu und sagte: »Das Bild von der Ameisenschaukel könnte auch bedeuten, dass du jetzt völlig verrückt wirst.«

»Ich habe es schon befürchtet«, gab Ulrike seufzend zurück.

»Vielleicht wurdest du von den Ameisen gebissen und dich juckt im übertragenen Sinn die Möglichkeit eines neuen Lebens«, gab Caro zu bedenken. »Ich finde, das Bild ist ein gutes Zeichen. Die Ameisen symbolisieren Veränderung, und Wasser ist das Symbol für deinen Wunsch nach Sex.«

»Damit ist es in letzter Zeit leider nicht weit her«, sagte Ulrike.

»Freu dich, ich bin jedenfalls heilfroh darüber, keinen zu haben«, erwiderte Caro trocken. »Tomaten pflanzen, Kräuter ernten, das ›Ahrstübchen‹ voranbringen, das ist das Glück der späten Jahre. Männer sind einfach zu anstrengend. Hast du sie erst einmal in dein Bett gelassen, stehen sie mit diesem Dackelblick bald jeden Abend vor deiner Tür, das wissen wir doch. Und auf einmal wäschst du ihre schmutzigen Socken und räumst hinter ihnen her, egal, wie alt du bist.« Mit einer knappen Bewegung zog sie ihren Pferdeschwanz fest, das Gummi hatte sich gelockert. Zu ihrem grünen Batikrock trug sie Turnschuhe, als Oberteil ein ärmelloses T-Shirt.

Es war absurd, fand Bruni. Da saß die attraktivste Frau

von ihnen allen vor ihr, und sie hatte keine Lust mehr auf Sex. Ein Tribut an die Wechseljahre und sie war sogar zufrieden damit. Und was war mit ihr selbst? In ihrem Innersten fühlte es sich so an, als würde sie mit 49 noch einmal Frühlingsgefühle erleben, jedenfalls dann, wenn sie an Wang San dachte. Sie, die wie immer so auch heute einen Sommerrolli und Schlabberhosen trug, in denen sie sich am wohlsten fühlte, hatte bis heute nicht gelernt, über ihren Schatten zu springen und ihre körperlichen Reize einzusetzen. Vielleicht sollte sie bald einmal wieder nach Köln fahren und ein Parfum kaufen, das funktionierte als Lockmittel angeblich auch. Zumindest war es billiger als ein edles, verführerisches Kleidungsstück mit Sexappeal, und sie konnte es direkt auf den Rollkragen sprühen. Bruni dachte an ihren neuen Rock und die Bluse, die für ihre Verhältnisse ein Vermögen gekostet hatten und jetzt in ihrem Schrank ein stiefmütterliches Dasein fristeten, und ihr wurde ganz schlecht bei dem Gedanken daran.

»Warst du mit Wang San eigentlich inzwischen mal wieder beim Line Dance?«, fragte sie wie nebenbei und schichtete die Manuskriptblätter so aufeinander, dass die Kanten exakt miteinander abschlossen.

»*Ich* war beim Line Dance, Wang San nicht.«

»Nein? Ich glaubte, er sei wieder dabei?«

Caro schüttelte den Kopf und legte sich den Pferdeschwanz vorn über die Schulter, was ihr etwas Mädchenhaftes gab. »Er hat immer noch keine Lust, und ich denke, er wird bald ganz mit dem Tanzen aufhören.«

»Hm.« Bruni fiel auf, dass Caros Hände Pigmentflecken aufwiesen, sie bemerkte sie heute zum ersten Mal. Altersflecken, dachte sie und spürte einen leichten Triumph. Keine bleibt verschont.

»Ihm ist nicht mehr nach Line Dance zumute, bei allem, was ihm und seiner Familie widerfahren ist«, sagte Caro.

»Ich kann's verstehen«, erwiderte Bruni. »Vor allem, nachdem nun auch noch ihr Hauptbrötchengeber gekündigt hat. Ich fürchte, auf Wang San und seine Familie kommen schwere Zeiten zu.« Sie sog tief die Luft durch ihre Nase. Eine ganze Weile sprach keine von ihnen ein Wort.

Auf einmal sagte Ulrike: »Es könnte sein, dass ihr richtig liegt.«

»Womit?«, fragte Bruni.

»Ich meine, mit der Interpretation dieses Bildes.«

Ulrike hatte das Gespräch nur halb verfolgt und sich ihren eigenen Gedanken hingegeben. »Ich glaube auch, dass die Ameisen Veränderung symbolisieren.«

Bruni und Caro sahen sie interessiert an.

»Ich habe die Scheidung eingereicht«, sagte Ulrike.

61

Bea schritt durch den Korridor, zog sich eine Nummer und setzte sich auf einen der schlichten Holzstühle an der Wand. Es war nur eine Person vor ihr, und sie freute sich darüber, dass sie vermutlich nicht allzu lange darauf warten musste, bis sie an die Reihe kam. Wenn man in Köln aufs Rathaus ging, musste man Stunden an Wartezeit einkalkulieren, hier in Altenahr ging es dagegen regelrecht familiär und beschaulich zu. Sie fühlte sich in der etwas dumpfen, aber anheimelnden Fluratmosphäre wohl, und der Gedanke an das, was sie vorhatte, ließ sie zufrieden die Beine ausstrecken. Der Mann neben ihr nickte ihr freundlich zu, und sie nickte ebenso freundlich zurück, dann griff er zu einer Zeitschrift, die auf einem Ecktisch neben seinem Stuhl lag. Gegenüber öffnete sich eine Tür und heraus trat ohne große Eile ein Sacharbeiter, auch er grüßte, bevor er gemächlichen Schrittes am Ende des Flurs durch eine Glastür verschwand. In Köln schauen sie einen höchstens mürrisch an, ging ihr durch den Kopf. Im selben Moment spürte sie, wie froh sie darüber war, jetzt hier und nicht dort zu sein.

Die Idee, die sie hergeführt hatte, war ihr vor einigen Tagen gekommen, nachdem sie mit Caro bei den Wangs gewesen war. Sie hatten erneut mit den Chinesen über John und das Jobsharing gesprochen, denn seit es für ihn dort nur wenig zu tun gab, machte die Abmachung keinen Sinn mehr. Er wohnte nach wie vor bei ihnen im Hotel, und hin und wieder half er auch in der Küche mit. Im Grunde genommen war es aber eine Farce, doch bislang hatte niemand es ausgesprochen. Ihnen allen war bewusst, dass bald etwas passieren musste, wenn das Chinarestaurant gerettet werden sollte. Insgeheim befürchteten die Freundinnen, dass die Chinesen bald aus Altenahr verschwinden würden.

Wie durch eine Laune des Schicksals hatte sich das Blatt gewendet. Das ›Ahrstübchen‹ florierte von Tag zu Tag besser, und so sehr die Freundinnen sich darüber freuten, so sehr bedauerten sie, dass es dem nachbarschaftlichen Betrieb immer schlechter ging, denn mittlerweile verband sie mit den Wangs eine innige Freundschaft. Als Bea und Caro die Familie aufsuchten, schlugen sie vor, dass John ab sofort ganztags im ›Ahrstübchen‹ arbeiten sollte, und die Chinesen stimmten erleichtert zu.

Bea sah auf. Die Tür zum Büro des Bürgermeisters öffnete sich, der Mann neben ihr erhob sich sofort und begrüßte Hubertus Hohenstein wie einen alten Freund. Als der Bürgermeister sie bemerkte, nickte er freundlich, aber sie meinte auch eine leichte Irritation zu spüren. Schnell war er wieder in seiner Amtsstube verschwunden.

Die Begegnung hatte nur wenige Sekunden gedauert, führte aber dazu, dass Bea wie so oft in den letzten Tagen überlegte, was er zu ihrem Vorschlag wohl sagen mochte. Vielleicht würde er ihn nur als Einmischung in Gemeindeangelegenheiten auffassen, die sie nichts angingen, vielleicht aber auch nicht. Sie war sich jedoch sicher, dass ihre Überlegungen plausibel genug waren, dass der Bürgermeister ihr zumindest zuhören würde. Letztendlich war ihr Vorschlag ja auch in seinem Interesse, und im Grunde genommen würden sie alle etwas davon haben. Bea strich sich sanft über ihr Dekolleté, mit Bedacht hatte sie heute ein eng anliegendes T-Shirt mit Ausschnitt gewählt. Glücklicherweise hatte sie einen kleinen Busen und konnte es problemlos tragen.

Ein Staubkörnchen flog ihr ins Auge, und sie musste blinzeln. Ein bisschen rieb sie daran herum, dann ließ sie ihre Hand sinken, betrachtete den feuchten Streifen an ihrem Finger, und überließ sich wieder ihren Gedanken. Diese Wartesituationen waren Zeitlöcher. Es gab keinen Anfangspunkt und kein Ende, alles Gedachte mischte sich und überlagerte sich zu einer Dichte, die sich dann irgendwann in Nichts auflöste.

Sie wusste, dass die Depression, unter der die Wangs seit den Vorkommnissen um den Tempel litten, sich noch vertiefen konnte. Trotz Wang Ais Erfolg war der alte Chinese von Woche zu Woche schweigsamer und klappriger geworden, und seine Frau ging mit täglich krummerem Rücken, wie ihr schien, hinüber zum abgebrannten Tempel, wo sie den Ahnen Papiergeld opferte und die Fische fütterte. Die Freude über Wang Ais erfolgreiches Fußballspiel und die Tatsache, dass die ›Eintracht‹ um sie warb, war nur ein kurzes Zwischenhoch gewesen und hatte sich wie eine Schönwetterfront nach ein paar Tagen wieder verzogen. Noch immer war nicht geklärt, wie Wang Ais Aufenthalt in Deutschland bezahlt werden sollte, der Tempelbau war nach wie vor nicht entschieden, und die Gäste blieben aus. Bea hatte den Eindruck, als würde die Familie verharren und nur darauf warten, dass das Damoklesschwert über ihnen niedergehen und sie endlich köpfen würde. Oder sie würden eines schönen Tages einfach verschwunden sein. Ihr Magen krampfte sich zusammen. Wang San bekam sie in letzter Zeit nur noch selten zu sehen. Meistens hielt er sich in seinem Zimmer auf und las, wie sie von Mei Ling erfahren hatte. Sein älterer Bruder Wang Yi verschwand, so oft es ging, mit Frau und Kindern nach Köln, wo sie die Gesellschaft von Freunden suchten, und Wang Ai begleitete Mei Ling ebenfalls beinahe täglich dorthin. Während ihre Cousine im Reisebüro arbeitete, sah sie sich in den Museen der Stadt um oder schlenderte über die Schildergasse und den Neumarkt, wo sie sich in Sportgeschäften mit der Suche nach Schnäppchen ablenkte. Manchmal verschwand sie auch stundenlang in der Stadtbibliothek am Josef-Haubrichhof und las. Fest stand, dass die Luft zum Atmen überall besser zu sein schien als im Hause der Wangs.

Bea sah auf. Die Tür öffnete sich wieder, und nachdem Hubertus Hohenstein sich mit einem derben Schlag auf den Rücken von seinem Besucher verabschiedet hatte, bat er sie zu sich hinein. Sie nahm auf einem klapprigen Holzstuhl vor demselben Schreibtisch Platz, der ihr wegen seiner Massivität auffiel und der schon Johannes imponiert hatte, und ging jovial auf die launige Begrüßung des Bürgermeisters ein. Ein paar belanglose Sätze über das Wetter, die Touristen und den zunehmenden Erfolg des ›Ahrstübchens‹ überbrückten die erste Unsicherheit und verschafften ihr ausreichend Zeit, sich emotional auf ihn einzustellen. Der Bürgermeister saß hemdsärmelig und wenig Ehrfurcht gebietend vor ihr, was sie zu schätzen wusste, denn dadurch machte er den Eindruck, als könne sie nach dem Vorgeplänkel ohne Umschweife zur Sache kommen. »Wie hat sich der Tourismus in den letzten Wochen in Altenahr entwickelt?«, fragte sie, obwohl sie die Antwort bereits kannte.

Hubertus Hohenstein dachte an die rückläufigen Zahlen aus Gastronomie und Hotellerie.

»Nicht sehr positiv, aber warum fragen Sie?« Er betrachtete sie mit einem scharfen Blick. »Dem ›Ahrstübchen‹ geht es doch inzwischen ganz gut, wie ich höre? Meine Frau hat ja auch schon ordentlich mit angepackt.« Er war überrascht gewesen, als Marianne ihm davon erzählte, aber nach einem Anflug leichten Ärgers hatte er sich besonnen und sich dafür entschieden, ihren Einsatz positiv zu bewerten. Die Frau des Ortsbürgermeisters hatte sich vorbildlich verhalten, und das war in bewegten Zeiten wie diesen durchaus wichtig, denn es stützte seine Position.

»Toller Einsatz«, sagte Bea anerkennend und strahlte den Mann an. »Eine Nachbarschaftshilfe, wie sie im Buche steht. Mit dem ›Ahrstübchen‹ geht es bergauf, aber es muss noch besser werden. Vier Frauen werden von dem, was das Restaurant bislang abwirft, nicht satt.«

Der Bürgermeister betrachtete sie aufmerksam. Beatrice Knoll war nicht zu unterschätzen, das wusste er nur zu gut. Er fragte sich, was sie heute im Schilde führte, und sagte erklärend: »Der ganze Rummel um den abgebrannten Tempel hat dem Image des Ortes ziemlich geschadet.«

»Schlimm«, erwiderte Bea und hob den Kopf. »Umso wichtiger ist es, dass jetzt positive Signale gesetzt werden.«

»Nun, wir sitzen ja nicht untätig herum.« Hubertus Hohenstein nahm einen Schwung Zeitungsartikel, die ordentlich zusammengeheftet waren, aus seinem Ablagekorb, und legte sie schwungvoll vor Bea auf den Tisch. »Schauen Sie, jede Menge Presseberichte, auch positiver Art. Wer hätte das gedacht. Allein die Mahnwache des Vereins *Gegen Rechts*, die Überreichung des Schecks an die Familie Wang, die Reduzierung der Parkplatzgebühren …« Er unterbrach sich kurz, bevor er sagte: »Alles Aktionen, die von der Öffentlichkeit und vielen hier im Ort sehr gut aufgenommen wurden.«

»Das freut mich«, versicherte Bea. »Aber ich denke, dass noch viel zu tun ist, um das Image des Ortes wieder aufzupolieren. Was die hiesige Gastronomie und Hotellerie brauchen, sind regelmäßige Touristenströme, nicht nur hin und wieder mal den Besuch eines Kegelvereins. Aber die Touristen kommen erst zurück, wenn Altenahr für sie wieder attraktiv geworden ist.«

Hubertus Hohenstein sah sie mit leerem Blick an. »Hm«, machte er schließlich und runzelte die Stirn. Die Kölnerin hatte ihren Finger mitten in die Wunde gelegt.

»Die chinesischen Reisebusse fahren Altenahr inzwischen nicht mehr an.«

»Ich weiß.« Das Gespräch missfiel Hubertus Hohenstein zusehends, auf unangenehme Weise fühlte er sich in die Enge getrieben.

»Darf ich fragen, wie hoch Sie die Gewerbesteuerverluste einschätzen, die der Gemeinde durch die ausbleibenden Touristen entstehen?«

Er starrte Bea an und fragte sich, was sie von ihm wollte. »Es werden sicher einige Tausende sein«, antwortete er.

»Zigtausende?«

Er lehnte sich in seinem Stuhl zurück, und Bea spürte, dass sie ihm mit ihren Fragen zu nahe trat, aber darauf konnte sie keine Rücksicht nehmen.

Resigniert zuckte er mit den Schultern. Nichts war klarer, als dass die Gemeinde erhebliche Verluste hatte, und er sich mehr denn je Gedanken darüber machen musste, wie der Ort für Touristen wieder attraktiv werden konnte, vor allem für die Jugend und junge Familien. »An die Gewerbesteuereinnahmen des letzten Jahres reichen wir sicher nicht heran«, sagte er und fragte: »Kaffee?«

»Gern.«

Mit sicherer Bewegung schraubte er den Verschluss seiner Thermoskanne auf und goss ein. »Zucker oder Milch?«

»Nein, danke.« Bea schüttelte den Kopf. Seit dem Bratwurstabend in Köln achtete sie wieder konsequent auf die Kalorien, die sie täglich zu sich nahm. »Was Sie brauchen, ist ein ordentliches Marketingkonzept«, lächelte sie und fügte hinzu: »Mit einer Strategie.«

Der Bürgermeister legte den Kopf schief, und Bea konnte es hinter seiner Stirn förmlich rattern hören.

»Wir haben bereits eine Organisation, die sich um das Marketing kümmert«, erwiderte er.

»Speziell für Altenahr?«

»Nein, für die ganze Region.«

»Na, also.«

»Na, also was?«

»Das reicht nicht. Sie brauchen ein Konzept, das auf die neuen Anforderungen im Ort abgestimmt ist.«

Hubertus Hohenstein erwiderte nichts.

»Und Sie brauchen jemanden, der das für Sie macht. Ich bin dafür qualifiziert.«

Der Bürgermeister fixierte sie. Ihr Selbstbewusstsein war bemerkenswert, fand er, entschloss sich aber zu einer Antwort: »Da mögen Sie recht haben, ich habe schon viel von Ihnen gehört.«

Bea lächelte und beugte sich ein wenig vor. »Hoffentlich nur Gutes.«

Jetzt lächelte auch der Bürgermeister, aber es war ein Lächeln, das vage blieb. In seinem Kopf wirbelten die Gedanken durcheinander, als seien sie Blätter, die bei einem Sturm durch die Luft flogen, und plötzlich dachte er, dass es vielleicht einen Versuch wert war. Vielleicht hatte ihm diese Frau der Himmel geschickt. Wenn sie Altenahr touristisch wieder nach vorne brachte, lag darin die Lösung all seiner Probleme. Na ja, fast all seiner Probleme, korrigierte er sich.

»Die Hälfte des Konzepts steht bereits. Analyse der Ausgangssituation, Zielgruppendefinition, Auswahl geeigneter Marketinginstrumente und Medienpartner.« Beim letzten Wort dachte Bea an Johannes und seine Pressekontakte, und auf einmal wusste sie, dass sie auf der Zielgeraden war. »Für 5.000 Euro bekommen Sie das ganze Paket«, lockte sie.

62

Die Welt stand Kopf. Alles hatte sich ins Gegenteil verkehrt, nichts war mehr wie zuvor. Die Freundinnen fühlten den verhallenden Schrei des Jubels um sich herum, und es kam Bea so vor, als würde die Luft noch immer zittern und ihre Haut zum Schwingen bringen. Eine Vibration, wie sie nur von kollektiver Emotion ausgelöst werden kann, und nur in Kombination mit hohen Tönen, dachte sie. Das Gefühl rief den Moment in ihr wach, als Caro vor Jahren aus dem Koma erwacht war. Sie hatte einen Verkehrsunfall gehabt, und als sie die Augen aufschlug, hatten Bea, Lilly und Caros Mutter im Krankenhaus an ihrem Bett gesessen und vor Freude so laute und hohe Töne von sich gegeben, dass irgendein Alarmsignal losgegangen war. Unwillkürlich sah sie sich prüfend um, obwohl sie wusste, dass sich außer den Küchengeräten keine technischen Geräte in ihrer Nähe befanden.

»Wer sagt es ihnen?«, fragte Caro und vollführte in ihren Sneakern auf dem Küchenboden einen kurzen Hüpfer, ein Trockentuch in der Hand. Ihre Wangen glühten.

»Natürlich Bea«, antwortete Bruni, und Ulrike fragte: »Steht Sekt kalt?«

»Moment, ich schaue nach.« Bea öffnete die Kühlschranktür und entnahm dem Schrank zwei Flaschen Champagner.

»Wollen wir hoffen, dass sie nicht auf Reiswein bestehen«, grinste Caro und sagte: »Dann nichts wie hin.«

Bei den Wangs war es ruhig, nur Wang San befand sich im Gastraum ihres Restaurants. Er saß allein an einem Tisch am Fenster, den Kopf in beide Hände gestützt, vertieft in ein Buch.

»Du kannst aufhören, Trübsal zu blasen«, rief Bruni beim Hereinkommen mit glänzenden Augen und Caro und Bea schwenkten freudig mit hoch erhobenen Armen die Flaschen: »Es gibt einen Grund zu feiern«, frohlockte Caro. Mr. Fred und Sappho, die sie begleitet hatten, sprangen aufgeregt zwischen ihren Beinen hin und her.

»Ja?« Hoffnungsvoll, aber ihrer Aussage misstrauend, sah er auf. »Was gibt's?«

»Ihr werdet euch wundern. Mach schnell, trommele die Familie zusammen«, grinste Caro verschmitzt und fragte: »Ist Wang Ai auch da?«

Wang San nickte.

»Nun mach schon«, trieb Bruni ihn an. »Hol sie alle her.«

Er erhob sich und verschwand. Nach wenigen Minuten kam er zurück, Vater und Mutter hinter sich, die Gesichter gespannt, nur Sekunden später folgten auch Mei Ling, die an diesem Tag frei hatte, und Wang Ai.

»Es gibt zwei gute Nachrichten. Welche wollt ihr zuerst hören?«, fragte Bea.

»Spann uns nicht unnötig auf die Folter«, erwiderte Mei Ling. »Schieß einfach los.« Den tadelnden Blick ihrer Mutter, der ihre Ausdrucksweise missfiel, ignorierte sie einfach.

»Vielleicht setzt ihr euch besser hin.«

»Bea!«, ermahnte Bruni die Freundin leise.

»Hinsetzen!«

Die Chinesen gruppierten sich folgsam um den Tisch, an

dem zuvor Wang San gesessen hatte. Zhang Liu und Lao Wang tauschten einen schnellen Blick. Das Benehmen ihrer Tochter war befremdlich, und das der Frauen erst recht. Zhang Liu seufzte leise.

»Die Zukunft der ›Eintracht Neuenahr‹ ist gerettet! Es gibt drei neue Sponsoren.« Frank hatte sie vorhin angerufen und ihr die frohe Botschaft mitgeteilt. Alles war wasserdicht. Am Nachmittag würde das Präsidium die Spielerinnen informieren und eine Pressemeldung herausgeben. Morgen schon würde es in der Zeitung stehen.

»Gleich *drei* Sponsoren?« Wang Ai war fassungslos. Ihre sonst mandelförmigen Augen nahmen die Form kreisrunder Reisschalen an. »Mein Aufenthalt hier ist damit finanziell gesichert?«

»Ja.« Bea strahlte. »Der Verein wird dir in den nächsten Tagen die Höhe der monatlichen Zuwendung mitteilen. Soweit ich weiß, ist es aber mehr als genug.«

»Wir können also eine Wohnung mieten«, rief Mei Ling und lachte ihre Cousine an.

»Es sieht so aus, als ob das kein Problem wäre«, bestätigte Bea.

Wang Ai und Mei Ling begannen, über das ganze Gesicht zu strahlen, dann kamen sie hinter dem Tisch hervor und umarmten sie.

»Und wer sind die Sponsoren?«, wollte Wang San wissen. Seine Miene hatte sich aufgehellt, ebenso wie die seiner Eltern.

»Ein Sportartikelhersteller, ein Mineralwasserproduzent und ein Gartenbaubetrieb«, antwortete Bea. »Bis auf den Sportartikelhersteller kommen sie hier aus der Region.«

»Wirklich gut«, sagte Wang San anerkennend. Nach einem Moment allerdings runzelte er die Stirn und fragte:

»Doch wieso überbringst *du* uns die Nachricht und nicht der Verein? Was hast *du* damit zu tun?«

Bea lächelte verschmitzt.

»Was hast *du* damit zu tun?«, wiederholte Wang San seine Frage. Ulrike, Caro und Bruni sahen ihn an, dann wanderten ihre Blicke zu seinen Eltern, die aufrecht und unbeweglich am Tisch saßen.

»Sie hat dafür gesorgt, dass die Sponsoren gefunden wurden«, sagte Bruni stolz, woraufhin Wang San, Wang Ai und ihre Cousine Bea mit Fragen bestürmten, und nachdem sie Rede und Antwort gestanden hatte, sagte sie: »Aber, ihr Lieben, das war noch nicht alles. Es gibt zwei gute Nachrichten, hatte ich gesagt.«

»Stimmt.« Ulrike nickte.

»Dann mal los ...«, forderte Caro sie auf.

Bea ging hinüber zum Tisch an der Tür, wo in einer bunten Schale ein Stapel ungeöffneter Briefe lag. Sie kannte die Stelle. Der Postbote legte hier immer alles ab, was er zuzustellen hatte, und Lao Wang nahm die Briefe dann irgendwann heraus. Ein rascher Blick zeigte ihr, dass die Schale seit einiger Zeit nicht geleert worden war, was ihre These von der Depression erhärtete. Unglückliche Menschen öffneten oft die Post nicht mehr. »Das Schreiben müsste spätestens heute angekommen sein«, sagte sie und ergänzte: »Ich weiß es vom Bürgermeister. Darf ich?« Sie nahm den Stapel in die Hand und reichte ihn Lao Wang. »Sehen Sie doch bitte nach, ob ein Brief von der Kreisverwaltung dazwischen ist.«

Lao Wang zuckte zusammen, auf diese Briefe konnte er gut und gerne verzichten, aber er tat, wie ihm geheißen, und er merkte, dass er unruhig wurde. Langsam blätterte er den Stapel durch und fischte einen Umschlag hervor, den er einen Moment bewegungslos in der Hand hielt. »Der Brieföffner?«, fragte er aufblickend.

»Warte, ich hole ihn.« Mei Ling sprang eilfertig auf. »Er liegt in meinem Arbeitszimmer.«

Mei Ling verschwand. Sappho und Mr. Fred, die sich vor dem Tisch auf dem Boden niedergelassen hatten, folgten ihr mit den Augen.

Bruni setzte sich zu den Wangs an den Tisch und überließ sich der mittlerweile vor Spannung geladenen Stimmung, ohne etwas zu sagen. In solchen Momenten ist es besser, zu schweigen, dachte sie. Gleich würden die Chinesen erfahren, was sie und ihre Freundinnen bereits wussten. Gleich würden auch sie sich vor Freude nicht mehr beherrschen können. Bruni bekam eine Gänsehaut. Sie spürte Wang Sans Blick auf sich ruhen und streichelte die Hunde. Mei Ling kam mit dem Jadeöffner in der Hand zurück, und Lao Wang, sich der Aufmerksamkeit aller Anwesenden bewusst, öffnete behutsam den Umschlag. Er setzte eine Brille auf, faltete das Schreiben auseinander und las. Nach Minuten, die sich anfühlten wie eine kleine Ewigkeit, ließ er das Papier sinken, und Bruni bemerkte, dass sein Gesichtsausdruck sich verändert hatte. Zur Erleichterung über die gesicherte Zukunft Wang Ais hatte sich nun gut sichtbar auch Stolz gesellt, ebenso ein verräterisches Zucken um den Mund, das Bruni als Rührung interpretierte. Sie stellte fest, dass sich auf das blasse Gelb seiner Haut ein rosiger Schimmer gelegt hatte. »Wir haben gesiegt«, sagte er leise und lehnte sich zurück. Die schmale Altmännerbrust hob und senkte sich, und seine Familie starrte ihn fassungslos an. »Der Kreisrechtsausschuss hat entschieden: Unser Tempel darf neu gebaut werden«, flüsterte er, und fügte hinzu: »Größer als vorher. Wir dürfen eine richtige Tempelanlage bauen.« Als das Stimmengewirr und Lachen im Raum so anschwoll, dass kaum einer mehr den anderen verstand, ließen die Freundinnen die Korken knallen.

63

In den kommenden Tagen berichtete die Presse ausführlich über den Bescheid, dass eine großzügige Tempelanlage genehmigt worden war, und selbst Bea wurde um ein Interview gebeten. Sie wurde als diejenige gepriesen, die ehemals die Unterschriftenaktion ins Leben gerufen hatte, welche den entscheidenden Sinneswandel auslöste, und sie freute sich darüber. All ihre Mühen hatten Früchte getragen, doch natürlich hatten noch viel mehr Menschen dafür gesorgt, dass der Tempel wieder erbaut werden konnte, und sie wurde nicht müde, darauf hinzuweisen, jedoch dosierte sie ihr Wissen der Presse gegenüber und achtete darauf, was sie sagte. Johannes hatte ihr unter dem Siegel der Verschwiegenheit anvertraut, dass nicht nur er und Dieter Schmitz mit den Mitgliedern des Ausschusses gesprochen hatten, privat und ganz vertraulich, sondern auch Hubertus Hohenstein. Ben Stur und der Verein *Gegen Rechts* hatten mit ihrer Mahnwache für Aufsehen gesorgt, und die Berichterstattung in den Medien verursachte den Wirbel, der nötig war, um ein vorherrschendes Meinungsbild ins Wanken zu bringen und nachhaltig zu verändern.

Die Neuigkeit machte die Runde, und die meisten Einwohner Altenahrs freuten sich mit den Wangs. Es gab natürlich immer noch einige, die offen ihren Unmut über einen neuen buddhistischen Tempel im Ort äußerten, aber verglichen mit der Stimmung, wie sie vor dem Anschlag geherrscht hatte, waren die Einwohner regelrecht handzahm geworden. Grundsätzlich führte der positive Bescheid dazu, dass die Wangs und die vier Freundinnen besser über die negativen Stimmen hinwegsehen konnten.

»Welch ein Wandel«, sagte Bea zu Caro. Gemeinsam mit Caros Tochter Lilly, die in letzter Zeit öfter bei ihnen war, weil sie Semesterferien hatte, jäteten sie Unkraut. »Wer hätte das gedacht.«

»Es ist wirklich gut gelaufen«, erwiderte die Freundin und fügte hinzu: »Die Mühe hat sich gelohnt, ich finde, wir können stolz auf uns sein.«

»Ich gönne den Wangs ihren Erfolg auch von Herzen«, versicherte Lilly, während sie eine riesige Distel ausriss. Die Wurzel saß tief. »Ich kenne sie zwar nicht so gut wie ihr, aber ich finde, jeder Mensch sollte öffentlich seine Religion ausüben dürfen, egal ob es sich dabei um eine Kirche, eine Moschee oder um einen Tempel handelt.«

»Genau«, sagte Caro und lächelte. Sie und ihre Tochter waren wohl doch aus einem Holz geschnitzt.

»Ich bin gespannt, wie der neue Tempel aussieht, es soll ja eine richtige Anlage werden.« Lilly richtete sich auf und stemmte einen Arm in den Rücken. »Mit Drachen am Dachfirst oder so, das fände ich chic.«

»Die Wangs sind mitten in der Planung«, erwiderte Bea.

Lilly stöhnte und massierte sich die Schulter. »Ich verstehe nicht, Mama, warum dir die Gartenarbeit so viel Spaß macht. Ich finde sie irre anstrengend. Du nicht auch, Bea?«

»Es geht.«

»Für mich ist es die reinste Entspannung«, erklärte ihre Mutter, erhob sich nun auch, streifte die Gartenhandschuhe ab und stellte sich hinter Lilly. »Komm mal her.« Mit diesen Worten zog sie ihre Tochter nahe zu sich heran und begann damit, ihr den Nacken zu massieren.

Lilly stöhnte vor lauter Wohlbehagen. »Da! Ja genau, da ist genau die Stelle, hm, tut das gut.« Sie schloss die Augen und überließ sich ganz den Händen ihrer Mutter. Das Verhältnis zu ihr hatte sich im Laufe der letzten Wochen verbessert. Sie fand, ihre Mutter war viel entspannter geworden, und seit sie sich nicht mehr mit jungen Männern vergnügte, musste Lilly sich auch nicht mehr so für sie schämen. Ihre Mutter schien sich zu ihrer Erleichterung endlich so zu benehmen, wie es sich für eine 50-Jährige gehörte. Lilly gestand sich aber ein, dass das Landleben auch auf sie selbst eine ausgleichende Wirkung hatte. Es war, als würde der hohe Sauerstoffgehalt der Luft hier eine chemische Zusammensetzung aufweisen, die die Menschen auf eigentümliche Art besänftigte. Nach einer geraumen Weile sagte sie, und es war als Kompliment gemeint: »Mama, wenn du eins kannst, dann das.«

Caro gab ihr einen Klaps. »Ich dachte eigentlich, ich kann noch ein bisschen mehr, so, das reicht jetzt aber.« Sie zog die Gartenschuhe über und widmete sich wieder dem Unkraut.

»Schade«, sagte Lilly und reckte sich. »Wenn es euch recht ist, höre ich jetzt mit der Gartenarbeit auf.«

»Du hast doch gerade erst angefangen«, lachte Bea.

»Ja, aber ich kann das Zeug sowieso nicht von den Blumen unterscheiden«, erwiderte Lilly. »Ehe ihr euch verseht, sind nicht nur die Disteln raus, sondern auch die Indianernessel, der Rittersporn, guckt mal, ist das nicht auch Unkraut?« Lilly hielt ein Büschel Katzenminze in die Luft.

»Nein! Fallen lassen, aber schnell«, schimpfte Caro drohend, doch Lilly blieb unschlüssig mit dem blühenden

Kraut in der Hand stehen. »Wisst ihr, eigentlich würde ich gern etwas mit euch besprechen.«

»Was denn?«, fragte Caro ungeduldig.

»Was haltet ihr davon, wenn ich mit dem Fußballspielen anfange?«

»Du?«

»Ja, ich.«

»Warum nicht.« Caro nahm ihr die Katzenminze aus der Hand und pflanzte sie wieder ein. »Die Idee ist nicht schlecht, aber ich fürchte, du musst erst einmal etwas für deine Kondition tun. Du hast ja ewig keinen Sport mehr getrieben.« Sie fragte sich, was ihre Tochter zu diesem Entschluss bewogen haben mochte. Wenn sie ihr gesagt hätte, dass sie joggen gehen wollte, aber ausgerechnet Fußballspielen?

Lilly versetzte es einen kleinen Stich. Warum traute ihr ihre Mutter so wenig zu? Es war immer schon so gewesen. Lilly biss sich auf die Lippe. Sie ahnte, dass ihre Mutter sie für diesen Sport zu dick hielt.

»Sprich doch einmal mit Wang Ai«, sagte Bea, die die Missstimmung spürte. »Vielleicht nimmt sie dich unter ihre Fittiche und übt ein bisschen mit dir. Die Regeln kennst du doch bestimmt, oder?«

Lilly zuckte die Schultern. »Einigermaßen, aber Wang Ai hat sicher keine Zeit für mich. Sie ist doch jetzt schon überbeschäftigt, und wenn das neue Semester beginnt, hat sie vermutlich gar keine Zeit mehr.«

Auf einmal hörten sie hinter sich eine Stimme, die vorsichtig sagte: »Das macht nichts, das Fußballspielen könnte ich dir auch beibringen.« Erstaunt schauten sie sich um, und vor ihnen stand Ben Stur. Er lächelte verlegen, die Hände in den Taschen seiner Jeans vergraben. »Das Erste, womit wir beginnen würden, wäre Ausdauertraining«, sagte er.

Caro wusste sofort, dass sein Kommen kein Zufall war. Bereits an dem Tag, als der Kölner Kegelverein bei ihnen im ›Ahrstübchen‹ eingefallen war und er zusammen mit Lilly hinter der Theke gestanden hatte, war ihr aufgefallen, dass die beiden sich erstaunlich gut verstanden. Seither kam er regelmäßig bei ihnen vorbei.

»Du willst mir Privatunterricht geben?«, fragte Lilly. Sie konnte sich nur schwer vorstellen, dass er das wirklich tun wollte. »Im Ernst?«, fragte sie.

»Warum nicht? Im Augenblick habe ich doch Ferien.«

Er war rot geworden, und Caro und Bea tauschten einen verstohlenen Blick.

»Gern.« Lilly war gespalten. Einerseits freute sie sich über sein Angebot, andererseits dachte sie sofort daran, dass sie sich vor ihm blamieren würde, untrainiert, wie sie war, und ehe sie sich versah, schoss auch ihr die Röte ins Gesicht.

Caro, die die beiden aufmerksam beobachtet hatte, musste an das Gespräch im ›Kahlshof‹ denken, als Lilly ihr ihre Vorliebe für junge Männer vorgeworfen hatte. Ein Lächeln glitt über ihr Gesicht, und sie nahm sich fest vor, ihrer Tochter die Frage zu stellen: »Meinst du nicht, dass er ein bisschen zu jung für dich ist?«

64

Die nächsten Wochen verliefen ohne größere Aufregung. Das ›Ahrstübchen‹ verzeichnete zu aller Zufriedenheit einen stetigen Umsatzgewinn, und die Freundinnen waren mittlerweile so aufeinander eingespielt, dass alles reibungslos funktionierte. Ulrike regelte nebenbei ohne viel Aufhebens ihre Angelegenheiten mit Claus, Caro kümmerte sich um die Pflanzung eines Rosengartens, Bea feilte an der Marketingstrategie und Bruni bereitete ihre Vorlesungen für das Herbstsemester vor. Die Universität Köln interessierte sich für das Thema ›Frauenglück‹ und hatte zu ihrer großen Freude einen Lehrauftrag an sie vergeben.

John, der sein mehrwöchiges Deutschlandabenteuer genoss und von dem Geld, das er bei ihnen verdiente, demnächst eine Rundreise plante, packte überall mit an, wo er gebraucht wurde, in der Küche wie auf der Baustelle der Wangs. Sie widmeten sich dank ihres prall gefüllten Sparstrumpfs vollauf dem Tempelbau, und alle waren zuversichtlich, dass ihr Geschäft neu aufblühen würde, wenn er erst einmal stand. Sie hatten einen chinesischen Architekten aus Köln bei der Planung des Gebäudes hinzugezogen, der ihn nach allen Regeln des Feng-Shui konzipierte. Der Mann war ein Glücksgriff, umsichtig, kreativ und sparsam, und sie konnten ihren chinesischen Freunden gar nicht genug für diese Empfehlung danken. Die Anlage würde im Vergleich zur vorherigen um einiges opulenter ausfallen, der Tempel würde noch farbenfroher sein und noch mehr ostasiatische Geheimnisse bergen. Schon jetzt sah Zhang Liu im Geiste eine Vielzahl von Menschen vor sich, die täglich herströmten und von seiner Pracht so beeindruckt waren, dass sie gar keinen anderen Wunsch verspürten, als anschließend bei ihnen einzukehren. Schließlich konnte der Genuss chinesischer Köstlichkeiten den Tempelbesuch erst recht zu einem krönenden Abschluss bringen, fand sie.

Währenddessen richteten Mei Ling und Wang Ai in der Kölner Südstadt eine 3-Zimmerwohnung ein und verbrachten zu diesem Zweck ganze Tage in Möbelhäusern, wo sie die passenden Möbel zusammenstellten. Außerdem klapperten sie sämtliche Flohmärkte ab, vom Markt am Kölner Volksgarten über den Nippesser Markt bis hin zu den unzähligen kleinen Flohmärkten in der Eifel. Sie hatten bereits Weingläser aus den 70er-Jahren erstanden, darüber hinaus zwei Lampen mit roten Seidenschirmen, die Lao Wang mit chinesischen Schriftzeichen bemalen sollte, doch den Clou bildete ein altes, deutsches Silberbesteck. Bei seinem Anblick hatte Mei Lings Mutter sie entgeistert angestarrt und gefragt: »Wollt ihr jetzt etwa essen wie die Barbaren?«

Wang San konzentrierte sich neben dem Tempelbau auf die Vervollkommnung seiner Qi-Gong-Übungen und überlegte, in Altenahr entsprechende Kurse anzubieten, denn Christine Schäfer und noch einige andere Landfrauen hatten bereits Interesse signalisiert.

Lilly ließ sich unterdessen von Ben in die Geheimnisse und Künste des Fußballspiels einweihen, und wenn sie nach dem Training erhitzt und schweißnass nach Hause kam, aß sie nicht mehr als einen kleinen Salat. Sie hatte bereits einige Kilo abgenommen.

»Deine Tochter ist völlig erotisiert«, meinte Bea eines Tages lächelnd zu Caro und fügte hinzu: »Irgendwie erinnert sie mich an Victoria aus Schweden und ihren Daniel Wrestling.«

Caro nickte. Sie war froh, dass ihre Tochter endlich aus dem Dornröschenschlaf erwacht war. Und wenn Ben der Prinz war, der sie zum Leben erweckte, sollte es ihr recht sein.

65

Im Wald war es angenehm kühl. Bea lief neben Johannes über einen breiten, mit Laub bedeckten Weg, und sie freute sich über den Schatten der dicht stehenden Bäume. Der Sommer war anhaltend heiß, und die Hitzeperiode führte dazu, dass die Menschen sich nach erlösendem Regen sehnten. Jeder hoffte, dass das Nass den Pflanzen endlich wieder Lebenskraft gab und den Menschen ihre verstaubten Gehirnwindungen durchspülte, um die darin befindliche Trägheit zu vertreiben. Jeder Gedanke schien einer zu viel. Auch Bea war seit Tagen von einem Phlegma befallen, und jede ihrer Bewegungen erinnerte an die einer Riesenschildkröte. Nach der kleinsten Anstrengung brauchte sie erst einmal eine Pause.

Das Marketingkonzept war fertig, und seitdem sie es abgegeben hatte, war sie völlig erschöpft. Oft hatte sie nachts noch bis spät in der Nacht daran gearbeitet, nun war es abgegeben und sie war mit dem Ergebnis zufrieden. Das Honorar dafür müsste in den nächsten Tagen auf ihrem Konto eingehen. Sie würde es dem ›Ahrstübchen‹ zugutekommen lassen und damit die roten Zahlen, die sie schrieben, in schwarze verwandeln.

Heute hatte sie ihren freien Tag, und obwohl sie versucht gewesen war, ihn lesend und schlafend auf dem Bett zu verbringen, hatte sie sich einen Ruck gegeben. Johannes wollte in den Wald hinter Burgsahr gehen, und sie hatte auf einmal Lust verspürt, ihn zu begleiten. Die ungewohnte körperliche Arbeit würde ihr gut tun. Die Bäume waren bereits gefällt, und jetzt sollten die Stämme zerlegt werden. Eigentlich eine Männerarbeit, aber Johannes hatte nicht mit der Wimper gezuckt, als sie ihm den Vorschlag machte, ihm zur Hand zu gehen.

Sie schufteten den ganzen Tag. Zwischendurch machten sie eine kurze Pause, jedoch nur, um die Brote zu essen, die Bea mitgebracht hatte, und sich mit viel Mineralwasser und einigen Bechern Kaffee aus der Thermoskanne zu stärken. Johannes war den ganzen Tag über wortkarg, schier unermüdlich bei der Arbeit, doch die Zielstrebigkeit und Ausdauer seines Wesens waren ihr inzwischen schon nicht mehr fremd. Als endlich das letzte Stück Holz gespalten und geschichtet war, fühlten sie sich erschöpft, aber glücklich. Die Arbeit war vollbracht, und sie hatten sie gemeinsam geschafft.

»Was hältst du davon, wenn ich die Szene von heute in meinem Roman verwende? Darf ich?«, fragte Johannes, als sie matt nebeneinander am Holzstapel lehnten.

»In deinem *Männerroman*?«

»Genau. Als Beispiel dafür, dass Frauen alles andere als zimperlich sind.«

»Nur zu«, sagte Bea. »Wenn du willst, kann ich dir auch noch ganz andere Beispiele geben.«

»Welche denn?«

»Vielleicht findest du es ja bald selbst raus«, lachte sie und fragte: »Wie weit bist du denn mit dem Buch?«

»Ungefähr die Hälfte habe ich, allerdings bin ich nicht so weit, wie ich eigentlich sein wollte. Ich war in letzter Zeit zu abgelenkt.« Er zog sie zu sich heran.

»Und woran hat's gelegen?«.

»Vor allem an den Chinesen, ein bisschen aber auch an dir«, erwiderte er und gab ihr einen Kuss.

Nachdem Bea sich aus seinen Armen gelöst hatte, wollte sie wissen: »Wann musst du das Manuskript abgeben?«

»Im Frühling, es bleibt noch genug Zeit. Im Winter schreibt es sich sowieso am besten, außerdem ist da im Wald außer Rehe zu füttern nicht viel zu tun.«

»Der einsame Poet sitzt also, wenn der Schnee fällt, am Kamin und schreibt?«

Johannes' Zähne blitzten. »So ungefähr. Und er freut sich, wenn ihn hin und wieder eine charmante Frau aus seiner Kemenate holt und in die Großstadt entführt.«

»Nichts leichter als das.« Bea überlegte gerade, ob er sie auch in die Philharmonie begleiten würde, als er sagte: »Früher habe ich vor allem ans Geldverdienen gedacht, heute will ich meine Zeit nur noch mit den Dingen verbringen, die mir gut tun.« Wieder zog er sie zu sich heran, und wieder küsste er sie. Er schmeckte ein bisschen salzig, aber Bea störte es nicht.

»*Du* tust mir gut«, sagte er.

Sie blinzelte, ihre Knie wurden weich.

»Ich glaube, wir sollten noch viel mehr Zeit miteinander verbringen«, lachte er.

»Ich habe nichts dagegen. Lass uns einfach schauen, wie sich alles entwickelt.« Bea überlegte, ob dies der Moment war, um auszusprechen, was sie schon seit einiger Zeit in Erwägung zog. Aber sollte sie sich wirklich so weit vorwagen? Ein wenig schreckte sie noch davor zurück. Johannes war frei, das glaubte sie ihm. Die letzte Beziehung zu einer Frau hatte er vor einem Jahr beendet, und sein einziger, unehelicher Sohn lebte in München. Aufgewachsen war er bei seiner Mutter, und angeblich verstand Johannes sich mit beiden gut. Zu gut? Sie feierten Weihnachten zusammen und Ostern, und hin und wieder fuhren sie auch gemeinsam in die Berge, um Ski zu laufen. Bea fragte sich, wie das kommende Weihnachtsfest wohl aussehen mochte. Würde sie im ›Ahrstübchen‹ arbeiten müssen? Und würde Johanna zu ihr nach Altenahr kommen? Plötzlich überfiel sie eine tiefe Sehnsucht nach ihrer Tochter, und sie nahm sich vor, an ihrem nächsten freien Tag wieder nach Köln zu fahren.

Im Gegensatz zu Caro hatte sie ihre Tochter immer vor ihren Männerfreundschaften verschont, auch wenn es nicht allzu viele gewesen waren. Nur einmal hatte sie jemanden mit nach Hause gebracht. Sie hatte Johanna immer das Gefühl vermitteln wollen, die Nummer eins in ihrem Leben zu sein. Und nun?

Bea sah Johannes an, und zu ihrer eigenen Überraschung hörte sie sich fragen: »Was hältst du davon, wenn ich dir bald einmal meine Tochter vorstelle?« Schon im selben Moment wusste sie: Dies war der richtige Gedanke.

66

Vier Wochen später war es so weit. Es war Sonntag, und die Wangs hatten zum Tag der offenen Tür geladen, um jedem, der ihn sehen wollte, den Tempel vorzuführen. Mittlerweile hatte es sich auf angenehme 22 Grad abgekühlt, und kleine, weiße Wolken, die gemächlich über den Himmel segelten, gaben dem Geschehen eine bilderbuchartige Friedlichkeit.

Der neue Tempel erstrahlte in voller Pracht. Am Dachfirst des Hauptgebäudes reckten grünorange bemalte Drachen die Köpfe, und im Innern sah der lachende Buddha gelassen den Ankömmlingen entgegen. Er hatte einen neuen, goldenen Anstrich erhalten und blickte, da die Flügeltüren des Gebäudes weit offen standen, von seinem Ehrenplatz auf dem Altar mitten auf die Dorfstraße, auf der sich die Einwohner von Altenahr drängelten. Die Türen trugen die Farbe der Freude, ein helles Rot, und damit hätten sie die Stimmung des Tages nicht besser widerspiegeln können.

Die Brandspuren am Boden waren verschwunden. Wang San hatte frische Erde aufgekippt und damit jede Spur der Niedertracht ausgemerzt. Im Fischteich schwammen neben den schlammbraunen Karpfen, die Zhang Liu nach wie vor regelmäßig opferte, auch Koikarpfen umher, die für Glanzpunkte sorgten. Natürlich war auch die Presse anwesend. Journalisten führten mit Lao Wang und Wang San Interviews, Fotografen suchten nach dem optisch schönsten Blickwinkel, und die Einwohner Altenahrs kamen aus dem Staunen nicht mehr heraus. Die meisten Menschen hatten ihre Berührungsangst verloren, und diejenigen, denen der Tempel immer noch ein Dorn im Auge war, waren zu Hause geblieben.

Besonders die Frauen unter den Besuchern zündeten Räucherstäbchen an oder warfen Orakel, die von Mei Ling und Wang Ai für sie interpretiert wurden, und manche hatten ihren Spaß daran, probehalber auch noch Papiergeld zu verbrennen, für die Ahnen oder wen auch immer. Für die Kinder hatte Zhang Liu Lutscher aus klebrigem Reis gefertigt, die aussahen wie kleine Drachen. Stundenlang hatte sie in der Küche gestanden und die Süßigkeiten geduldig mit Lebensmittelfarbe so bunt bemalt, als sei jede einzelne von ihnen ein Farbfeuerwerk aus der gesamten Palette. Ein Feuerschlucker führte seine Künste vor, und die Kinder versteckten sich vor Ehrfurcht zwischen den Beinen ihrer Mütter. Der Tag der offenen Tür hatte den Charakter eines Volksfestes angenommen.

Der Bürgermeister hielt eine Rede. Er sprach von dunklen und von lichten Tagen, von Solidarität und Verrat, und er sprach von der Zukunft Altenahrs als einem Ort, in dem multikulturelle Strömungen und die Weltreligionen demnächst harmonisch nebeneinander existieren würden.

»Dann bauen wir doch gleich noch 'ne Moschee«, schimpfte Bens Vater mürrisch.

Aber solche Stimmen gab es wenige.

Das ›Ahrstübchen‹ servierte an diesem Tag in Absprache mit den Wangs nur chinesisch-deutsche Gerichte. Gemeinsam hatten sie herumexperimentiert, und auch John war in seinem Ideenreichtum nicht zu bremsen gewesen. Herausgekommen waren so gelungene Kreationen wie Hirschbraten süß-sauer, Lachsforelle auf Szechuan Art, also scharf, und Hausmacherspätzle mit knackigem Algengemüse. Am

Tage zuvor schon hatten sie unter Wang Sans Aufsicht gebraten und gebacken, und inzwischen duftete es im ›Ahrstübchen‹ genauso intensiv wie im Chinarestaurant nach Sojasauce, Knoblauch, Ingwer und Sternanis.

Caro und Bea eilten zwischen den Tischen hin und her. Es war, wie auch bei den Chinesen, brechend voll in der Gaststube, und ihren Gästen schien es großartig zu schmecken.

Im Vorbeilaufen rief Caro Bruni zu, die wie immer hinter der Theke stand: »Weißt du schon, dass Marianne Hohensteins Mann gestern eine Chinareise gebucht hat?«

»Nein!« Bruni öffnete erneut den Zapfhahn und ließ helles Bitburger ins Glas laufen.

»Wollen Sie wissen, wo es hingeht?«, fragte Hubertus Hohenstein und ließ sich auf einen Barhocker plumpsen. Er war gerade hereingekommen und hatte Caros Frage eben noch gehört.

»Na klar. Schießen Sie los«, versetzte Bruni ungerührt.

»Über Hongkong nach Guilin, weiter nach Shanghai, Suzhou und Peking, und von dort fliegen wir zurück nach Frankfurt.«

»Beneidenswert«, lobte sie und dachte für sich: Da würde ich auch gern hinfliegen. Sie erkundigte sich danach, ob er mit seiner Frau die Große Mauer besichtigen würde.

»Das ist Pflicht.« Hubertus Hohenstein fühlte einen tiefen Stolz in sich. Der Tag war ein voller Erfolg, er hatte eine schöne Rede gehalten, die Presse würde voll des Lobes sein, und bald würde er in den wohlverdienten Urlaub fahren.

»Ich würde Sie gern mal sprechen«, rief er Bea zu, die mit einem voll beladenen Tablett an ihm vorbeirauschte.

»Im Augenblick ist es schlecht«, rief sie zurück. »Ich komme zu Ihnen, sobald es möglich ist.«

Hubertus Hohenstein benötigte einen kleinen Moment, bis er die Abfuhr verdaut hatte, aber der Laden brummte und sie hatte alle Hände voll zu tun.

Bruni überlegte, was er von Bea wollte. Mit Fragen über die bevorstehende Chinareise und Sehenswürdigkeiten des Ahrtals hielt sie ihn so lange bei Laune, bis die Freundin sich endlich erhitzt zu ihnen gesellte. Hubertus Hohenstein war gut aufgelegt. »Sie imponieren mir immer mehr«, versicherte er ihr, als er beim dritten Bit angelangt war, und hob sein Glas. »Wie Sie den Laden hier schmeißen!« Genüsslich kaute er auf ein paar Erdnüssen herum. Bruni hatte ihn zu einer kleinen Geschicklichkeitsübung animiert und ihm dazu Stäbchen gereicht, mit denen er konzentriert hantierte.

»Also Frau Knoll, Ihr Marketingkonzept ist wirklich überzeugend. Der Gemeinderat ist begeistert.«

Bea und Bruni sahen sich an, und Bea war auf einmal ganz leicht zumute.

»Das jährliche Jugendrockfestival gefällt Ihnen?«, fragte sie.

»Ja.« Er klemmte eine Nuss zwischen die Stäbchen, die ihm allerdings entglitt.

»Die organisierten Mondparties?«

»Ja.«

»Die Tempelführungen?«

Er nickte. Die Erdnuss rutschte immer wieder ab.

»Qi-Gong-Wochenenden für Städter?«

»Ja.«

»Und wie finden Sie die Idee, dass die Familie Wang ab sofort das Catering übernimmt, wenn die ›Eintracht‹ in Bad Neuenahr spielt?«, fragte sie.

Er legte die Stäbchen beiseite. »Gut. Das bisherige

Angebot war sowieso nicht allzu reizvoll. Von mir aus könnte es von heute an nur noch Hirschbraten süß-sauer geben, aber was ich Sie im Auftrag des Gemeinderats fragen soll …«

»Ja?« Bea war sich unsicher, was da kommen mochte.

»Hätten Sie Interesse daran, einen Beratervertrag für Marketing mit uns abzuschließen?«

Bea versuchte, ein gleichmütiges Gesicht zu machen, doch innerlich bebte sie vor Freude über das Angebot. Erstens gab es ihr die Möglichkeit, ihr Wissen nicht ganz brachliegen zu lassen und dem Vergessen zu überantworten, andererseits war es eine regelmäßige zusätzliche Einnahmequelle, die den Betrieb des ›Ahrstübchens‹ sicherte.

»Gern«, lachte sie. Dann griff sie zu den Stäbchen und zeigte ihm, wie es funktionierte.

67

Der Tag der offenen Tür hatte, wie zu erwarten, eine gute Presse bekommen. Inzwischen wussten die Menschen weit über das Ahrtal hinaus, wo der Tempel stand. Die Besucherzahlen in Altenahr stiegen stetig, und nicht nur die Chinesen, sondern die gesamte einheimische Gastronomie und Hotellerie profitierten davon, einschließlich dem ›Ahrstübchen‹.

Die Strohballen auf den Feldern verschwanden, und es dauerte nicht mehr lange, bis der Herbst mit seinen bunten Blättern Einzug hielt. Sappho und Mr. Fred verschwanden täglich einige Minuten früher im Haus, und eines Nachmittags, als die Freundinnen noch auf der Terrasse saßen und die letzten wärmenden Sonnenstrahlen genossen, sagte Bruni: »Und nun? Der Sommer war groß, um mit Rilke zu sprechen, aber wie geht es jetzt weiter?«

Die Freundinnen blickten sich an. Caro griff nach einer Schachtel Zigarillos, die auf dem Tisch lag. In letzter Zeit steckte sie sich hin und wieder einmal einen an. »Andere Leute hören auf zu rauchen, wenn sie alt werden, und ich fange damit an«, hatte sie vor Kurzem verkündet und grinsend gesagt: »Alter schützt vor Torheit nicht.« Vorsichtig sog sie ein wenig von dem Rauch ein.

»Es ist Zeit, darüber zu reden, wie es weitergeht mit uns«, erklärte Bruni und alle nickten zustimmend, doch keine sagte etwas.

Vor diesem Augenblick hatte Bea sich schon lange gefürchtet. Sie übernahm das Wort und sagte: »Das ›Ahrstübchen‹ ist mir ans Herz gewachsen, ich werde weitermachen.« Erwartungsvoll sah sie die Freundinnen an. »Wie steht es mit euch? Habt ihr noch Lust?«

»Ich werde meine Zelte hier abbrechen«, sagte Bruni vorsichtig.

Bea, Caro und Ulrike starrten sie an.

»Ich gehe zurück nach Köln. Dort bin ich irgendwie besser aufgehoben. Die Uni, meine Freunde, die Bibliothek, die Museen …«, versuchte sie zu erklären. Mit einem schmerzlichen Gefühl in der Brust dachte sie an Wang San, und sie stellte fest, dass er ihr fehlen würde, aber der Abstand würde ihr gut tun. Auch den Rest der chinesischen Familie würde sie vermissen, von den Freundinnen ganz zu schweigen. »Wenn ihr ehrlich seid, müsst ihr zugeben, dass ich zwei linke Hände habe. Ich bin für's ›Ahrstübchen‹ einfach nicht geschaffen.«

Die Freundinnen schwiegen. Jede von ihnen hatte Mühe, die Nachricht zu verdauen.

Bea spürte, wie ein dicker Kloß in ihrem Halse wuchs. Tränen stiegen ihr in die Augen. »Aber deine Schaumkronen auf dem Bitburger sind einsame Spitze«, sagte sie und bemühte sich darum, ihrer Stimme Festigkeit zu verleihen.

»Wann willst du weg?«, fragte Caro nach einer Weile.

»Zu Beginn des neuen Semesters, also spätestens zum 15. Oktober.«

Die Freundinnen nickten.

»Und du?«, wollte Bea von Caro wissen.

»Ich bleibe«, antwortete sie und Bea spürte eine Welle der Erleichterung in sich aufsteigen.

»Für mich gibt es nichts Besseres auf der Welt, als hier zu sein«, erklärte sie. »Hier fühle ich mich wohl, und hier will ich bleiben.« Sie schwang ein Bein über das andere und blies wie zur Bestätigung ein wenig Rauch in die Luft, wo er sich zu kleinen Kreisen kringelte.

»Das ist ein Wort«, sagte Bea und atmete auf. »Was ist mit dir?« Sie wandte sich an Ulrike, die sie mit ernstem Gesichtsausdruck ansah.

»Ich bleibe auch hier, allerdings nur unter einer Voraussetzung.«

»Welcher denn?«, fragte Bea.

»Dass ihr mich als gleichberechtigte Partnerin akzeptiert. Ich möchte mich gern finanziell zu gleichen Teilen wie ihr am ›Ahrstübchen‹ beteiligen.«

»Nichts lieber als das«, sagte Caro und Bea nickte.

»Bist du denn flüssig?«, wollte Caro wissen.

»Claus verhält sich anständig.«

»Immerhin«, sagte Bea.

Bruni griff nun auch zu einem Zigarillo. »Darf ich?«, fragte sie.

»Selbstverständlich.« Caro gab ihr Feuer, und nachdem Bruni den ersten Zug genommen hatte, sagte sie: »Eine Bitte hätte ich aber noch an euch.«

Die Freundinnen sahen sie an.

»Haltet ihr mir mein Zimmer frei?«

Sie lag allein in ihrem Bett und fragte sich, ob all die Worte, die sie in den vergangenen Monaten miteinander gesprochen hatten, und ob all das, was sie miteinander erlebt hatten, sich irgendwo in jeder von ihnen verdichtete. Ob das unsichtbare Netz, das sie von jeher miteinander verband, mittlerweile aus noch stärkeren Schnüren bestand. Bea wischte sich eine Träne aus dem Gesicht. Verflixte Wechseljahre, dachte sie. Inzwischen heule ich bei jeder Gelegenheit. Dass Bruni gehen wollte, tat weh, aber dass Caro und Ulrike hierblieben, tat gut.

Das Laken fühlte sich kühl an auf der Haut. Durch das Dachfenster leuchteten, wie so oft, die Sterne. Reflexartig streckte sie die Hand nach ihrer Schlafbrille aus, doch dann zog sie sie wieder zurück. Sie würde heute Nacht so lange in die Helligkeit schauen, bis sie ihr nichts mehr ausmachte. Bea setzte sich auf, und auf einmal spürte sie ein tiefes Glücksgefühl. Was die Zukunft für sie bereithielt, wusste sie nicht, aber sie sah das ›Ahrstübchen‹ vor sich, und es war voller Menschen. Sie sah sich und Ulrike und Caro darin. Vielleicht würde alles gut werden, und die Einwohner des kleinen Eifelortes würden sie und die Chinesen eines Tages ganz und gar akzeptieren. Doch egal, was passierte, sie würden immer kämpfen. Sie hatten sich, und sie hatte ihre Tochter, außerdem hatte sie Johannes, und das war mehr, als sie je zu hoffen wagte. Als ihr die Augen langsam zufielen, sah sie ein riesiges Feuerwerk vor sich. Es leuchtete rot, es leuchtete gelb, und es leuchtete grün. Das ist es, was das Leben mit 50 so lebenswert macht, dachte sie und drückte ihren Kopf in die Kissen. Die Intensität der Farben, das Bewusstsein der eigenen Kraft und die Träume.

ENDE

Danksagung:

Mein herzlicher Dank gilt Dr. med. Marion Neumann aus Köln, die mir ihr einmaliges Wissen rund um chinesische Kräuterheilkunde und Akupunktur mit Blick auf die Behandlung von Wechseljahresbeschwerden vermittelte.

Darüber hinaus gilt mein inniger Dank allen meinen Freundinnen, die mich bei der Entstehung dieses Romans begleiteten und berieten.

Insbesondere bedanke ich mich bei Anne und Susanne, die als Erstleserinnen des Manuskripts viel Zeit opferten und mir mit ihren kritischen Anmerkungen wertvolle Hinweise lieferten.

Ich danke Britta für ihre unvergleichliche Fähigkeit, mich während des Schreibprozesses zu motivieren, mich zum Lachen zu bringen und auf diese Weise den nötigen Abstand zu wahren.

Ich danke meiner Schwester Heike für den kritischen Blick auf das Gesamtwerk sowie Claudia Senghaas für ihr professionelles Lektorat.

Und ich danke meinem Mann für alles, was ausschließlich ein Mann zu einem ›Frauenroman‹ beitragen kann, und für einen wunderbaren Sommer.

Unsere Lesermagazine

2 x jährlich das Neueste aus der Gmeiner-Bibliothek

24 x 35 cm, 32 S., farbig; inkl. Büchermagazin »nicht nur« für Frauen

10 x 18 cm, 16 S., farbig

Alle Lesermagazine erhalten Sie in Ihrer Buchhandlung oder unter www.gmeiner-verlag.de.

GmeinerNewsletter

Neues aus der Welt der Gmeiner-Romane

Haben Sie schon unsere GmeinerNewsletter abonniert?

Monatlich erhalten Sie per E-Mail aktuelle Informationen aus der Welt der Krimis, der historischen Romane und der Frauenromane: Buchtipps, Berichte über Autoren und ihre Arbeit, Veranstaltungshinweise, neue Literaturseiten im Internet und interessante Neuigkeiten.

Die Anmeldung zu den GmeinerNewslettern ist ganz einfach. Direkt auf der Homepage des Gmeiner-Verlags (www.gmeiner-verlag.de) finden Sie das entsprechende Anmeldeformular.

Ihre Meinung ist gefragt!

Mitmachen und gewinnen

Wir möchten Ihnen mit unseren Romanen immer beste Unterhaltung bieten. Sie können uns dabei unterstützen, indem Sie uns Ihre Meinung zu den Gmeiner-Romanen sagen! Senden Sie eine E-Mail an gewinnspiel@gmeiner-verlag.de und teilen Sie uns mit, welches Buch Sie gelesen haben und wie es Ihnen gefallen hat. Alle Einsendungen nehmen automatisch am großen Jahresgewinnspiel mit attraktiven Buchpreisen teil.

GMEINER

Wir machen's spannend